WARRIORS

貓戰士

新預言

二部曲之 I

午夜追蹤

Midnight

晨星出版

獻給克里斯、珍娜與路意莎・浩斯朗。

特別感謝基立・鮑德卓。

葉掌：琥珀色眼睛、白色腳掌、嬌小的淺褐色母虎斑貓。導師：煤皮。

蛛掌：琥珀色眼睛、四肢修長、肚子是棕色的黑色公貓。導師：鼠毛。

潑掌：琥珀色眼睛、嬌小的深棕色公貓。導師：刺爪。

白掌：綠眼睛的白色母貓。導師：蕨毛。

貓后　（正在懷孕或照顧幼貓的母貓）

金花：淡薑黃色的毛，也是最年長的貓后。

蕨雲：綠眼睛、身上有深色斑點的淺灰色母貓。

長老　（退休的戰士和退位的貓后）

霜毛：藍眼睛、漂亮的白色母貓。

花尾：年輕時很漂亮的母玳瑁貓，也是雷族最年長的母貓。

斑尾：灰白色的母虎斑貓。

長尾：蒼白帶有暗黑色條紋的公虎斑貓，因視力退化而提前從戰士退休。

本集各族成員

雷族 *Thunderclan*

族長　火星：有火焰般毛色的薑黃色公貓。

副手　灰紋：灰色的長毛公貓。

巫醫　煤皮：暗灰色的母貓。見習生：葉掌。

戰士　（公貓，以及沒有年幼子女的母貓）

鼠毛：嬌小的暗棕色母貓。見習生：蛛掌。

塵皮：黑棕色的公虎斑貓。見習生：鼠掌。

沙暴：淡薑黃色的母貓。

雲尾：白色的長毛公貓。

蕨毛：金棕色的公虎斑貓。見習生：白掌。

刺爪：金棕色的公虎斑貓。見習生：潑掌。

亮心：白色帶薑黃色斑點的母貓。

棘爪：琥珀色眼睛、暗棕色的公虎斑貓。

灰毛：深藍色眼睛、灰白色帶深色斑點的公貓。

雨鬚：藍眼睛的深灰色公貓。

黑毛：琥珀色眼睛、淺灰色的公貓。

見習生　（六個月大以上的貓，正在接受戰士訓練）

栗掌：琥珀色眼睛、玳瑁色加白色的母貓。
導師：沙暴。

鼠掌：綠色眼睛、暗薑色的母貓。導師：塵皮。

風族 *Windclan*

族長　**高星**：尾巴很長的黑白花公貓。

副手　**泥爪**：雜毛的暗棕色公貓。見習生：鴉掌。

巫醫　**吠臉**：尾巴很短的棕色公貓。

戰士　（公貓，以及沒有年幼子女的母貓）

一鬚：棕色的公虎斑貓。

見習生　（六個月大以上的貓，正在接受戰士訓練）

鴉掌：藍眼睛的灰黑色公貓。導師：泥爪。

長老　（退休的戰士和退位的貓后）

晨花：玳瑁貓。

影族 *Shadowclan*

族長　**黑星**：白色大公貓，腳掌巨大黑亮。

副手　**枯毛**：暗薑黃色的母貓，曾是無賴貓。

巫醫　**小雲**：非常嬌小的公虎斑貓。

戰士　（公貓，以及沒有年幼子女的母貓）

褐皮：綠色眼睛的母玳瑁貓。

族外的貓 *cats outside clans*

大麥：黑白花色公貓，住在離森林很近的農場裡。

烏掌：烏亮的黑貓，和大麥一起住在農場裡。

波弟：年長的公虎斑貓，住在靠近海的樹林裡。

莎夏：黃褐色的母無賴貓。

河族 *Riverclan*

族長　**豹星**：帶有少見斑點的金色母虎斑貓。

副手　**霧足**：藍眼睛的暗灰色母貓。

巫醫　**泥毛**：淺棕色的長毛公貓。見習生：蛾翅。

戰士　（公貓，以及沒有年幼子女的母貓）

黑爪：煙黑色的公貓。

暴毛：琥珀色眼睛的深灰色公貓。

羽尾：藍眼睛的淺灰色母貓。

鷹霜：肩膀很寬的深棕色公貓。

蛾翅：琥珀色眼睛、漂亮的金色母虎斑貓。導師：泥毛。

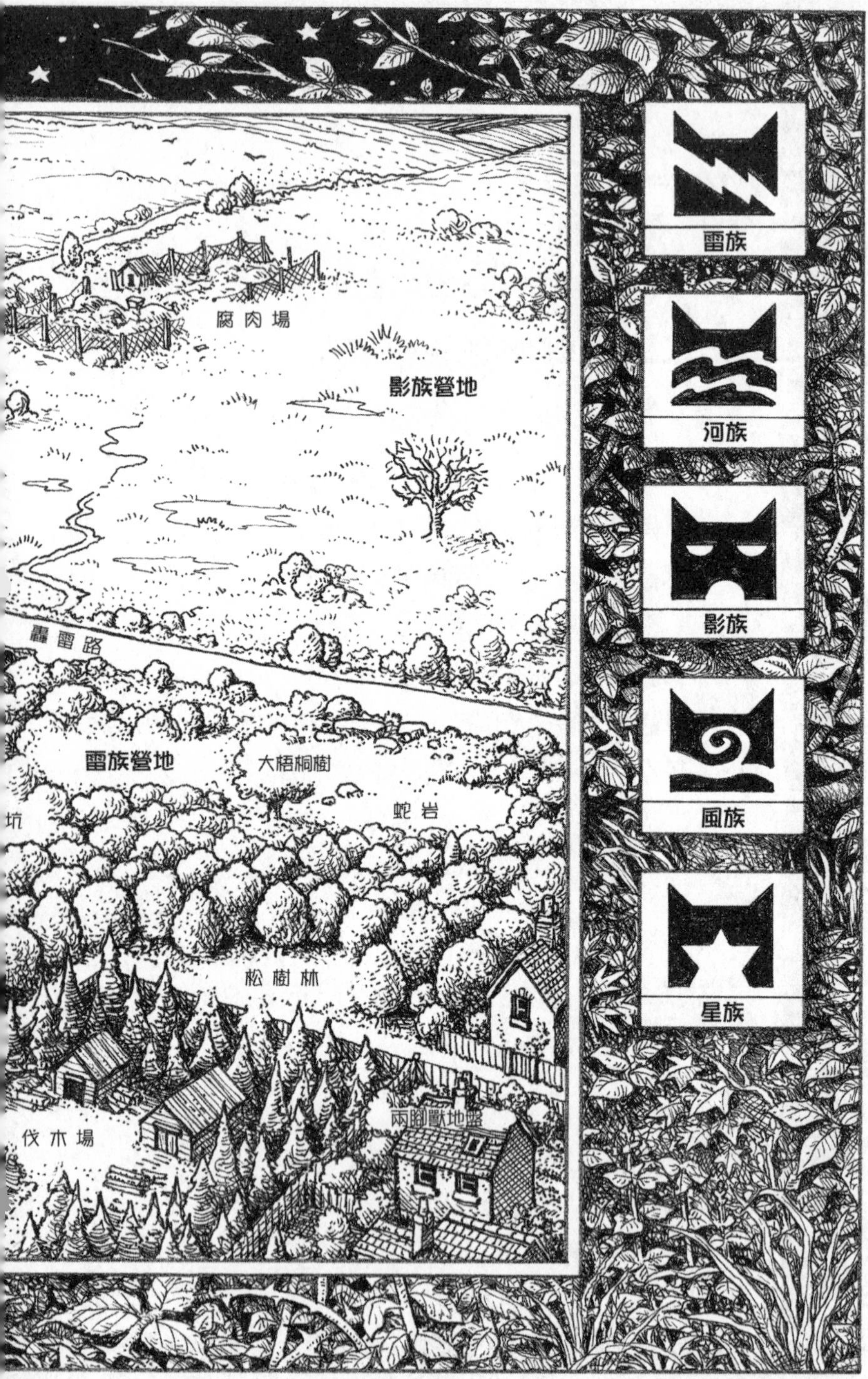
腐肉場
影族營地
轟雷路
雷族營地
大梧桐樹
坑
蛇岩
松樹林
兩腳獸地盤
伐木場
雷族
河族
影族
風族
星族

高岩山
大麥的
農場
風族營地
四喬木
瀑布
貓頭鷹
樹
河流
陽光岩
河族營地

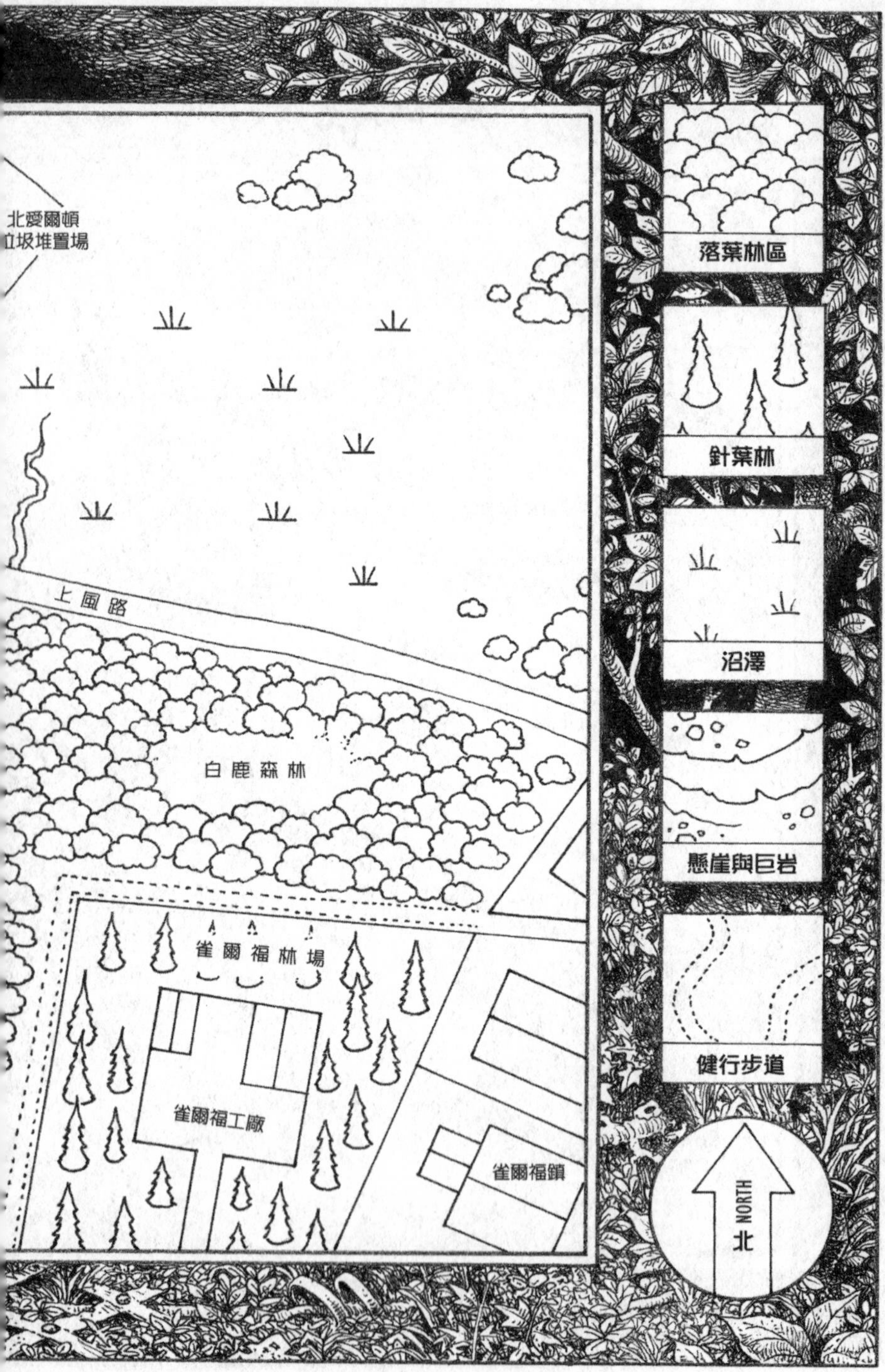

北愛爾頓
垃圾堆置場
上風路
白鹿森林
雀爾福林場
雀爾福工廠
雀爾福鎮
落葉林區
針葉林
沼澤
懸崖與巨岩
健行步道
NORTH
北

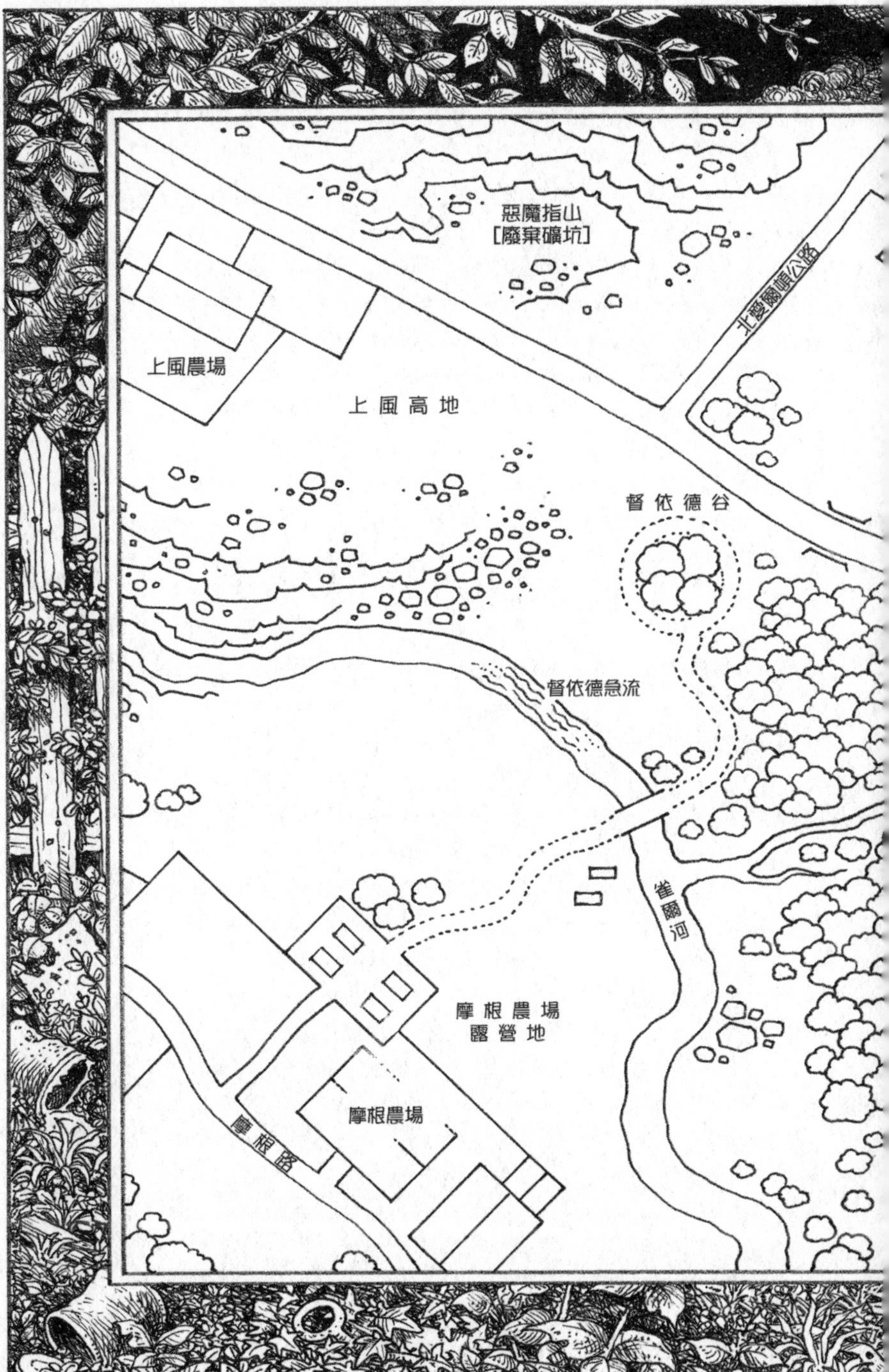

惡魔指山
[廢棄礦坑]
北愛爾蘭公路
上風農場
上風高地
督依德谷
督依德急流
雀爾河
摩根農場
露營地
摩根農場
摩根路

〈作者序〉

星族傳來的新預言，貓族的森林將面臨大毀滅？

作者 艾琳・杭特

哈囉！台灣的貓戰士迷們：

歡迎收看嶄新的貓戰士系列。如果你還沒有讀過首部曲的荒野新生至黑暗時刻，別擔心！只要從「二部曲新預言之一：午夜追蹤」開始讀起，你就不會迷失方向。距離上一本我們撰寫的黑暗時刻至今已經過了一年，我們的新戰士是火心的女兒們，鼠掌與葉掌。

星族傳來一個新預言，指示森林裡即將發生恐怖的事，唯一能解決的方法就是聆聽午夜。但誰會是午夜？午夜指的是什麼？那會是黑夜裡最幽暗的地方？還是另有玄機？

六名英勇的貓分別來自四支貓族，他們即將展開漫長而險惡的旅程，為的就是尋找預言背後的真相。這一回，貓族首度離開熟悉的領域，也是本書一路寫來最精彩刺激的地方。我畫了一張布滿挑戰的新地圖，像是轟雷路上惡毒的狗類，以及人聲鼎沸的城鎮，這些都是貓族的必經之路。雖然我一向知道午夜是什麼，但是唯有等到尾聲來臨的那一刻，你們才會發現答案。

我熱愛描寫這些英勇而忠誠的貓族故事。在我策劃故事情節的時候，我常常夢見自己是一隻貓，與他們並肩穿越森林。事後一覺醒來，卻發現自己不過只是個兩腳獸，感覺真是糟透了。我喜歡在夢裡任意幻化成我想要的樣子，這也是夢境在貓戰士系列中顯得如此重要的原因。星族祖先在貓戰士的夢境裡傳授建議，並且告誡他們未來即將發生的一切。假使我們可能因此學到一些重要的事，或許我們應該把夢境記下來。

最重要的是，我們應該珍惜所有的夢，現在我的夢想是當個暢銷作家，寫出全世界讀者喜愛的故事。我的美夢成真了！願你有朝一日也能美夢成真。

〈導讀〉

我怎麼閱讀貓戰士

范毅治（資深編輯）

第一天看到「貓戰士」的文稿，心中不免好奇，主角為什麼是「貓」，而不是狗或其他動物？據說早在古埃及時，「貓」就已經被人類馴化；由於牠那桀驁不馴以及獨特神祕的個性，長久以來一直受到人們喜愛。除了家貓，獅、豹、虎等等都是屬於「貓科」動物。但是，從體型和習性上都沒有「家貓」那麼直接與人類親近，或許也是這個因素，讓「貓」容易變成故事的主角。

「貓戰士」系列小說，敘述一隻從小被人類豢養的寵物貓，如何在嚮往自由與挑戰的血液衝擊下，毅然決然放棄優渥的寵物生活，回歸到原始森林的冒險故事。在故事中，寵物貓不僅僅需要重新面對野地生活，還要遭受同儕的質疑和歧視；在故事最後，牠不僅以行動證明自己的毅力，還成為拯救野地貓族的救星。

讀者可以全然以輕鬆、有趣、消遣的方式去閱讀「貓戰士」；但是，個人認為，「貓戰士」整個故事就是一個社會的縮影。從故事中，我們可以從這些野地貓的身上，學習到許多現實生活中不同的經驗；更重要的是，**在作者用心的鋪陳故事架構與文字中，我們還能夠學習到寫作的技巧。**

故事一開始，寵物貓在選擇自由挑戰與安逸自在時，心裡產生的矛盾與衝突，多麼像是現在大多數人們生活的寫照；我們不正是在面對環境變化時，擔心遭到失敗而不敢踏出腳步，因此失去許多機會。在書中，寵物貓清楚的了解到自己的身分與志向，在面對同儕的歧視與排擠時，不僅不曾退縮，甚至於付出更多的努力，終於贏得貓族的信任。

一部小說的成功，最重要的因素就是決定於故事的豐富性。「貓戰士」首先寫出了野地生活的兇惡和危險，故事中到處充斥著危機；為了撫育下一代，四個貓族是如何與自然和其他貓族奮鬥；為了利益，同族的戰士又是如何陷害同伴，取得權位。

閱讀本書，我個人認為可以從兩個方向去學習與思考。首先在故事中，我們可以從雷族族長「藍星」的領導力上，學習如何成為一位優秀的領導者，在面臨抉擇時，如何做出正確的判斷；也可以從主角「火心」在面對種種挑戰時，如何一一克服，並且認知生存的不易。

另一方面，當現在學生的創造力與寫作能力逐漸退步，而作文成績卻又成為考試得分的重要指標時，**從本書的布局中，同學們可以將自己融入小說情節中，幻想自己是故事中的某一隻戰士貓，將生活圈拉大，把想像力的面拉廣，認真的去思考作者是怎樣為小說填充骨肉，架構故事**。這樣在寫作文時，就不會流於言而無物，或是不知所云的困窘。

最後，個人覺得，作者在敘述每段情節時，非常有技巧的把當時候的「表情」化為「文字」，他讓每隻貓在各自表達立場時，也讓讀者看到，牠們是如何思考，以及其他人是如何看待這件事情。如果有心人想把其中的一個片段當成劇本演出，透過作者的描述，演員其實不必太過費力，就能夠揣摩出角色的張力。我想，這也為什麼是本書會受歡迎的原因之一。

〈名家推薦〉

俠貓列傳

吳湘湄 老師（靜宜大學英文系）

教授文學多年，我在翻譯貓戰士時並未覺得特別驚喜，就跟看哈利波特一樣，沒什麼好震撼的。但九歲的兒子在閱讀我的譯稿時，竟不眠不休，兩個晚上的時間就一口氣把一集讀完了。接下來一星期，他的談話內容都只有貓戰士：吃飯時，火心怎樣怎樣；洗澡時，虎爪如何如何；一邊刷著牙一邊還跟我討論劇情發展；上學途中則口沫橫飛加上肢體動作，演繹群貓大戰場景。這時我才發現，**在小朋友正萌發的想像世界裡，這類冒險傳奇多具有啟發力**。

當然，貓戰士系列不是只有動作片的精彩而已；在環環相扣的劇情裡、在衝突解決的過程中，作者也賦予了眾貓鮮明的性格——**聰明仁慈的藍星，陰狠狡詐的虎爪，智勇雙全的火心，為愛執迷的灰紋，以及大義滅親的黃牙等**。而這群貓俠所鋪陳的故事不僅能啟發小朋友的想像力，也會在他們心裡烙下許多美好的價值觀。**對於作者所企圖傳達的慈悲、忠誠、堅貞、勇敢、團隊精神等，相信連大人都會讚賞不已**。

假期快到時，家長總是會為該替孩子準備什麼樣的讀物而煩惱。課外讀物若不夠有趣，小朋友也總是坐不住、無法培養良好的閱讀習慣。貓戰士系列絕對可以同時解決這兩個問題。您若覺得家裡怎麼忽然安靜了兩個鐘頭，孩子悄無聲息躲在房裡？偷偷覷一眼，您會發現，原來他們正沉浸在貓戰士的想像世界裡。

〈名家推薦〉

「人類戰爭史的貓咪版」

張沛南 老師（台北三民國中）

雖然我養過貓，但對貓並沒有特別的好惡，而自從看了這本書之後，現在我若經過公園，看到那群野貓時；我不會再惡作劇地快跑衝向牠們，把牠們嚇得一哄而散；也不會加快腳步離開，深怕走晚了牠們身上的跳蚤就會「喬遷」到我身上來！**現在我會慢慢地端詳牠們，然後在心裡OS：那隻少了半截尾巴的，八成是「半尾」；這隻鬼鬼祟祟的肯定是「虎爪」！甚至我彷彿可以聽到牠們轉頭時輕蔑地看了我一眼，說：「哼！兩腳獸！」**

你瞧，就是這本書的魅力，改變了我看待貓兒世界的看法！這本書講的是一隻家貓掙脫了「養尊處優」的生活，走向森林並加入了貓族戰場的故事。有一位推薦人說這是一本適合男生看的書，因為它充滿了冒險及戰爭，所以是一本非常陽剛的書！但我認為這根本是「人類戰爭史」的貓咪版，所以它其實適合每一個青少年看！

看到書中的貓族為了爭奪族長的寶座，不惜耍手段，殘害自己的同胞；四大貓族為了生存，原本畫分地盤，講好井水不犯河水，但較強勢的一族後來竟打破協定，對其他貓族趕盡殺絕……。想想，我們人類世界為了搶石油能源而引起的戰爭，是否就像那幾隻貓在搶一隻死老鼠一樣可笑？

總之，這是一本新嘗試、新視野的小說，我相信絕對也會是你不錯的選擇！

〈名家推薦〉

奮起吧！兩腳獸

香璞（人氣部落客）

貓咪真有洞見耶，稱人類為兩腳獸，這要比人類假惺惺地意圖撇清自己與獸不同來得讓我舒暢多了，別再自命清高了，兩腳獸！

在書店看到《貓戰士》，心裏湧起一股奇妙的念頭。想起家裏的貓兒子們，大概繼續佔據我的床、被子和枕頭，終日呼呼，不知床上歲月……，或許是該買本激勵貓兒子們的書來讀給牠們聽了。於是我帶了第一、二集回家，希望跨物種的母子之間得以建立溝通的橋樑，彌補床被佔據的裂隙。

結果令人大大的滿意，倒不是說我貓兒子們從此發憤圖強，勤練武功，轉性成為戰士，不再霸佔我的床，而是我讀著讀著，也就忘了計較誰在我床上了。貓戰士這個點子實在太棒了，對於我這個愛貓部族（顯然已經部族上身），巴不得能更多了解貓的故事，雖然我捨不得貓兒子們離我而去，**真的當起戰士來，但想起那些在都市叢林險惡環境生存的街貓，我真願意相信牠們能好好保護自己。**

故事從一隻寵物貓回應自然本性的呼喚，投入野外部族貓生活開始，作者將本書獻給比利和班傑明——加入戰士和星族的兩隻貓。這讓我想起，那幾隻曾和我短暫相處後離開的貓，我對牠們的思念始終無法停止，常常想起牠們是不是過得好，即使時間過了八、九年，依然無法停止百般揣測假想。這種刻骨的思念，總想知道到底貓兒離開後過得好不好，會不會正是作者創作的動機？這肯定值得透過書寫，好好的紀念牠們。

首部曲的第一本「荒野新生」簡單地交代火掌的身世背景，作者沒有花很多篇幅交代火掌的轉變心路，很快地進入火掌部族貓的生活。或許是星族的命定，羅斯提注定要成為雷族的一員，拯救貓族。不過在成為救星之前，他必須先從見習生身分幹起。加油囉，火掌！

背負「寵物貓」汙名的火掌，常因族貓的嘲笑所苦，這和兩腳獸世界所謂的「貼標籤」相同，寧可把貓分類，也不願意承認每隻貓的獨特性。這對火掌有個好處，就是去證明自己不是軟腳蝦，在這本書，火掌的任務就是要證明自己對雷族的忠誠，並且首度扮演中間人的角色，調和黃牙與族貓之間的關係。這個調和的角色，我特別有興趣，從小在部族成長的貓，對於世界的認識單一而純淨、二元化、非敵即友；而火掌則曾與兩腳獸相處過，知道除了部族生活，還有其他的可能，關乎選擇，而非是非對錯。

看似簡單的故事，蘊含豐富的內容，決心、忠誠、友情、智慧、勇氣等元素，故事內容精采，老少咸宜（呼，讓自己有個台階下，我可不想讓我姪子獨享這套書！）作者雖然沒有直接提到和兩腳獸的互動，但兩腳獸的陰影卻如芒刺在背，隨時威脅貓族們的棲地。在兩腳獸不斷開發野地的情況下，貓族只能盡力求生存，而雷族族長藍星卻不忘四大族群（雷、河、風、影）共榮共享，這樣的情操，兩腳獸實在得努力學習呀！

〈學生推薦〉

唯一讓孩子自動複習的奇幻小說

貓戰士，一本令人贊讚嘆不已的好書。如果你真的沒有甚麼時間，千萬別翻開它！因為它會像病毒一樣侵入你的大腦裡，你的防衛系統絕對起不了任何作用。故事高潮迭起、扣人心弦，自己會化身為故事的主角，跟著野貓們奔馳、跳躍，跟著戰士們打鬥、哭泣，也會跟著族長憤怒、欣慰，讓人無法自拔！看似高深難懂的內容，卻非常容易的融入你的生活。不管你是懵懂的嬰兒、歡樂的少年、熱血的青年、成熟的成人、年邁的老人，你都無法找到對抗這本書的方法，或許你根本就不想尋找，讓自己陷入到書裡的情境。享受吧！

——臺北土城國中一年級 王亨利

充滿野性的眼神、媚惑力的身段，時而飄忽不定，時而溫順依偎。這就是貓。我可以想像擁有火焰般的毛色，獅子般的內心，閃爍著智慧的綠眼眸——火星，是如何帶領雷族一路度過千辛萬苦，如何在各種艱難選擇中做出決定。結局也是耐人尋味。看完這本書我清楚的了解到貓的觀點、性格與智慧，書中所提到每隻貓的習性都不相同，生活的方式，交際相處等。書中貓兒所想的事讓我反省，如果我也遇到這種情況我會怎麼做？**貓戰士不只是一本小說，也是教育現代人的一本故事性指南。它可以是你茶餘飯後的點心，也可以是反省內心的良藥。你覺得呢？**

——台中大明高中 林妙真

哇！好可愛喔，我走進書店看到一本呆呆又可愛的貓臉印在書上，心想應該又是一些介紹貓的品種、顏色等等，但是仔細一看他的書名「貓戰士」，感覺裡面似乎都是打架的，但還是擺脫不了好奇心，翻了翻它，沒想到裡面的第一頁貓族介紹就吸引了我，什麼？貓竟然還有分種族呀？想想我們家的阿仔和斑斑，他們是哪一族呢？不知道他們打架是否能像火心和其他貓戰士一樣打的很出色呢？這一連串的問題，**使得我買了第一集就接二連三的買了下去，而且就算看完一次，還會有股衝動想再複習一下呢！**如今貓戰士首部曲已經出完了，我開始害怕萬一將來有一天作者不再寫了，那我的生活豈不是少了一項樂趣了呢？希望貓戰士能繼續出版，並且永遠伴著我呀！

——臺北麗山國中三年級　廖應斑

幸好當初我媽媽有拿貓戰士試讀本，不然我就要錯過一本超棒的書了。其實一開始我只是隨便翻一翻而已，沒怎麼想去看。一直到我翻得太過頭，翻到序章裡河族和雷族打仗的那一頁，才開始對貓戰士感興趣。我一翻完整本試讀本，就每天催著我媽到書局買書，書還沒到時，我就一直翻試讀本，**到後來因為貓戰士太好看、翻太多次，連一些不重要的小細節、小角色我全都記起來了**，換句話說，**我根本就是快把貓戰士首部曲背起來了！**

——臺北東園國小五年級　黃子恩

我一拿到它，看到封面，便打開來閱讀。沒想到一看就迷上了貓戰士，不看完，就不休息，不到一天，便將它看完。啊！真是精采。

——臺北福林小學五年級 何宣潔

我看完貓戰士首部曲第二集時，非常喜歡，所以就拜託爸爸幫我買其它集，**每一集出版時，我都會迫不及待的馬上看完，而且看完後還會一直重複看我認為最好看的那一章。**我最喜歡貓戰士的地方，就是精采的冒險過程和主角火心的智勇雙全，我也很欣賞藍星的睿智和煤掌的成長。聽媽媽說第二部曲就要出版了，我好期待喔。

——英國聖馬丁小學 朱孝洋

我會喜歡貓戰士，一定是自己也嚮往那種在野外和族群的生活吧！為了保護家園、為了族民，貓戰士們勇於面對任何困難，這是讓我最敬佩的，也是吸引我的地方。每當遇到困境，火心便能更加成長，他的勇氣及智慧，都具有領導著的風範，讓我想學習。

——台南崇學國小六年級 馬翠蓮

序章

夜晚覆蓋住了森林，天上瞧不見月亮，只有銀毛星群冰冷的光輝灑進樹林間。在岩石層層疊疊的山谷底下，有一池潭水反映出星星的光芒，空氣裡則瀰漫著綠葉季尾聲的氣息。

微風嘆息著穿過森林，把原本沉靜的池水也吹起了漣漪。山谷上，有貓從蕨葉叢裡現身，在岩石間輕巧地跳躍，藍灰色的毛髮在星空下閃爍著，最後來到池塘邊。

祂安穩地坐在一塊突出水面的平坦岩石上，抬頭向四周張望。於是貓兒們像收到信號似地一一現身，從四面八方溜下山谷，就坐在池水旁邊，直到低矮的斜坡都坐滿了形形色色的輕盈身影，目光全集中在那一片池塘上。

第一隻現身的貓兒舉起腳爪。「新的預言出現了！」祂喵了一聲，「星群之前的所有預言，都將因為這場劫難而改變。」

池水另一頭，一隻貓低下紅褐色的頭。

「我也看到了！未來不只充滿了不確定，還得面對艱鉅的挑戰。」祂也這麼說。

「黑暗、空氣、水，以及天空將合而為一，從根本撼動整座森林。」第一隻貓繼續說，「一切都將變得跟現在不一樣了，這是以前從未發生過的事。」

「大風暴就要來了。」另一個聲音說。於是**風暴**這個字被池塘邊的貓兒們低聲複誦，直到竊竊私語的聲音聽起來像是一陣隱隱作響的悶雷。

等到低語聲完全消失了，池塘邊另一隻精瘦的黑貓才開口。「難道沒有解決的辦法嗎？難道靠偉大戰士的膽識與精神，也沒辦法改變嗎？」

「劫難會來的，」藍灰色的貓回答。「但如果貓族都用戰士的精神面對，或許就能活下來。」祂抬起頭，炯炯有神的目光掃視全場。「你們已經看見必然降臨的災難，」祂喵了一聲：「你們也知道該怎麼做。我們要選出四隻貓，各族的命運就繫在他們掌上。你們已經準備好在星族面前做出選擇了嗎？」

祂的話才剛說完，池水便在無風的情況下掀起陣陣波瀾，但一下子又回復平靜。

紅褐色的公貓倏地起身，寬闊的肩膀在星光下發出閃閃銀光。「就由我開始吧！」祂瞥了一眼身邊那位下巴歪了一邊的淺色虎斑貓說。「曲星，請允許我代表河族發言！」曲星點頭表示同意，於是紅褐色公貓繼續說：「那麼就請在場的各位見證我的選擇。」

祂像石頭一樣動也不動地凝視潭面，只見潭面出現銀灰色的模糊身影。每隻貓都伸長脖子，想看得更清楚。

「那一隻嗎？」藍灰色的貓望著水中的身影問道。「橡心，你確定嗎？」

紅褐色公貓前後甩動尾巴。「藍星，我以為妳會滿意這個選擇。」祂喵聲回答，語氣帶有消遣的味道。「難道妳不認為她很受教嗎？」

「她的確很受教。」藍星豎起頸毛，彷彿對方說了什麼質疑祂的話似的，但隨即冷靜了下來。「其他星族都同意嗎？」祂問。

在場觀看的貓兒全都發出同意的喵聲。水面上的淺灰影像漸漸消失，只剩清澈的池水。接著是黑貓起身走到池邊。「該我選了。」祂大聲宣布：「請大家仔細看，也希望大家同意。」

這次，池水中央出現了一個玳瑁花色、瘦削、肩膀結實的身影。藍星望著池水好一會兒，才點頭說：「她夠堅強，也有足夠的膽識。」祂同意了。

「可是藍星……她夠忠誠嗎？」另一隻貓大聲發問。

黑貓激動地回過頭，利爪憤怒地戳進地上。「你敢說她不忠誠？」

「我這麼說是有原因的。」對方反駁。「她不是在影族出生的，不是嗎？」

「這麼說來，我們更應該選她囉。」藍星冷靜地回答。「貓族若不團結，勢必會被滅亡。也許兩族之間就是要靠群貓的合作，才可能有未來。」祂停頓一會兒，沒再聽見任何反對的聲音。「星族都同意了嗎？」

現場還是感受得到遲疑的氣氛，但沒多久貓兒們便紛紛發出同意的喵聲。這時水面出現短暫的漣漪，褐黃色的影像之後隨著漣漪消失無蹤。

另一隻黑貓起身。祂有一隻腿瘸了，只能一跛一跛地走近池邊。「應該輪到我了。」祂的嗓音粗嘎。「請看我挑選的戰士，也希望大家同意。」

水面出現一個灰黑色的影像，夜色中十分模糊。貓兒們觀察了半天，終於有貓開口了。

「搞什麼啊？」紅褐色的貓忍不住大喊。「那只是個見習生啊！」

「謝謝你，橡心，多謝你提醒。」黑色公貓冷冷地回答。

「死足，你不能把見習生往火坑裡推啊！」在貓群後方的另一隻貓這麼說。

「他也許是個見習生。」死足反駁，「但他的勇氣和能力與眾多戰士不相上下。有一天他或許會當上風族的領袖。」

「那也是以後，不是現在。」藍星坦白地說。「貓族現在需要的是可以拯救他們的戰士，不需要具備領袖特質。你要不要再挑一個？」

死足憤怒地甩動尾巴，頸毛豎立，眼睛瞪著藍星。「我就是要挑他！」祂不肯讓步。「妳敢說他不夠資格？有誰敢說他不夠資格？」

「大家怎麼說？」藍星環視全場，「星族都同意嗎？你們得記住，我們選出的貓，若有任何一隻不夠勇敢或是失敗，整個貓族都會滅亡。」

在場的貓兒沒有發出一致同意的喵聲，反倒竊竊私語起來，偶爾不安地偷瞄池水裡的影像和池邊那個憤怒的身影。死足仍氣呼呼地瞪著所有的貓，豎起一身毛髮，身體像是脹大了兩倍，顯然要是誰敢質疑祂，祂就要衝上前去打一架。

抱怨的低語聲終於漸漸散去，藍星於是再問了一次。「大家都同意嗎？」同意聲三三兩兩地傳來，顯得有些不情願，有些貓甚至懶得開口。死足生氣地發出嗥叫聲，瘸著腿走回自己的位置上。

潭水再度變得清澈，這時橡心開口道：「藍星，妳還沒幫雷族挑出一個戰士呢。」

「我知道，我現在要挑了。」藍星回答。「請看我挑的戰士，也請大家同意。」祂得意地看著池水深處出現的一個深色虎斑貓影像。

橡心瞪大了眼睛，張大了嘴，然後似笑非笑地說：「他？藍星，妳真是讓我刮目相看！」

「你是什麼意思？」藍星顯然很不高興。「他很年輕，而且有高尚的情操，非常適合這次預言裡的挑戰。」

橡心抽動雙耳。「我有說他不適合嗎？」

「族民們同意嗎？」藍星開口詢問在場的族民，但一雙眼睛仍緊盯著橡心不放。直到全場貓兒發出篤定的同意聲，祂才輕蔑地甩動尾巴，把目光從橡心身上移開。

「星族的子民們！」藍星提高聲音說道：「你們已經做出選擇。挑戰即將開始，為了迎戰森林裡即將現形的可怕風暴，請各自回到族裡，確保每一隻貓都已經做好準備。」

祂沉默了一會兒，但銳利的眼神有如兩道清澈的銀光。「我們只能幫各族選出適當的戰士，剩下的得靠他們自己。不管星群的預言將帶領他們到何方，都願戰士祖靈能庇佑他們。」

第一章

年輕的虎斑貓輕巧地穿過灌木叢，樹葉沙沙作響，他張開嘴，大口嗅聞獵物的氣味。在這綠意盎然的溫暖夜裡，森林裡到處都是小動物打鬥的痕跡。他從眼角餘光察覺到某些動靜，可是當回過頭去時卻什麼也沒看見，只有叢生的羊齒植物和刺藤在月光下斑駁的倒影。

接著，他忽然來到一片空地上。他困惑地張望，好像不曾在森林裡見過這種地方。沐浴在冷冽月光下的平坦草地，閃耀著銀色光芒，從他腳下一路延伸到遠方一塊圓潤的岩石旁，上頭似乎端坐著一隻貓。祂的毛髮在星光下閃閃發亮，眼睛像是兩顆小小的月亮。

年輕的虎斑貓認出了祂，心裡卻更疑惑了。「祢是藍星嗎？」他發出懷疑的喵聲。

一年前，雷族的偉大領袖在一群嗜血惡狗的追逐下跳下斷崖，當時的他還只是見習生，跟其他族貓一樣哀悼她的離開，也敬佩她犧牲的勇氣。他從沒想到會再見到她，才恍然大悟自己一定是在作夢。

「過來一點，年輕的戰士。」藍星說。「我有話要告訴你。」

虎斑貓嚇得渾身發抖，匍匐穿過一望無際的草原。他謙卑地蹲在岩石之下，抬頭仰望藍星的眼睛。

「請說吧，藍星！」他喵了一聲。

「森林即將面臨生死關頭。」祂告訴他。「貓族若想生存下去，一定得實現新的預言。你已經雀屏中選，要在新月時分和另外三隻貓碰面；你們一定要仔細聆聽午夜的訊息。」

「這話是什麼意思？」年輕的貓只覺得害怕，寒意直竄背脊。「什麼樣的大難？我們怎麼聽得懂午夜的訊息？」

「你慢慢就會明白。」藍星回答。

祂的聲音漸漸散去，彷彿在地底洞穴迴盪的回音。月光開始變得昏暗，厚重的黑影從周圍的森林蔓延過來。

「等等！」虎斑貓大叫，「別走！」

當漫天的黑暗將他吞沒時，他嚇得嗥叫起來，不斷揮舞自己的爪子與尾巴；他只覺得有什麼在戳他的腰。他一下子睜開眼睛，只見雷族的副族長灰紋正站在他面前，彎身用爪子碰他。原來他在戰士窩裡，身上沾滿了地上的青苔，金色的陽光從他頭上的樹縫間灑下。

「棘爪，你這個瘋毛球！」副族長喵了一聲。「怎麼這麼大聲？從這裡到四喬木的所有獵物都被你給嚇跑了。」

「對不起！」棘爪坐起來，開始清理身上的青苔。「我剛剛在作夢。」

「作夢！」一個不屑的聲音加了進來。

棘爪轉頭看見白色戰士雲尾正從自己的窩裡起身，拉長身體伸了個懶腰。「說真的，你跟火星一樣糟糕，」雲尾繼續說，「以前他還睡在這兒的時候，就老愛說夢話，動來動去的。一隻貓要是連覺都睡不好，怎麼抓森林裡的獵物啊！」

聽見白色戰士拿族長開玩笑，棘爪的雙耳不自在地抽了一下。不過他馬上提醒自己，這就是雲尾，火星的親戚兼前任見習生，還有一張伶牙俐齒的嘴。儘管說起話來尖酸刻薄，卻是族裡忠心耿耿的戰士。

雲尾輕輕甩動一身白色的長毛，慢慢踱出戰士窩，經過棘爪身邊時還故意用尾巴友善地彈了一下他，像在彌補他剛才說的話。

「走了，你們這群小伙子。」灰紋喵了一聲。「該出發了。」他直接走過戰士窩地上的青苔，把灰毛戳醒。「狩獵隊準備走了，蕨毛正在組隊呢！」

「對哦！」棘爪喵了一聲。藍星的身影正逐漸從他腦海中消失，但那不祥的預言依舊迴盪在他耳裡。星族真的有新的預言嗎？幾乎不太可能。其實打從一開始，棘爪就覺得納悶：藍星怎麼可能只把預言告訴他？雷族裡有這麼多貓，巫醫們也經常從星族那兒收到各種指示，就連雷族族長火星，也常在夢中得到指引，而他們都不是普通的戰士呢！棘爪只好將這場不可思議的夢，歸咎於昨晚吃太撐的結果。他舔了舔自己的肩膀，跟著雲尾穿過蔓生的枝椏走出洞穴。

太陽才剛攀上營地四周的刺藤籬笆，天氣就已經很熱了。陽光像蜂蜜那樣灑在光禿禿的空地上。最年長的見習生栗掌正伸長了身體，躺在見習生洞穴旁陰涼的蕨葉叢下，與她的同伴蛛掌和潑掌分享舌頭。

雲尾已經走到戰士們的那塊蕁麻地進食區吃了起來，這時他正準備吞下一隻歐掠鳥。棘爪看見那堆生鮮獵物就快見底了。灰紋說得沒錯，他們得快去狩獵才行。他正打算過去加入白色戰士時，栗掌突然跳起來，穿過空地，朝他飛奔過來。

「就是今天了！」她興奮地大叫。

棘爪嚇了一跳：「什麼事啊？」

「我的戰士命名儀式啊！」這隻玳瑁色的母貓開心地說，接著突然撲向棘爪，害他翻倒在地，兩隻貓於是在塵土飛揚的空地上扭打起來，就像他們小時候在育兒室一樣。

栗掌用後腳掌猛踢棘爪的肚子，棘爪忍不住感謝星族，沒讓她伸出爪子來。沒錯，她肯定會是一名勇猛的戰士——一名值得大家敬畏的戰士。

「好了，好了，夠了！」棘爪輕拍栗掌的耳朵，起身說。「如果妳想成為戰士，就別再像隻小貓一樣打來打去的。」

「小貓？」毛亂成一團、全身灰塵的栗掌坐在棘爪面前，憤憤不平地開口，「你說我是小貓？才不是呢！這一刻我已經等好久了，棘爪！」

「我知道，這是妳應得的！」

栗掌曾在樹林間為了追逐一隻松鼠，結果太靠近轟雷路而被兩腳獸的怪獸從側邊撞上，肩膀因此受了重傷。她躺在巫醫煤皮的洞穴裡療了三個多月的傷，而她的兩個哥哥，黑毛和雨鬚，都在那陣子當上戰士。栗掌下定決心，只要煤皮認為她的傷好了，可以再次接受訓練時，她也要像他們一樣成為戰士。棘爪看著她一路辛苦地撐過來，跟著她的導師沙暴辛苦練習，肩膀也完全復原；她比一般的見習生還肯努力，從不抱怨，的確應該為她舉行戰士命名儀式了。

「我剛把新鮮獵物拿去給蕨雲了。」她對棘爪說。「她的小貓都好可愛哦！你見過他們了嗎？」

「還沒！」棘爪回答。蕨雲前幾天才產下第二窩小貓。

「去看看他們吧！」栗掌催促道，「反正離出發狩獵的時間還早。」她跳起來、側滑了幾步，好像有用不完的精力似的。

棘爪朝營地中央、深藏在有刺灌木叢裡的育兒室走去。他縮起身體擠進狹窄的入口，但寬闊的肩膀還是一直被灌木叢的刺給扎到，讓他不時皺起臉孔。灌木叢裡面溫暖又安靜，蕨雲側躺在由厚青苔鋪成的床鋪裡，一雙綠眼睛慈愛地望著窩在她身旁的三隻小貓。其中一隻小貓跟她一樣是淺灰色的，另外兩隻則像他們的父親塵皮：褐色的皮毛與深色的斑紋。塵皮也在育兒室裡，他蹲在蕨雲旁邊，不時用舌頭憐愛地舔舔她的耳朵。

「嗨，棘爪！」他喵了一聲，跟年輕的戰士打招呼。「快來見見剛出生的小貓們。」他看起來很驕傲，少了平常那種盛氣凌人的樣子。

「他們好漂亮哦！」棘爪友善地跟蕨雲碰了碰鼻頭。「已經取好名字了嗎？」

蕨雲搖搖頭，有些睡眼惺忪地望著他。「還沒呢！」

「不急嘛！」雷族中最年長的貓后、棘爪的母親金花，坐在自己的床鋪上說。她沒有自己的小貓要照顧，但她早就下定決心，要永遠留在育兒室裡幫忙照顧新生兒，不再擔任戰士。其實她已經老到快可以進長老窩了，而且她也承認聽力和眼力已大不如前，沒辦法再勝任狩獵隊的工作。「這些小貓都很健康，這才是最重要的。而且蕨雲的奶水也很充足。」

棘爪向她鞠躬致意。「多虧有妳幫忙照顧他們。」

「我可沒讓你丟臉哦！」金花滿意地說道。

「你也可以幫我一個忙。」塵皮對正準備離去的棘爪說。

「好啊！只要我能幫得上忙。」

「幫我盯著鼠掌好嗎？我想多陪蕨雲一兩天，因為孩子們還這麼小；可是鼠掌也不能沒有導師管教。」

鼠掌！棘爪暗暗叫苦。她是火星的女兒，只有八個月大，最近才剛當上見習生——卻是雷族裡的大麻煩。

「如果有自己的見習生，也會學到很多。」塵皮像是覺察到他的勉強，趕緊補上一句。

棘爪知道塵皮說得沒錯。他也希望火星能早一點指派見習生給他，由他來傳授戰士守則，但他又忍不住希望，自己的見習生最好不是那種自作聰明、自以為是，又過動的母貓。他很清楚鼠掌不會乖乖聽他的話。

「好吧，塵皮。」他喵了一聲，「我盡量囉！」

棘爪從育兒室出來時，空地上已經聚集更多的貓。雪白的毛髮裡摻雜著落葉般薑黃色斑點的母貓亮心，叼著她從獵物堆裡挑出的一塊生肉穿過空地，往蕁麻地那兒的雲尾走去。她那半邊沒受傷的臉正好對著棘爪，讓他幾乎忘了她的另外半邊臉有多可怕；那是她在森林中被野狗群攻擊的下場——她的半邊臉布滿大大小小癒合的傷疤，耳朵也被撕裂，而且失去一隻眼睛，只剩一個凹陷的眼窩；即便傷勢如此嚴重，亮心還是活了下來。族貓原本擔心她永遠不可能當上戰士，但雲尾卻把她當成見習生訓練，沒有一點差別待遇，結果她的弱點反而成了她的武器，如今也能像其他貓兒一樣打鬥和狩獵。

雲尾輕彈尾巴打招呼，於是她在雲尾身邊坐了下來。

「棘爪，你在這兒啊！」

棘爪轉過頭，看見一隻薑黃色的長腿戰士，從戰士窩那兒朝他走來。他迎上前，「嗨，蕨毛！灰紋說你要組一支狩獵隊。」

「沒錯，」蕨毛喵了一聲回答，「可不可以麻煩你今天早上帶鼠掌一起出去。」

棘爪的耳朵朝見習生窩轉了轉，才發覺鼠掌半躲在蕨葉叢的陰影裡。她仰頭坐著，尾巴圈在腳上，綠色的眼睛正盯著一隻亮翅粉蝶打轉。蕨毛用尾巴向她示意，於是她起身，緩緩穿過空地，尾巴豎得老高，暗薑色的毛髮在陽光下閃閃發亮。

「關於狩獵巡邏，」蕨毛長話短說，「塵皮在忙，所以妳可以跟著棘爪一起去。妳可以找另一隻貓跟妳一起走嗎？」

沒等她回答，他便急急忙忙往沙暴和栗掌那兒走去了。

鼠掌打了個呵欠，伸了個懶腰。「好吧，」她喵了一聲，「我們要去哪兒？」

「去陽光岩那兒吧！」棘爪說。「然後我們可以——」

「陽光岩？」鼠掌打斷他的話，不敢相信地瞪大眼睛，「你是鼠腦袋啊？天氣這麼熱，獵物都躲進岩縫裡了，我們連一根鬍鬚都抓不到啦！」

「現在還早，」棘爪不高興地回答。「外頭還有獵物。」

鼠掌嘆了一口大氣。「說真的，棘爪，你總以為自己懂得比較多。」

「畢竟，我是戰士。」棘爪提醒她，但馬上就發現自己說錯話了。

鼠掌深深一鞠躬，誇張地說：「是啊，好偉大的戰士！」她喵了一聲。「我會乖乖聽話。等到我們什麼也沒抓到，也許你才會承認我是對的。」

「好吧，」棘爪喵聲回答，「既然妳這麼聰明，妳覺得我們應該去哪裡狩獵？」

「去靠近河邊的四喬木，」鼠掌馬上說，「那裡更好。」

棘爪更惱怒了，因為他知道她說的一點也沒錯。先不說天氣有多熱，至少四喬木那兒的河水很深、很冰涼，蘆葦叢裡一定藏了不少獵物。他開始猶豫，心想該找什麼藉口改變原先的決定，才不會在這個見習生面前丟臉。

「鼠掌！」有個新聲音出現幫他解圍。棘爪知道走過來的是鼠掌的母親沙暴。「別再找棘爪麻煩了，妳真是多話，跟麻雀一樣。」她不高興的綠色目光轉向棘爪，又補上一句：「你也是。你們倆這麼愛鬥嘴，怎麼一起狩獵啊？我看還沒離開營地，就會把從這裡到四喬木的獵物都嚇跑了。」

「對不起。」棘爪低聲回答，覺得一陣不自在。

「你是戰士，應該比她更懂事才對。你去問雲尾能不能和他一起狩獵。至於妳……」沙暴對她女兒喵了一聲。「妳跟我還有栗掌一起狩獵好了，蕨毛不會反對的。就照我說的去做，不然有妳好看的。」

她頭也不回地直接往離開營地的金雀花叢隧道走去。鼠掌又站了一會兒，綠眼睛滿是不高興，前腳還一直在地上磨蹭。

栗掌跑了過來，輕輕推了她一下。「走了啦！」她催促道。「今天是我最後一天以見習生的身分狩獵，我們好好表現一下嘛！」

鼠掌不甘願地點點頭。兩隻貓跟著沙暴離開了，那隻暗薑色的貓在經過棘爪身邊時，還不忘回頭瞄了他一眼。

棘爪聳聳肩，不怎麼在意。跟沙暴學，總比跟著他好吧！雖然塵皮是有交代他要盯著鼠掌，但他也不算辜負塵皮的託付啊！他終於擺脫掉她，不必一整個早上都聽她在旁邊囉囉唆唆；但奇怪的是，他又感到有些失落。

他決定不再多想，往蕁麻地走去。雲尾和亮心已經吃完了，他們倆唯一的孩子白掌剛好走了過來。就在棘爪走近時，他聽見白掌說：「你們要去狩獵嗎?拜託可以帶我一起去嗎？」

雲尾輕彈尾巴。「不行。蕨毛說他會帶妳，畢竟他是妳的導師。」白掌一聽到後面的話，顯得有些失望。

「他跟我說，他覺得妳表現得很棒喔。」亮心愉快地說。

白掌聽了精神一振。「好吧，那我去找他！」

她興奮地搖著尾巴，雲尾在她還沒衝出去前，先用腳掌愛憐地拍拍她的耳朵。

棘爪心想，**該不會雲尾和亮心要單獨出去吧？**「我能加入你們嗎？」他問道。

「好啊，一起來吧！」雲尾回答。他跳起來，向亮心點點頭，於是三隻貓結伴穿過空地，往金雀花叢隧道走去。

就在棘爪走向灌木叢的同時，他回頭看了一眼身後的營地。每隻貓都精神抖擻，吃得也夠營養；他們毛色光滑，深信自己的家園安全無虞。可是藍星跟他說……難道森林裡真的會出現大災難嗎？一想到這個預言，他便忍不住豎起了寒毛。他決定還是什麼也別說。他只能說服自己，那場夢沒什麼意義，根本不會有什麼新預言來打亂他們在森林裡的平靜生活。

⺈⺈⺈

太陽像顆火球高掛天空，在樹頂吐出烈焰般的光芒，空地上滿是長長的樹影。棘爪伸了個懶腰，滿足地嘆了一口氣。經過一整天漫長的狩獵，他已經累壞了，但肚子也撐得飽飽的，感覺好舒服。生鮮獵物不但餵飽了族貓，還有剩餘的。現在的森林變得比以前熱，而且炎熱時間愈來愈長，幸好獵物依然很多，四喬木附近的水源也很充足。

真是美好的一天，棘爪心滿意足地想，**生活就應該像這樣**。

族貓開始往空地走去，聚集在高聳岩底下，棘爪知道要舉行戰士命名儀式了。他也往高聳岩走去，然後坐在蕨雲的弟弟灰毛身邊，灰毛友善地對他點點頭。灰紋早就在岩石下方坐定，得意得像是他自己的見習生要舉行戰士命名儀式似地。灰紋有兩個孩子，不過他們都在河族長大，因為他們的媽媽是河族貓。也就是說，灰紋在雷族裡沒有孩子，不過倒是很樂意關心年輕的貓兒。

棘爪看見巫醫煤皮帶著她的見習生葉掌，也就是鼠掌的妹妹，走到灰紋身邊坐下。葉掌看起來跟鼠掌一點也不像，她的個子更嬌小，毛色是淺褐帶斑紋，脖子和腳掌則是白色的。這兩個姊妹的個性完全相反。現在，葉掌只是安靜地坐著，轉過頭專心聽她的導師和副族長說話。每次看到這種景象，棘爪就忍不住要想，她這麼安靜專注，姊姊為什麼卻老是喋喋不休？

族長火星終於從高聳岩另一端的洞穴走出來。他是一個身形靈活的強壯戰士，身體在夕陽下發出火焰般的光芒。他和灰紋說了幾句話，便拱起肌肉、縱身跳上高聳岩頂端，站在最高處俯瞰他的族貓。

「雷族的貓兒！」他大聲宣布。「請所有可以自行狩獵的貓兒，全到高聳岩這裡集合。」其實大部分的貓都已經到了，只是一聽見火星的聲音在空地裡響起，少數未現身的貓也趕緊走出洞穴，參加集會。

最後出來的是栗掌和她的導師沙暴。栗掌身上的玳瑁色毛髮柔順服貼，胸前和腳掌卻如白雪般閃耀；她穿過空地走來，琥珀色的眼睛帶著驕傲與刻意壓抑的興奮。沙暴也是一臉得意。棘爪知道，當年這隻薑黃色的母貓在看到自己的見習生傷勢嚴重地躺在轟雷路時，是多麼心痛。她們兩個靠著極大的勇氣與毅力，才獲得今天這場戰士命名儀式。

火星從高聳岩上跳下來，迎接見習生和她的導師。「沙暴，」他開始遵照貓族傳承下來的儀式進行。「妳認為這位見習生已經夠資格成為雷族的戰士了嗎？」

沙暴低頭回答：「她將成為雷族引以為傲的戰士。」

火星抬頭望向第一批現身夜空的銀毛星群。「我，火星，雷族的族長，懇請戰士祖靈們庇佑這位見習生，」他宏亮的聲音在空地裡迴盪，貓兒們靜默無聲。「她已經通過嚴苛的考驗，完全瞭解崇高的戰士守則，而我要在你們面前命她為戰士。」然後他轉身面向栗掌。「栗掌，妳願意遵守戰士守則，保衛這個部族，即便犧牲性命也在所不惜嗎？」

棘爪還記得當時在戰士命名儀式上的心情。如今他也看到栗掌全身顫抖、充滿期待地抬起下巴，清楚地回答：「我願意。」

「很好，我以星族之名，賜給妳一個戰士名。栗掌，從現在開始，妳的新名字叫栗尾，星族將以妳的勇氣和實力為榮。讓我們歡迎這位雷族的全能戰士。」

火星上前輕吻栗尾頭頂，栗尾則滿懷敬意地舔舔他的肩膀，然後慢慢地退後。其他戰士全部擁上前來向她道賀，呼喚她的新名字：「栗尾！栗尾！」她的兩個哥哥黑毛和雨鬚自然也在其中，而且為妹妹感到驕傲。妹妹總算加入他們，當上戰士了。

火星等到喧鬧聲平息下來以後，才又開口。「栗尾，依據傳統，今夜妳必須安靜地守夜，保衛整座營地的安全。」

「就在我們大家睡得好好的時候。」雲尾冒出一句。

族長警告性地瞪了他一眼，但沒說什麼；至於其他貓兒則紛紛讓出一條路給栗尾，簇擁著她走到空地中央。她席地而坐，尾巴圈在腳下，抬頭望向逐漸昏暗的天空；銀毛星群的光芒更加閃亮了。

典禮結束後，貓兒們陸續回到暗處。棘爪伸展身體，打了個呵欠，本來也打算回戰士窩的，但又覺得在空地上享受一下溫暖的夜色也不錯。其他貓兒好像都沒作過像他一樣的夢，但藍星不是說，除了他，還有另外三隻貓嗎？棘爪發出滿足的呼嚕聲，心想自己怎麼這麼輕易相信，星族的祖靈曾來夢中找過他？真是好笑。至少這讓他學到，睡前別狼吞虎嚥的吃東西。

「棘爪！」火星緩步走來，在他身旁坐下。「聽雲尾說，你今天的狩獵成績很不錯。」

「謝謝你的誇獎，火星！」

族長望著兩個女兒。此刻，葉掌和鼠掌正往那堆生鮮獵物走去。

「你想念褐皮嗎？」火星突然冒出這一句。

棘爪驚訝地眨眨眼睛。褐皮是他的姊姊，他和姊姊從小就跟在父親虎星身邊，可惜當時擔任副族長的虎星，竟想竊取族長藍星的位置，於是被族貓們放逐；後來虎星當上影族族長，又為了想擴張勢力地盤，不幸被一隻血族貓給害死。褐皮一直覺得，雷族因為她的父親而瞧不起她，於是就在她父親當上影族族長後不久投靠了影族。

「想啊。」棘爪回答。「我當然想她，火星。我每天都很想她。」

「過去我一直不懂你跟她的感情有多好，直到我看見她們兩個。」火星朝那兩個見習生的方向點點頭，她們正在獵物堆裡挑選食物。

「火星，你這麼說也不大誠實，」棘爪不安地說。「畢竟，你也會想念自己的妹妹，不是嗎？」他大膽地加了一句。

火星在加入雷族之前，曾是兩腳獸的寵物貓，他的妹妹公主現在仍和兩腳獸住在一起。火星偶爾會去探望她，棘爪很清楚他們有多關心彼此。公主把她的第一個孩子交給了火星，希望他成為一名戰士——那個孩子就是雲尾，亮心最忠實的朋友。

族長歪著頭想了一會兒。「我當然也想念公主。」他終於喵了一聲。「但她是寵物貓，永遠不可能過我們這種生活。你不一樣，你一定很希望褐皮留在雷族。」

「我是這麼想啊，」棘爪承認，「但她在那裡比較快樂。」

「這倒是真的。」火星點點頭。「最重要的是，你們兩個都已經找到自己願意效忠的部族。」

棘爪覺得很窩心。火星曾經懷疑過他的忠誠，因為他太像他的父親虎星：同樣結實的身材、暗棕色帶黑色條紋的皮毛，以及琥珀色的眼睛。

棘爪忍不住想，如果由他這隻忠心耿耿的貓兒，說出那場令人不安的夢境，以及藍星對大禍的預言，不知道火星會有什麼反應？他正打算開口，火星已經起身離開，朝待在高聳岩旁邊的沙暴和灰紋走去。

棘爪差點想跟過去，但他又提醒自己，如果星族真的想通知大禍降臨，怎麼可能會挑年紀最輕、最沒經驗的戰士呢？祂們一定會先託夢給巫醫或族長不是嗎？顯然火星和煤皮都沒接到任何預兆，要不然他們一定會告訴大家該怎麼辦。**別傻了**，棘爪再次告訴自己，**沒有什麼好擔心的**。

第二章

太陽還沒升起，棘爪已經展開拂曉狩獵。栗尾的戰士命名儀式才過了沒幾天，樹葉就開始轉黃了，儘管已經有一個多月沒下雨了，落葉季的第一道寒氣還是瀰漫在森林之間。年輕戰士穿過沾滿露水的長草，忍不住打起哆嗦來。灌木叢間結起灰色的蜘蛛網，空氣中充滿潮溼的樹葉氣息，早起鳥兒的吱喳叫聲掩蓋了貓兒們輕盈的腳步聲。

亮心的哥哥刺爪在前方帶路，這時突然停下腳步，回頭看看棘爪和灰毛。「火星要我們去巡查蛇岩。」他說。「小心那些奎蛇！天氣變熱以來，牠們的數量就愈來愈多了。」

棘爪本能地伸出爪子。奎蛇現在還躲在岩縫裡，但等到太陽一出來，溫度升高，牠們就會爬出洞穴。要是不小心被牠們的毒牙咬上一口，就算有巫醫在身旁也沒用。

沒走多遠，棘爪便聽見身後似乎傳來聲響，樹叢裡好像有動靜。他停下腳步，回頭張望有沒有獵物的蹤跡，可是什麼也沒看見。又過了一會兒，他突然想到：厚重的蕨葉叢怎麼會在沒有風的情況下搖擺呢？他努力嗅聞空氣、大口吸氣再吐氣，然後輕嘆一聲。

「出來吧，鼠掌！」他喵聲說道。

沉默持續了一會兒。蕨葉叢終於再度開始騷動，最後從中間走出一隻暗薑色的母貓，碧綠色的眼睛帶著不服輸的神情。

「怎麼回事？」刺爪帶著灰毛走近棘爪。

棘爪用尾巴指指那個見習生。「我聽見後面有動靜。」他回答。「她大概是從營地一路跟過來的。」

「不要講得好像我不在這裡似的！」鼠掌火大地抗議。

「妳本來就不該在這裡！」棘爪回嘴；只要鼠掌一開口，他就覺得渾身不對勁。

「你們兩個都別吵。」刺爪吼了一聲。「又不是小貓。鼠掌，妳來這兒做什麼？有誰託妳來傳話嗎？」

「如果是來傳話，就不會鬼鬼祟祟地躲在蕨葉叢裡。」棘爪忍不住要說。

「沒有，沒有誰託我。」鼠掌怨懟地瞪著棘爪，喵了一聲。她用腳爪刨著地上的青草。「我只是想跟你們走；我好久沒參加巡邏隊了。」

「所以妳沒有得到允許就跑來。」刺爪說。「塵皮知道妳來這裡嗎？」

「不知道。」鼠掌承認。「他昨晚本來答應要訓練我的，可是大家都知道他現在整天待在育兒室裡陪蕨雲和他們的小貓。」

「早就結束了。」灰毛喵了一聲。「只陪到小貓睜開眼睛。鼠掌，萬一塵皮在找妳，妳就要倒大楣了。」

「妳最好馬上回去。」刺爪做出決定。

鼠掌眼中湧現怒意，她往前跨出一大步，與刺爪面對面。「你又不是我的導師，憑什麼命令我！」

刺爪硬是壓下脾氣，但鼻孔賁張，好像快噴出火來。棘爪忍不住要佩服他的克制力。如果鼠掌敢這樣對他說話，他早用爪子往她耳朵掃過去了。

但連鼠掌也知道自己太過分了。「刺爪，對不起！」她喵了一聲。「可是我真的好幾天沒參加巡邏隊了。拜託讓我加入嘛！」

刺爪與灰毛、棘爪互相交換了一個眼神，「好吧，」他說。「可是萬一回去後被塵皮處罰，可別怪我哦！」

鼠掌高興得跳起來。「謝謝你，刺爪！我們要去哪兒？在找什麼特別的東西嗎？會遇到麻煩嗎？」

棘爪嗖地揮出尾巴，要她閉嘴。「蛇岩。」他回答。「會不會遇到麻煩，就看我們的本事了。」

「而且要小心奎蛇。」棘爪補上一句。

「這我早就知道啦！」鼠掌馬上頂嘴。

「我們得很安靜。」刺爪叮嚀她。「我不想再聽見你們兩個嘰嘰喳喳了，除非是向我報告什麼事。」

鼠掌本想頂嘴，但一想到他剛才說過的話，趕緊點頭同意。

巡邏隊再次出發。棘爪不得不承認，現在的鼠掌的確有一套。她表現得宜，一路靜靜地跟在隊伍後面，矮樹叢裡的任何聲響都逃不過她的眼睛和耳朵。

等到四隻貓兒從樹林裡走出來，看見眼前平滑圓潤的蛇岩時，太陽已經高掛天空了。蛇岩之下有一處幽黑的洞穴，是之前野狗群藏身的地方。棘爪打了個冷顫，他還記得當時他父親虎星曾試圖把這群嗜血的動物引到雷族的營地，報復他過去的同族夥伴。

鼠掌注意到他的表情。「你怕奎蛇啊？」她故意調侃他。

「當然怕啊，」棘爪回答。「妳也應該怕。」

「隨你怎麼說。」她聳聳肩，「搞不好牠們還比較怕我們。」

棘爪還來不及阻止鼠掌，她已經衝進空地，顯然想把鼻子伸進那個洞穴裡。

「等等！」刺爪的聲音及時喝止了她。「難道塵皮沒教過妳，在不確定有沒有危險之前，我們絕不能魯莽行事嗎？」

鼠掌看起來很難為情。「有啊，他有教。」

「那妳最好把他的話聽進去。」刺爪走到見習生身旁。「先聞一聞。」他建議，「看妳能嗅出什麼。」

年輕的母貓揚起頭，努力將晨間空氣吸進嘴裡。「有老鼠！」她開心地喵了一聲，「我們可以狩獵了嗎？刺爪。」

「再等一下，」戰士回答她，「現在，專心地聞。」

鼠掌又在空氣中嗅聞。「轟雷路就在那裡——」她揮舞尾巴。「——有一隻兩腳獸帶著一條狗。不過有尿騷味。」她最後說：「我猜牠們昨天來過這裡。」

「非常好。」刺爪聽起來很滿意，鼠掌開心地揚起尾巴。

「但還有別的東西，」她繼續說下去。「味道很難聞……我從來沒聞過。」

棘爪也抬起頭嗅聞，他馬上認出鼠掌說的那個氣味：很陌生，但似曾相識。「是獾！」他喵了一聲。

刺爪點頭。「沒錯。看來牠搬到野狗以前住的洞穴裡了。」

灰毛抱怨道：「運氣真背！」

「為什麼？」鼠掌問。「獾長什麼樣子？牠們很難對付嗎？」

「超難對付！」棘爪大吼一聲。「牠們是我們的敵人，一看到妳就會把妳給宰了。」

鼠掌的眼睛睜得老大，不過那個表情是驚訝勝於驚恐。

灰毛小心翼翼地接近那個幽黑的洞，一面嗅聞，一面往裡面探視。「裡面暗得什麼也看不到。」他回報道，「我想獾不在洞裡。」

他才剛說完，棘爪又聞到那股氣味，而且這次更強烈，好像是從他們身後飄過來的。他跳起來，轉過身，只見一個臉上有條紋的尖嘴獸出現在樹幹後方，牠巨大的腳掌壓扁了地上的青草，還不斷用鼻頭嗅聞地面，一路走了過來。

「小心！」棘爪大喊，身上每根毛髮都驚恐地豎立。他從來沒有和獾這麼接近過，只能迅速轉身，衝向空地。「鼠掌，快跑！」

棘爪一發出警告，灰毛便藏進矮樹叢裡，刺爪也立即跳到樹上，只有鼠掌還愣在原地，直望著那隻怪獸。

「這裡，鼠掌！」刺爪大喊。

可是見習生還在猶豫，棘爪只好衝回去，把她往樹林裡推。「我叫妳跑啊！」她又驚又懼的綠色眼眸一瞬間與他四目交會。獾緩慢移動笨重的身軀，牠已經聞到有貓入侵地盤的氣味，小眼睛射出凌厲的光芒。鼠掌衝到空地邊緣，縱身跳上離她最近的那棵樹，然後伸出爪子，緊緊攀住最靠近地面的樹枝，暗薑色的毛髮全豎了起來。

棘爪跟著她，也緊抓樹枝不放。樹下的獾笨拙地來回走動，好像搞不清楚貓都跑哪兒去了，黑白相間的頭邪惡地搖來晃去。棘爪知道獾的視力不好，所以多半是趁天黑的時候才會出來獵食。顯然這隻獾剛剛才在夜裡吃了一頓蟲子大餐，現在正準備回家。

「牠會吃我們嗎？」鼠掌氣喘吁吁地問。

「不會。」棘爪回答，試圖鎮定下來。「狐狸追殺我們是因為想吃掉我們；但獾追殺我們，只是因為你擋住牠的去路。我們雖然不是牠的獵物，但牠也不允許有闖入者進入牠的地盤。妳剛剛幹嘛站在那裡不動？」

「我從來沒看過獾，想看清楚一點。塵皮說我們應該多嘗試的。」

「包括被生吞活剝嗎？」棘爪冷冷地回答。鼠掌這次竟然沒有回嘴。

棘爪一面說話，一面緊盯著樹下的那隻怪獸。他總算鬆了一口氣，因為那隻獾已經放棄搜尋，往洞穴走去。牠笨拙地將身體擠進窄小的縫穴裡，直到消失不見。

刺爪從避難的樹上跳下來。「這次真的太靠近了。」剛從樹上爬下來的棘爪和鼠掌走近他時，他這麼說。「咦，灰毛呢？」

「我在這兒。」灰毛的淺灰色頭從荊棘叢裡探了出來。「牠會不會是去年冬天殺死柳皮的那隻獾？」

「也許吧。」刺爪回答。「自從雲尾和鼠毛把牠趕出營地後，就不知道牠去哪兒了。」

棘爪突然一陣傷感，想起那隻銀灰色的母貓。柳皮是栗尾、黑毛和雨鬚的母親，卻看不到自己的孩子當上戰士。

「所以我們該怎麼對付牠？」鼠掌一頭熱地說，「我們是不是應該殺進洞裡，把牠給宰了？我們四比一耶，應該不難吧！」

棘爪皺著臉，刺爪則閉上眼睛，過了好一會兒才開口。「鼠掌，絕對不能走進獾或狐狸窩裡；牠們會馬上進攻，妳根本沒有足夠的空間反擊，而且連自己在做什麼都看不見。」

「可是——」

「不行就是不行！我們回營地報告，火星會決定該怎麼做。」

他不等鼠掌回答，轉頭就走，灰毛則跟著他，只有鼠掌還留在原地不動。「我們應該對付得了牠。」她忍不住發起牢騷，一直盯著那個洞口。「我可以把牠引出來，然後——」

「然後牠就一掌打死妳，我們還是得回去跟火星報告。」棘爪嘲諷地說。「妳想我們該怎麼說呢？『對不起，火星，我們不小心害你的女兒被獾給宰了。』他鐵定會剝了我們的皮。反正遇到獾準沒好事，就這麼簡單！」

「你等著看好了，火星才不會什麼也不做，讓獾在雷族的地盤上撒野。」鼠掌驕傲地揚起尾巴，然後鑽進樹叢，跟在灰毛和刺爪的後面走了。

棘爪翻了個白眼，喃喃說道，「偉大的星族啊！」然後跟了上去。

⚡⚡⚡

等他穿過金雀花叢隧道，走進營地空地時，第一個看到的正是塵皮。這隻暗棕色的虎斑貓正在見習生窩外來回踱步，尾巴焦急地甩來甩去。另外兩個見習生——蛛掌和白掌——則縮在蕨葉叢的陰影裡，憂慮地望著他。

塵皮一見到鼠掌，立刻穿過空地，大步朝她走來。

「呃，慘了。」鼠掌喃喃自語。

「怎麼樣？」虎斑戰士冷冷地開口了。棘爪縮了一下，很清楚他的壞脾氣；事實上，就連尖酸刻薄的雲尾也不敢惹他。「妳打算怎麼解釋妳跑哪兒去了？」

鼠掌勇敢地看著他，可是聲音在發抖。「我去巡邏了，塵皮。」

「哦，巡邏！我知道了。請問是誰命令妳去的？灰紋還是火星？」

「沒有誰命令我去，可是我想——」

「不，妳才沒有想。」塵皮的聲音很嚴厲。「我告訴過妳，我們今天要開始訓練。鼠毛和蕨毛都帶著他們的見習生，到訓練谷去練習打鬥技巧了。我們本來可以和他們一起去，可是沒有，因為妳不在。妳知不知道每隻貓都把營地搜了一遍，全為了找妳！」

鼠掌搖搖頭，前掌在地上磨蹭。

「結果找不到妳，火星只好組了一支巡邏隊去外頭找。妳有沒有碰到他？」

她又搖搖頭。棘爪知道清晨的露水很重，氣味很難追蹤。

「妳的族長應該去做更重要的事，而不是去找一個不聽話的見習生。」塵皮繼續罵道。

「棘爪，你為什麼讓她跟著你？」

「對不起，塵皮。」棘爪歉疚地回答，「我想把她留在身邊，總比放她在樹林裡亂闖來得安全。」

塵皮冷冷哼了一聲。「這倒是真的。」

「我們現在還是可以去做訓練啊。」鼠掌提議。

「不，不去了。除非妳先學會什麼是見習生的本分，否則什麼訓練也沒有。」塵皮停了一下。「今天妳就去照顧那些長老們吧！記得要讓他們吃飽，還要幫他們整理床鋪，抓身上的蝨子。」他瞇著眼睛繼續說，「我相信煤皮一定會幫妳準備很多老鼠膽汁。」

鼠掌驚恐地瞪大眼睛。「呃，好噁心哦！」

「妳還在站在這裡做什麼？」

年輕的見習生還盯著他看，以為他是在開玩笑，沒想到塵皮的表情始終沒變，她只好迅速轉身，飛快穿過空地，往長老們的窩跑去。

「既然火星出去找鼠掌了，那我們只好等他回來，再報告獾的事情。」刺爪說。

「獾？什麼獾？」塵皮問道。

趁刺爪和灰毛開始講述蛇岩裡發生的事時，棘爪連忙穿過空地，在長老窩前趕上鼠掌。

「你要做什麼？」鼠掌不高興地說。

「別生氣，」棘爪喵了一聲。他還是忍不住要同情她，雖然她的確應該為私自離營而接受懲罰。「我可以幫妳一起照顧長老，如果妳願意的話。」

鼠掌正打算開口頂回去，但仔細想想之後，嘴裡沒好氣地嘟囔，「也好。謝了！」

「妳去拿老鼠膽汁，我來鋪床。」

鼠掌故意張大眼睛，用一種迷人的表情說，「難道你不能幫忙去拿老鼠膽汁嗎？」

「不能，這是塵皮特別交代給妳的事，妳以為他不會跑來檢查嗎？」

鼠掌聳聳肩，「問問罷了。」她輕彈尾巴，大步走去找煤皮。

棘爪往橫亙在草地上、一根燒得只剩外殼的倒木走去，那裡就是長老窩。棘爪現在還聞得到一年前大火肆虐營地時留下的嗆鼻氣味。當時他只是一隻小貓。如今樹幹周圍已經重新長出青翠的綠草，又厚又軟，非常適合退休的長老們在這兒安居休養。

他繼續穿過草地，看見長老們正躺在小小的空地上曬太陽。雷族裡最年長的長老花尾，此刻正蜷伏著身子打瞌睡，玳瑁色的毛髮隨著她每次的呼吸而上下起伏；還是很漂亮的白色貓后霜毛則躺在草地上，懶洋洋地捉弄一隻甲蟲；斑尾和長尾窩在一塊兒，好像在聊天。看著長尾，棘爪難免有些同情他。長尾是一隻淡色蒼白的公虎斑貓，其實年紀還輕，只是視力愈來愈差，無法再勝任狩獵或作戰任務。

「嗨，棘爪！」長尾轉過頭，剛好看見棘爪走進空地。因為聞到新的氣味，他的爪子不由自主地張開。「有什麼事啊？」

「我來這兒幫鼠掌的忙。」棘爪解釋，「塵皮要她今天過來照顧你們。」

斑尾發出刺耳的笑聲。「我聽說她失蹤了，整個營地都翻過來找她。不過我早就猜到她一定是自己跑出去了。」

「她跑去加入晨間巡邏隊。」棘爪喵聲回答。

他還沒來得及再說什麼，便聽見草地上傳來貓的腳步聲；是鼠掌回來了。她叼著一根樹枝，底下掛著一球浸泡過老鼠膽汁的青苔。聞到苦味，棘爪不禁皺起鼻子。

「好吧，誰身上長蝨子了？」鼠掌叼著樹枝，咕噥地問。

「不是應該由妳來幫他們檢查的嗎？」棘爪指正她。

鼠掌瞪了他一眼。

「妳可以先從我開始。」霜毛提議，「我知道我肩膀上有一隻，可是我搆不著。」

鼠掌踱到那隻母貓身邊，用前掌翻開她的白毛。當她找到蝨子時，忍不住有些嫌惡地嘀咕一聲，然後叼起溼淋淋的青苔沾了那個部位一下，蝨子馬上跳了出來。**顯然蝨子也像貓一樣厭惡老鼠膽汁的味道，**棘爪想。

「別難過，年輕人。」當鼠掌在霜毛身上繼續翻找蝨子時，斑尾對她喵了一聲。「妳父親當年在做見習生時，也一樣常常被處罰啊。即便他當上了戰士，也老愛闖禍。我從沒見過那麼愛闖禍的貓，可是妳看看他現在的成就。」

鼠掌轉頭看著那位長老，綠色眼睛閃著光，顯然想聽更多故事。

「好吧！」斑尾調整好自己的坐姿，才又開口說：「有次火星和灰紋被逮到，把雷族領地裡的獵物拿去送給河族貓吃……」

棘爪早就聽過這則故事了，於是他開始清理長老們的床鋪。他把舊的青苔全部捲成一團，再搬到空地上放好。這時他瞥見火星正從金雀花叢隧道裡走出來，身後還跟著沙暴和雲尾。棘爪連忙穿過空地，跑去見他。

「感謝星族庇佑，鼠掌沒事。」棘爪走近他們，正好聽見火星這麼說。「遲早她會惹出大麻煩的。」

「她現在的麻煩就很大了。」沙暴生氣地說，「你看我待會兒怎麼處罰她。」

「塵皮已經在懲罰她了。」刺爪消遣地說。「他派她去照顧長老了。」

火星點頭。「那很好。」

「還有一件事。」刺爪繼續說，「我們在蛇岩那裡發現一隻獾，牠就躲在以前野狗住的洞穴。」

「我們在想可能就是殺死柳皮的那隻。」棘爪把那球青苔放下，加入他們的談話。「以前在森林裡，從沒見過獾的蹤影。」

雲尾大吼一聲：「最好真的是牠，說什麼我都要用爪子戳死那個畜生！」

火星轉頭看他。「沒有我的命令，不准輕舉妄動。」他停了一會兒，又說，「我們先觀察牠一陣子。把話傳下去，暫時先不要去蛇岩那邊狩獵。運氣好的話，牠應該會在冬天之前離開，因為到時獵物會變少。」

「那還不如等野豬會飛了再說。」雲尾很不滿地頂了回去，接著便經過棘爪，朝戰士窩走去。「貓和貓勢不兩立，沒別的好說。」

第三章

「鼠掌不開心。」葉掌看見她姊姊叼著一球老鼠膽汁離開巫醫窩時這麼說。

「那是她應得的教訓。」煤皮本來在數杜松果，這時也抬起眼皮。她的語調雖然堅定，但並不冷漠。「要是每個見習生都以為他們可以自由行動，不必告訴其他貓，那我們會怎麼樣？」

「我知道。」葉掌幫忙準備老鼠膽汁時，聽見她姊姊不斷抱怨這個處罰有多不公平。鼠掌的怒氣讓她心裡七上八下，彷彿姊姊攪亂了平靜的池水，把漣漪往她這兒送。從她們很小的時候，姊妹倆就常有這種心電感應。葉掌到現在還記得，鼠掌剛當上見習生時，自己的毛髮常常沒來由地因興奮而豎起；還有當她以巫醫的身分去到月亮石時，鼠掌也是一整夜睡不著；有一次她突然覺得自己有隻腳掌很疼，從中午一直痛到黃昏，只能瘸著腿走路，後來鼠掌跟著狩獵隊回到營地，她才知道鼠掌的腳底扎了一根刺。

葉掌想不理會姊姊傳給她的情緒，專心挑出蓍草的葉子。她甩甩頭，像身上沾到了什麼。

「鼠掌不會有事的。」煤皮再三保證，「明天就沒事了。對了，妳身上有沒有沾到老鼠膽汁？有的話，先去洗掉。」

「沒有，煤皮，我沒沾到。」葉掌知道不管自己再怎麼掩飾，聲音裡仍透露出些許不安。

「開心點，」煤皮瘸著腿走出洞穴，來到葉掌身邊，用鼻頭輕壓葉掌身側。「妳今晚要去參加大集會嗎？」

「我可以去嗎？」葉掌轉頭看著她的導師，但突然猶豫起來。「鼠掌不准去，對不對？」

「妳是說，因為今天闖禍的關係嗎？當然不能囉！」煤皮的藍眼睛露出體諒的神情。「葉掌，妳和妳姊姊都不是小貓了。妳已經選了一條和她完全不同的路，要成為一隻巫醫；妳們不可能做什麼事都黏在一起。趁早認清這一點，對妳只有好處。」

葉掌點點頭，彎腰繼續撿出蓍草。她得忍下參加大集會的興奮心情，免得鼠掌更難過。煤皮說得沒錯，但她依然期盼，鼠掌可以和她一起參加大集會。

滿月高掛夜空，火星帶領雷族貓往四喬木的斜坡前進。走在煤皮身邊的葉掌，充滿期待的心情讓她微微顫抖著；這裡是四個貓族的集會所，每到滿月時分，各族族長會遵照星族的休戰協定，帶領他們的戰士在這裡碰面，交換情報，做出和整座森林有關的重大決策。

火星停在斜坡上，俯視下方的空地。跟在隊伍最後的葉掌，只能看見代表這個地方的四棵老橡樹頂端。雖然什麼也看不見，葉掌卻聽見有許多貓的聲音。在微風吹拂下，她嗅聞到混雜著影族、河族和風族的氣味。

在去過大集會之前，葉掌只在正式當上巫醫見習生時，在月半圓的高岩山見過其他三族的巫醫。所以她和鼠掌第一次來到大集會時，被這麼多陌生的貓給嚇著了；她們緊跟在自己的導師身邊。不過，這次葉掌已經有自信多了，也希望多認識其他族的戰士與見習生。

她蹲伏在矮樹叢裡，等待父親發出前往空地的訊號。棘爪就站在她前方，跟鼠毛及栗尾在一起。葉掌看得出來那隻年輕的虎斑貓繃緊了全身的肌肉，希望大集會趕快開始；第一次以戰士身分參加大集會的栗尾則是興奮得發抖。更前面是灰紋和沙暴，他們正在交頭接耳。雲尾則不耐煩地變換自己的站姿。葉掌突然很難過鼠掌不能一起來，幸好她的姊姊不太在意，因為她照顧了長老們一整天，巴不得能好好睡上一覺。

終於，火星舉起尾巴，示意貓兒們前進。葉掌跳過坑洞，沿著斜坡往下衝，發現自己就跟在棘爪後面。她穿過灌木叢，一路飛奔，直到空地上才停下。

月光灑在貓群身上，有些貓已經端坐在空地中央的巨岩上；也有些貓在空地裡走來走去，和其他一個月沒見的貓打招呼；有的貓索性躺在灌木叢的陰影下閒聊起來。棘爪一下子便鑽進貓群裡。煤皮走去找影族的巫醫小雲說話。葉掌有些遲疑，因為眼前有這麼多戰士，這麼多陌生的氣味，和這麼多雙閃閃發亮的眼睛似乎在盯著她瞧。

這時她突然瞥見灰紋正和一群帶有河族氣味的貓兒說話。她認出其中一位藍灰色的戰士，她們在上次集會見過一面，她還記得她叫霧足，是河族的副族長。至於另外兩個較年輕的戰士，則是陌生面孔，只是灰紋好像跟他們很熟，還和他們互碰鼻頭。

葉掌想，如果她走過去和他們打招呼，會不會太唐突？這時霧足也看到她了，揚起尾巴要她過來。「嗨，是葉掌吧，煤皮的見習生？」

「是的。」葉掌走過去。「你們好嗎？」

「我們很好，整個部族也好極了，」霧足回答。「你見過暴毛和羽尾嗎？」

「他們都是我的小貓。」灰紋驕傲地補上一句。但其實他們早就長大了，已離開育兒室好幾個月。

葉掌和年輕的戰士們輕觸鼻頭。她早該想到暴毛是灰紋的孩子了，他們都有一樣結實的身軀和灰色的長毛。羽尾的毛色較淺，是隻銀灰色的虎斑貓，當她向葉掌打招呼時，藍色的眼睛溫和而友善。

「我也認識煤皮，」她喵了一聲。「有次我生病，就是她在照顧我。能當她的見習生，妳一定很驕傲吧！」

葉掌點點頭。「非常驕傲呢。不過她知道的東西好多，不知道我能不能全部學起來。」

羽尾發出認同的呼嚕聲。「當戰士的感覺也一樣，不過我相信妳沒問題的。」

「妳不是說妳們部族很好嗎，霧足？」灰紋輕輕喵了一聲。「可是妳看起來心事重重的樣子。發生什麼事嗎？」

被他這麼一問，葉掌也發現河族副族長眼神有些不安。霧足遲疑了一會兒，才聳聳肩回答：「可能也沒什麼，只不過……反正待會兒大集會開始，你就知道了。」

她邊說邊瞄了一眼巨岩。葉掌看見已經有兩隻貓等在巨岩上了。滿月的光輝清楚照出風族族長高星的身影，他長長的尾巴很好辨認；旁邊，河族族長豹星正不耐煩地俯視巨岩下方的貓群。葉掌看見火星正要跳上巨岩，加入他們。

「影族族長呢？」豹星大喊。「黑星，你還在等什麼？」

「我到了。」一隻高大、長著黑色爪子的白色公貓，從離葉掌不遠的地方現身。他穿過貓群，大步走到巨岩下方，拱起背縱身跳上巨岩，剛好站在河族族長身旁。

他才上來，豹星便轉頭大吼一聲。空地上的吵雜聲停了下來，每隻貓都轉過身面對巨岩。羽尾友善地在葉掌旁邊坐下，葉掌也挺喜歡有這位溫柔的年輕戰士作伴。

「歡迎所有的部族。」最年長的族長高星走到巨岩前方，提高聲量，向所有的貓兒說道。他看看其他族長。「誰要先發言？」

「我先好了。」火星走向前，火焰一般的毛髮在月光下更閃閃發亮。

葉掌聽見她父親向大家報告，蛇岩附近有獾出沒。這個消息引起現場一陣騷動。只要森林裡還有足夠的獵物，這個傢伙是不可能移到別族領地的。

「另外，我們新增了一位新戰士。」火星繼續說，「雷族的見習生栗掌，已經正式改名叫栗尾了。」

讚美聲在空地裡傳開來。栗尾一向受大家喜愛，其他部族的貓也都認識她，她以前就比其他見習生更有機會參加各種大型活動。葉掌看見她挺直了身體，驕傲地坐在沙暴旁邊。

火星退下，換黑星上前。黑星在虎星死後接下影族族長的位子，在他的領導下，影族已經變得比較可以信賴了；不過還是有貓兒認為，始終生活在凜冽寒風下的影族，連心也變得難以捉摸。

「影族很強大，獵物也很充足。」黑星大聲地說。「在我們的領地裡，有一些沼澤因為炎熱的天氣而乾涸了，但仍有充足的水可以喝。」

他挑釁地睥睨著空地一圈。葉掌想，就算影族連一滴水都沒有，黑星也不可能在大集會裡承認。

高星用尾巴拍拍豹星，請她發言，但她反而後退，讓出位子給他。風族族長遲疑了一下，葉掌注意到他眼中的憂慮。

「黑星剛剛提到森林裡的乾旱問題。」他開口。「已經好多天沒下雨，風族領地上的高地沼澤，這兩個禮拜已經完全乾涸，我們一點水源也沒有。」

「可是你們的邊界不就是一條河嗎？」巨岩底下的陰暗處，有貓大聲地說。葉掌探出頭，發現是影族的副族長枯毛。

「那條流過我們邊界的河，剛好穿過陡峭的峽谷，」高星回答。「去那裡喝水太危險。戰士們都試過了，一鬚還不小心掉下去，幸好沒有受傷，更不必提小貓和長老們；他們都快渴死了，我擔心再這樣下去，有些小貓可能會夭折。」

「你們可以讓小貓和長老們嚼些青草，吸收一點水分。」有隻貓提議。

高星搖搖頭。「連草都快被曬乾了。坦白說，我們那裡連一滴水也沒有。」他轉頭面對河族族長，但顯然有點不干願地開口了，「豹星，看在星族的分上，我必須請求妳，讓我們的族民到你們的領地喝水？」

豹星走上前，站在風族族長身邊，她那斑斕的金色毛髮在月光中閃閃發光。「其實我們那條河的水也不多了。」她提醒高星，「我們也同樣遭受乾旱的威脅。」

「可是你們的水夠多。」高星回答，聽起來有一點走投無路的感覺。

豹星點點頭。「沒錯，」她來到巨岩緣俯瞰空地，大聲地問道：「我的戰士們有什麼意見？霧足妳認為呢？」

河族副族長站起身，但還沒來得及開口，就被同族的另一隻貓搶先了。「我們不能信任他們！如果讓風族進到我們的地盤，他們除了喝水，也會偷抓我們的獵物。」

葉掌看到說話的是一隻煙黑色公貓，離她大約有六個狐狸身子遠，但葉掌並不認識他。

「那是黑爪。」羽尾在她耳邊低聲說道。「他很忠誠，但就是……」羽尾沒再說下去，顯然不願意在她面前說自己族貓的壞話。

霧足轉過身，藍眼睛直盯著黑爪。「你難道忘了，其他部族以前也曾幫過河族嗎？」她喵了一聲。「要是他們不曾伸出援手，今天我們就不可能出現在這裡。」她對豹星說：「我認為應該幫忙。我們有足夠的水可以分給他們。」

空地上一片靜默，大家都在等豹星的決定。「好吧，高星，」她終於開口。「你的族民可以進到我們的領地喝水，但只能在兩腳獸的橋下，不准進到其他地方，也不准帶走獵物。」

高星鞠躬向她致意。當他開口時，葉掌聽得出他終於鬆了一口氣。「豹星，我代表整個風族，從長老到最年幼的小貓，向河族致上萬分的謝意。你們救了我們。」

「旱災不可能一直持續下去，到時你們就會有水可喝了。等下次大集會的時候，我們再討論這件事。」豹星說道。

「我相信他們會再討論的。」灰紋暗地裡咕噥，「以我對豹星的瞭解，她一定會要風族回報些什麼。」

「希望到時星族能為我們降下充沛的雨水。」高星說完便退到一旁，讓豹星發言。

葉掌愈來愈好奇，莫非他們真的會聽見什麼令霧足憂心忡忡的事？但河族族長並沒有提到任何驚人的消息，只說了最近有一窩小貓出生、兩腳獸在河邊丟了很多垃圾，結果引來一堆老鼠，幸好被黑爪和暴毛殺掉了。灰紋聽見豹星提到暴毛的名字，一臉驕傲，暴毛則是用爪子不斷磨蹭地面，兩耳服貼，顯然很不好意思。

豹星最後才說道：「你們之中有些見過我們的見習生鷹掌和蛾掌，如今他們都已經當上戰士，叫作鷹霜和蛾翅。」

葉掌身邊的貓都伸長了脖子，想看看河族族長提到的那兩名戰士。葉掌也轉過頭去，但有這麼多貓，她根本分不出來是哪一個。以前每次宣布有新戰士時，總會出現許多讚美的低語聲，但這次明顯不同的是：讚美聲中還攙雜了一些讓人尷尬的咆哮聲。她發現是從河族那邊傳過來的。

豹星從岩石上往下俯瞰，輕彈尾巴，要大家安靜下來。「是不是有抗議聲？」她生氣地咒罵道。「那很好，我就一次說個明白吧，免得謠言一傳再傳。」

「六個月前，新葉季剛降臨時，一隻無賴貓帶著她僅剩的兩隻小貓來到河族。無賴貓的名字叫莎夏，因為剛生完孩子，需要其他貓來幫她捕獵物和照顧小貓。她曾經想投靠我們，我們也很歡迎她成為戰士，但最後她還是不能認同戰士守則，所以選擇離開。但她的兩個孩子卻留了下來。」

岩石附近的貓群發出一波波的抗議聲。其中有個聲音特別突出：「無賴貓？加入部族？河族是不是瘋啦？」

灰紋質疑地看看霧足，她只是無奈地聳聳肩。

「他們是很棒的戰士。」她低聲堅持。

豹星沒打算出聲喝止吵鬧聲，只是堅定地望著貓群，直到大家安靜下來。「他們年輕而且強壯，已經學會戰士的各種技巧。」豹星等大夥兒都能聽見她的聲音時，才又繼續說。「他們發過誓，即使犧牲自己的生命，也要捍衛我們這一族，就像你們當初的誓言一樣。」她看了一眼黑星，又補充說，「影族裡的一些戰士，不是也曾當過無賴貓嗎？」黑星還來不及抗議，她又把目光移到火星身上。「如果連寵物貓都能當上族長，為什麼無賴貓不能成為戰士呢？」

「她說得有道理。」灰紋也承認。

火星向豹星點頭致意，然後說：「沒錯，我會很希望他們都能履行承諾，效忠自己的部族。」

豹星點頭答意，火星的回答顯然令她很滿意。

「妳就是在煩心嗎這件事，霧足？」灰紋問她。「只要他們適應得很好，不就沒什麼好擔心的嗎？」

「我知道。」霧足嘆了口氣。「其實最不可能反對外來者擔任戰士的就是我。只是……」

「妳知道霧足的親生母親，就是妳們以前的族長藍星嗎？」羽尾低聲問葉掌。

葉掌點點頭。

「可是豹星並沒有告訴你們所有實情。」霧足回答。這位藍灰色的戰士趁豹星還沒來得及再度開口之前，搶先開口了。

「蛾翅在我們部族擔任一個很特別的角色。」她解釋道。「我們的巫醫泥毛，年紀愈來愈大了，所以他必須有一個見習生。」

這次她的聲音完全被抗議聲給淹沒。巨岩上的另外三個族長也聚在一起交頭接耳，但高星在豹星同意分享水源之後，顯然不太願意開口反對她。最後由黑星代表發言。「我可以接受改過向善的無賴貓成為一名戰士。」他用粗嘎的聲音說：「但巫醫不一樣。無賴貓怎麼懂得星族的事？星族會接納她嗎？」

「我就是在煩惱這件事。」霧足低聲對灰紋說。

葉掌覺得一陣不安。她還記得自己從小就很有天分，懂得怎麼治療和安慰族貓，並為他們解釋星族的徵兆。**難道蛾翅也感應得到星族嗎？**葉掌很懷疑。如果她不是部族貓，真能感應得到嗎？不過煤皮之前的巫醫黃牙，也不是在雷族裡出生的，而是在森林裡。

黑星的疑慮在空地裡引起一陣迴響。岩石底下有一隻很老的淺棕色公貓站起身，等待大家安靜下來。他就是河族的巫醫，泥毛。

他等吵雜聲漸漸平息了以後，才提高聲量說道，「蛾翅很有天分，但因為她是無賴貓出身，所以我還在等星族指示；一旦星族同意了，我才會在月半圓時帶她去慈母口參加巫醫集會。如果我違反了星族的指示，你們當然可以責怪我，但現在一切都還沒有確定，也還不到時候嘛！」他一屁股坐下，臉上鬍鬚因生氣而不斷抽動。

這時貓群已經散開，葉掌這才看見泥毛身邊坐著一隻年輕，而且是十分美麗的貓；她三角形的臉上有一雙發亮的琥珀色眼睛，金色長毛有著波浪似的美麗斑紋。

「她就是蛾翅？」她低聲問羽尾。

「沒錯，」羽尾輕舔葉掌的耳朵。「等族長們說完話，我可以帶妳去見她。認識她之後，妳就會發現她很好相處。」

葉掌興奮地點點頭。她相信泥毛很快就會得到星族的指示，要他收蛾翅當見習生。森林裡的其他巫醫都還沒有見習生，所以她很希望能盡快交到這個朋友，這樣她們就能一起聊訓練的事，以及和星族有關的各種謎團，畢竟她對這些事還很陌生。

聽完了泥毛的解釋，抗議聲終於平息下來。豹星沒有話要補充，於是由高星結束這場集會。

羽尾站起身。「趁大家都還在，我們先過去吧。」

葉掌跟著河族戰士穿過空地，突然同情起蛾翅來。經過今晚其他貓兒的嚴厲檢視，想必在她被河族完全接納前，還有一段艱辛的路要走。

隨著大集會接近尾聲，貓兒們開始回到自己的部族隊伍裡。棘爪四下尋找他姊姊褐皮的身影。他沒看見她。難道他們沒派她參加這次集會？

他看見火星停在河族巫醫泥毛身邊一隻年輕虎斑貓的面前。

「恭喜你，鷹霜。」火星喵了一聲，「我相信你會成為一名了不起的戰士。」

原來他就是鷹霜，棘爪豎起耳朵，好奇地觀察起他來。**無賴貓生下的河族戰士。**

「謝謝你，火星。」新戰士回答。「我會為河族盡心盡力。」

「我相信你會。」火星用尾尖碰碰鷹霜的肩膀，以示鼓勵。「別管那些閒言閒語。一個月後，大家就會忘記了。」

火星往前走開了。鷹霜抬起頭，兩眼緊盯著他。棘爪剛好看見那隻公貓的眼神，忍不住打了一個冷顫。他那雙銳利的藍色眼神，冰冷又可怕，雷族族長的身影在他凌厲的目光下，就像一抹微不足道的輕煙。

「萬能的星族啊！」他喃喃低語，「我可不希望在戰場上碰到他。」

「碰上誰啊？」

棘爪一下子轉過身，發現是褐皮站在他身後。「妳在這裡！」他大喊。「我一直在找妳呢。」他也不忘回答她剛剛的問題：「鷹霜看起來不太好惹。」

褐皮聳聳肩。「你不好惹，我也不好惹，戰士們都一樣。像這種滿月時的大集會，最容易會因為互相看不順眼而打起來……以前就曾發生過這種事。」

棘爪點點頭，「這倒是真的。妳還好嗎，褐皮。在影族裡過得如何？」

「很好啊！」褐皮有些遲疑，彷彿不是很確定。有點不太尋常。「棘爪，我想問你一件事。」棘爪坐下，豎起耳朵。「前幾天晚上，我做了一個奇怪的夢……」

「什麼？」他忍不住叫了出來。褐皮瞪大了她的綠眼睛，一副怕其他貓聽見的模樣。「沒什麼，妳先說。」棘爪喵了一聲，要自己鎮定下來。「說說妳作了什麼夢。」

「我在森林裡，」褐皮開始說她的夢：「可是我不記得以前有見過那片空地。反正有隻貓坐在石頭上……一隻黑貓，我猜他是夜星。你知道的，就是在爸爸之前的那個影族族長。我……我想，星族如果想派什麼使者來影族傳話，應該不會派虎星吧？」

「他跟妳說了什麼？」棘爪啞著嗓子問，不過他已經知道姊姊會說什麼了。

「他告訴我森林有大麻煩了，新的預言一定會成真。我已經被選中，要在新月時和另外三隻貓會合，傾聽來自午夜的訊息。」

棘爪瞪著她，打了個冷顫。

「怎麼了？」褐皮問，「你怎麼怪怪的？」

「因為我也作了跟妳一樣的夢，除了跟我說話的換成藍星。」

褐皮瞇起眼睛，棘爪也看見她黃褐色的身體顫抖了一下。最後她問：「你有沒有跟別的貓說？」

棘爪搖搖頭。「我不懂為什麼會作那個夢。老實說，我還以為是我吃錯東西了。我的意思是，星族為什麼不把這個夢托給火星或煤皮，反而找上我？」

「我也是這麼想。」他的姊姊附和。「而且我還以為，另外三隻貓都是影族的，可是又沒聽別的貓提起，所以……」

「我知道，我也是啊！我也以為會是雷族的戰士；看來我們都猜錯了。」

棘爪環顧空地。貓群漸漸散去，大集會現場已經沒剩幾隻貓了。除了一些對鷹霜和蛾翅的事仍忿忿不平的貓兒之外，大部分的貓心情似乎都不錯，不像被什麼夢境困擾的樣子。到底是什麼樣的大麻煩呢？……要是真有麻煩降臨，他和褐皮又能怎麼做？

「你覺得我們現在該怎麼辦？」褐皮的話正好反映了他的心情。

「如果這場夢是真的，那麼應該還有另外兩隻貓也被通知了。」棘爪回答。「而且，一定是其他兩個部族的戰士；我們得想辦法把他們給找出來。」

「是哦，」褐皮嘲弄地說，「難道你要走進風族或河族的領地，問每隻貓有沒有作過奇怪的夢？我才不會這麼做呢！就算他們不賞我們兩巴掌，也會以為我們瘋了。」

「難道妳有更好的建議？」

「四隻貓應該在新月時碰面。」褐皮若有所思地說：「可是夜星並沒有說在哪裡碰面，所以應該是四喬木吧。四個不同部族的貓，只有在這裡才可能碰面。」

「所以妳認為，我們應該在新月時回到這裡？」

「除非你有更好的點子。」

棘爪搖搖頭。「我只希望其他的貓也知道要來這裡碰面，我是說如果……如果那個夢是真的。」

他突然住口，因為有貓在叫他的名字。他轉過身，只見火星站在不遠處，身邊圍著雷族貓。「該走了！」火星對他說。

「馬上過來。」他轉身連忙對褐皮說：「那就新月時見。在那之前，千萬別跟其他貓說這件事。我們對星族要有信心，相信另外兩隻貓也會來。」

褐皮點點頭，跟著其他同伴一溜煙地鑽進灌木叢裡。棘爪連忙趕上火星，暗自祈禱自己沒有表現出太過惶惶不安的樣子。他曾經想忘掉這個夢，但如果褐皮也作了一樣的夢，這表示他別無選擇，只能坦然接受它。就要大難臨頭了，他卻完全不知道該怎麼辦，也想不透午夜能告訴他什麼訊息？

哦，星族啊，他在心裡默默祈禱。**但願祢們知道自己在做什麼！**

第四章

棘爪走出戰士窩，看了看空地。又過了一個禮拜，還是沒有下雨，森林裡又悶又熱，營地附近的小溪也已經乾了。現在族貓都得走到四喬木那兒才喝得到水。還好那邊的河岸都是沙礫，河面平坦，就算沒下雨，河水仍然充沛。

從大集會以後，棘爪就睡得不太安穩。他每天早上醒來，都覺得忐忑不安，深怕夜裡會發生什麼可怕的災難，但什麼事也沒發生。今天早上，白掌和潑掌在見習生窩外練習打鬥動作；嘴裡叼著一隻松鼠的鼠毛從金雀花叢隧道走了出來，後面跟著她的見習生蛛掌和雨鬚，嘴裡也叼著生鮮獵物。火星和灰紋在高聳岩下討論事情，鼠掌和塵皮則在一旁洗耳恭聽。

火星用尾巴向棘爪示意。「要不要一塊兒去巡邏？」他問。「我打算到與影族交接的邊界那兒看看，免得他們越界喝水。」

「可是黑星不是說，他們的水源充足

嗎？」棘爪提醒他。

火星的雙耳抽了一下。「沒錯，但我們也不能完全相信那些族長在大集會上說的話。而且我一向不太信任黑星。如果他認為我們這裡有更多獵物，難保他不會派戰士過來偷獵。」

灰紋也同意。「影族已經安分了好幾個月，我覺得他們就快蠢蠢欲動，等著找麻煩了。」

「我只是在想……」棘爪欲言又止。雖然不好意思違抗族長的命令，但他確實想到一件火星沒有考慮到的事。

「說吧。」火星催他開口。

棘爪深吸一口氣，看來他只好有話直說了。只是鼠掌用綠色的眼睛瞪著他，好像在質疑他怎麼可以不聽她父親的話。「我只是在想，就算會有麻煩，也比較可能是從風族來的。」他試探性地說，「就像高星說的，他們那兒已經完全沒水了，所以獵物應該也會變少。」

「風族！」鼠掌突然開口，「棘爪，你是鼠腦袋啊！河族不是已經答應，讓風族到他們領地上喝水嗎？就算他們要偷捕獵物，也是偷河族的。」

「可是河族的領地很長，剛好夾在那條河流和我們的邊界之間。」棘爪反駁。「如果風族真的偷抓獵物，獵物很容易會越過邊界，跑進我們的領地。」

「你別自作聰明了。」鼠掌跳起來，豎起一身毛髮。「火星叫你去巡邏影族邊界，你在囉嗦什麼？」

「對啊，像鼠掌就不會不聽戰士的話，對不對？」塵皮冷冷地補上一句。

鼠掌故意裝作沒聽見。「影族最愛找麻煩了，」她堅持，「我們和風族現在是盟友了。」

棘爪生氣了。他並不想質疑火星。火星是英雄，曾經拯救這座森林，讓它免於被虎星和他帶來的無賴貓給占領，他是無可取代的；只是棘爪還是認為，風族有可能威脅到雷族。他很想和火星好好討論這件事，但鼠掌這麼愛跟他唱反調，根本談不下去。

「妳才自以為是哩！」他往前跨出一步，咬著牙對著她說。「妳就不能安靜地聽嗎？」

鼠掌一掌揮過來，棘爪敏捷地低頭閃過；雖然她沒伸出爪子，但他已經控制不了自己的脾氣。他蹲下來，準備隨時撲上去，尾巴快速地前後擺動。如果鼠掌真想打架，他就陪她打一場！

還好在這兩隻年輕氣盛的貓開戰之前，火星插手了。「夠了！」他大吼。

棘爪像洩了氣的皮球。他起身舔了舔自己的胸毛。「對不起，火星。」

鼠掌沒吭聲，只是不滿地瞪了他一眼，直到塵皮提醒她：「那妳呢？」

「對不起！」鼠掌咕噥著，但立即反駁道，「可是他本來就是個鼠腦袋啊！」

「老實說，我覺得他講得有道理，你認為呢？」塵皮對火星說。「影族以前是常惹麻煩沒錯，未來大概也是；但如果風族剛好在我們的邊界遇上一隻肥田鼠或松鼠，難保他們不會心動。」

「你說得也對。」火星讓步了。「這樣好了，棘爪，你就去巡邏河族的邊界，直到四喬木那裡。塵皮，你跟鼠掌也去那兒看看好了。」接著他瞇起眼睛，一下瞧瞧自己的女兒，一下看看棘爪。「我想你們兩個最好學會怎麼好好相處。」

「是，火星。」棘爪回答。他鬆了一口氣，還好沒真的跟鼠掌打起來。

「那麼就有兩支巡邏隊了。」灰紋高興地說。「我再去多找些貓來。」他跳起來，一下子就消失在戰士窩裡。

火星對塵皮點點頭，授意由他帶領巡邏隊，然後就走回他位於高聳岩另一側的窩裡。

「好了，我們走吧！」塵皮喵了一聲。他朝金雀花叢隧道走去，回頭看了站著不動的鼠掌一眼。「又怎麼啦？」

「不公平，」鼠掌咕噥，「我不想和他一起巡邏。」

棘爪翻了個白眼，但他現在不想跟她吵。

「那妳剛剛就不該說那些話。」塵皮告訴他的見習生。他走回來，很嚴厲地看著她。「鼠掌，妳遲早得學會什麼時候該說話，什麼時候該住嘴。」

鼠掌故意嘆了一口大氣，「可是為什麼老是該我住嘴啊。」

「瞧，妳終於搞懂了。」塵皮用尾巴輕彈她耳朵。棘爪感覺得到他們的師徒情深。「好了，你們兩個，我們需要重新加強那裡的氣味記號。運氣好的話，或許還能捉到一兩隻老鼠。」

在陽光岩，鼠掌一見到肥田鼠，心情立刻好了起來。棘爪不得不承認，她的確是個一流的獵人：極有耐心地悄悄接近獵物，然後瞬間出擊，一掌打死獵物。

「塵皮，我好餓哦，」她大聲說，「我可以吃牠嗎？」

她的導師想了一下，最後點點頭。「族貓都吃飽了。」他說，「況且這次出來也不算狩獵。」

鼠掌蹲在剛殺掉的動物前，先咬了一大口，再瞄了棘爪一眼。「嗯……真好吃。」她含糊不清地說，然後停下來，把剩下的獵物推到棘爪面前。「要不要吃一點？」

棘爪本來想說，不勞她費心，他自己會抓獵物。但他馬上恍然大悟：鼠掌是藉機找他和好。「謝了！」他喵了一聲，也咬了一口。

塵皮從岩石頂端縱身跳下。「等你們兩個吃飽了……」他開口，「鼠掌，妳有聞到什麼嗎？」

「你是說除了田鼠嗎？」鼠掌厚著臉皮問。她跳起來，舔舔空氣的氣味。風是從河族那頭吹來的，於是她很快回答：「是河族貓——而且氣味很強烈、很新鮮。」

「很好。」塵皮似乎很高興。「有支巡邏隊剛走過去，不用管他們。」

而且沒有風族的蹤影，當他們繼續往前走時，棘爪想道。但這不表示他的推測不正確——他不認為會在這麼遠的下游遇見他們，因為從邊界到這兒，可都是雷族的領地。

三隻貓兒愈走愈接近四喬木，他們穿過兩足橋，停下腳步，掃視斜坡。風停了，靜止不動的空氣裡盡是貓的強烈氣味。

「風族與河族。」棘爪輕聲對塵皮說。

經驗老到的戰士點點頭。「可是河族准他們到河邊來。」他提醒棘爪。「現在也看不出來他們有沒有越界。」

「你看吧！」鼠掌還是忍不住插嘴。

棘爪聳聳肩，他本來就希望自己猜錯了。他才不想和風族貓起衝突。

塵皮正打算往四喬木繼續前進，但棘爪突然聞到別種氣味——又是風族！而且這次的氣味更強烈，是剛剛才經過的。他不敢出聲，趕緊用尾巴暗示塵皮，一對耳朵朝氣味的方向偏過去。塵皮在草堆裡蹲下來，示意他的同伴們也跟著做。

拜託星族保佑！棘爪祈禱著，**鼠掌千萬別又自作聰明了。**

不過，見習生這次倒是很安靜。她也蹲了下來，順著棘爪指示的方向，兩眼緊盯前方的蕨葉叢。過了好一會兒，都沒再聽見任何聲響，只有附近河流的潺潺流水聲。又過了一會兒，突然傳來一陣沙沙聲，一隻黑棕色的貓從蕨葉叢裡往外瞧，發現沒有動靜，才鬼鬼祟祟地鑽了出來，走到離雷族邊境不遠的空地上。棘爪認出那是泥爪，風族的副族長，身後還跟著一鬚和一隻比較瘦小、黑灰色的貓，棘爪沒見過他——八成是見習生吧！棘爪想——但那個見習生的嘴裡竟然叼著一隻田鼠。

泥爪回頭看了一眼，低聲說：「你們去邊界那兒。我聞到雷族的味道了。」

「我怎麼一點都不驚訝？」塵皮大喊，猛然從草叢裡站了起來。

泥爪縮起身子，沒敢回嘴，只是發出低沉的嘶吼聲。棘爪馬上跳到同伴身邊，鼠掌也趕緊站在導師旁邊。

「你們在我們的領地上做什麼？」塵皮盤問，「我看是不用問了。」

「我們沒偷獵物。」泥爪反駁道。

「那這是什麼?」鼠掌用尾巴指指那個見習生嘴裡的田鼠。

「牠不是雷族領地裡的田鼠。」一鬚解釋。一鬚原是火星的老朋友,但因為被活逮而露出尷尬的表情。「牠從河族那邊穿過邊界跑過來的。」

「就算真是如此,也是從河族偷的。」棘爪提醒他。「他們只准你們喝水,沒准你們偷抓獵物。」

那隻灰黑色的見習生放下嘴裡的田鼠,穿過草地,走到棘爪跟前。「誰要你多管閒事!」他啐了一口。

他說完就突然衝上前,把棘爪壓在地上。見習生的尖牙正想插進棘爪的脖子,棘爪驚叫一聲,隨即俐落地翻了個身,伸出利爪往對方的肩膀劃了過去;他發覺對方的後爪正往他的腹部抓,他怒吼了一聲,先掙脫掉被箝住的脖子,再對準敵手的咽喉、準備撲上去。

就在棘爪的利齒鎖定好目標之際,只見一鬚一掌揮來。他原以為這下得面對兩個敵人了,沒想到這位風族戰士竟一掌推開見習生,居高臨下地瞪著他。

「夠了,鴉掌!」他咆哮道。「是我們先闖進雷族的地盤,你還敢攻擊對方?要造反啦?」

鴉掌瞇起眼睛,不甘心地回瞪他。「他叫我們小偷耶!」

「他有說錯嗎?」一鬚轉身,直接面對只離他幾個狐狸身長的塵皮。棘爪趕忙從地上爬起來,發覺雷族戰士正擋在鼠掌前面,以防她輕舉妄動。

「對不起,塵皮。」一鬚繼續說道,「那是河族的田鼠,我知道我們不應該偷獵,但我們的領地幾乎見不到什麼獵物了，而長老和孩子們都餓了，所以……」他沒往下說，好像警覺到自己說太多了。「你打算怎麼辦？」

「那隻田鼠是你們跟河族之間的事。」塵皮冷冷地回答。「我沒必要告訴火星這件事——除非再被我逮到一次。現在就請滾出我們的領地！」

泥爪輕推鴉掌，要他起來。這位風族副族長顯然還在因為被活逮而有些火冒三丈。棘爪注意到他沒像一鬚一樣向他們道歉，一聲不吭地就帶頭往邊界走去。一鬚緊跟在後，鴉掌則有些遲疑、最後還是叼起地上的田鼠，一溜煙地跟在後頭跑了。

「我猜這種事應該不會再發生了吧！」鼠掌不屑地對棘爪說，表情有些不甘願。「你大概很得意自己猜中了吧？」

「我可什麼話也沒說。」棘爪反駁。

鼠掌沒說話，反而舉起尾巴，趾高氣昂地走了。棘爪看著她的背影，嘆了一口氣。他寧願這件事從沒發生過。他感覺得出災難正在悄悄降臨；族貓們已經變得又餓又渴，全都在冒險，就連一鬚這種正直的貓，也淪落到必須擅闖別族領地、偷獵和撒謊。高溫持續籠罩著森林，沉重的氣氛壓得大家快喘不過氣來，彷彿所有生物都只能等待風暴來襲……難道這就是星族所說的災難嗎？

接下來幾天，隨著月亮變得愈來愈彎，棘爪簡直覺得度日如年。一想到去四喬木跟褐皮見面後可能會發生什麼事，一顆心更是七上八下。真的會有其他部族的貓來嗎？午夜究竟會透露什麼訊息？會不會是星族自己下凡來告訴他們呢？

終於等到那天晚上了。月亮消失無蹤，幸好有銀毛星群冷冷的光輝，讓棘爪可以毫無困難地沿著金雀花叢隧道，一路爬上峽谷。他穿過層層矮樹叢，樹葉窸窣作響；他盡量放輕腳步，彷彿在跟蹤一隻老鼠。其他雷族戰士可能還沒睡，棘爪不想被他們發現，也不想跟他們解釋他要去哪裡。他沒有把那個夢告訴任何一隻貓，也知道火星不會准他在沒有滿月協定的保護下，去見其他部族的貓。

此刻的空氣很涼爽，但仍然瀰漫著一股大地乾裂所帶來的塵土味。地上的植物全都病懨懨地低著頭，甚至乾枯凋零，整座森林像隻餓壞的小貓一樣吵著要雨水喝。要是再不下雨，恐怕不光只有風族會缺水而已。

當棘爪抵達四喬木時，四處還空蕩蕩的。巨岩兩側的岩石，在星光下閃閃發亮，四棵老橡樹的樹葉則隨風擺盪，沙沙作響。棘爪忍不住發抖。他習慣看見山谷裡擠滿貓群的樣子，如今這裡卻顯得毛骨悚然，整個空間比他印象中的還要大，到處是陰森森的影子。他幾乎可以想像，自己正走進星族的神祕世界裡。

他穿過空地，走到巨岩底下坐好，然後豎起耳朵，一點聲響也不敢放過，每吋神經都繃得緊緊的。還有誰會來呢？隨著時間一分一秒過去，棘爪興奮緊張的情緒，逐漸變成了焦慮。沒想到連褐皮也沒來！或許她改變主意了，也或許是他根本搞錯了地點。

終於，他看見半山腰的灌木叢裡有動靜。棘爪繃緊神經。風是從他這個方向吹過去的，所以他根本聞不到對方的氣味。如果風是從那裡吹來，或許他就能知道來的是河族還是風族貓。

他盯著遠方斜坡上蕨葉叢的動靜，一刻也不敢大意。只見蕨葉叢裡突然起了一陣騷動，有隻貓鑽了出來，走進空地。

棘爪瞪大眼睛，動也不動，然後才猛地跳起，氣得豎起了脖子上的毛。

「鼠掌！」

第五章

棘爪拖著腳步穿過空地，最後站在見習生面前。「妳在這裡做什麼？」他咬著牙說。

「嗨，棘爪！」鼠掌故作鎮定，但閃爍的眼神卻遮掩不住興奮之情。「我睡不著，就跟著你跑出來了。」她愉快地說。「我很厲害吧，我一路從森林那頭跟過來，都沒被你發現。」

這倒是真的，不過要棘爪誇她，簡直比登天還難。他發出不屑的低吼聲，有股衝動想跳過去賞她兩掌，要她別再擺出一副沾沾自喜的模樣。「妳怎麼不管好妳自己就好？」

母貓瞇起眼睛。「當一族的戰士趁夜偷偷跑出營地，誰都可以管吧。」

「我不是偷偷的。」棘爪不安地辯解。

「不是嗎？」鼠掌嘲諷地問。「你離開營地，直接走到四喬木，然後就一直坐在這裡，好像在等其他戰士從樹林裡跳出來。別說你只是在欣賞美麗的夜色。」

「我不必跟妳報告我的行蹤。」棘爪有些絕望地回答。現在他只想在其他部族的貓到來之前，擺脫掉這個討厭的見習生。鼠掌沒提到那個夢，這表示她什麼也不知道，所以她不能來這兒，他也不該告訴她之後的預言——如果真的有的話。「這不關妳的事，鼠掌。妳回去好不好？」

「不要！」鼠掌索性坐了下來，尾巴擺在前腳上，綠色的眼睛直視棘爪。「我不走。除非讓我知道是怎麼回事。」

棘爪像洩了氣的皮球發出不滿的低吼，突然一個聲音在他身後響起，嚇得他跳了起來。「她為什麼會在這裡？」

是褐皮！她悄悄從巨岩後方走過來，瞇著眼懷疑地盯住鼠掌。「我們不是說好，不要告訴其他貓的嗎？」

棘爪的毛髮都豎起來了。「我沒告訴她！是她看見我離開營地，偷偷跟過來的。」

「幸好我跟來了，」鼠掌站起身，直接迎向褐皮的目光，兩隻耳朵往前伸。「你竟然在夜裡偷偷跑出來跟影族的戰士密會。要是我告訴火星，他會怎麼想？」

棘爪覺得胃部一陣痙攣。也許他應該一開始就該告訴火星有關夢的事，但現在顯然已經太遲了。

「聽著，」他緊張地說，「褐皮不只是影族的戰士，她也是我姊姊。妳又不是不知道，我們根本沒什麼陰謀。」

「那為什麼要偷偷摸摸的？」鼠掌質問。

棘爪正在想該怎麼回答時，褐皮突然打斷他，用尾巴指指斜坡的方向。「你看！」

棘爪瞥見灌木叢間有灰色的身影。不一會兒，羽尾和暴毛走了出來。只見他們小心翼翼地四處張望，直到羽尾發現還有其他貓，趕緊穿過空地，飛奔而來。

「我沒猜錯呢！」她在棘爪和兩隻母貓面前即時停住，大聲地說。她睜大了眼睛，困惑又緊張地問：「你們也夢到了，對嗎？就是我們四個嗎？」

「褐皮和我都作了那個夢。」棘爪回答。鼠掌搶著問：「什麼夢？」

「星族的夢。祂們說即將大難臨頭。」羽尾不是很肯定地回答，眼睛來回瞧著眼前的兩隻貓。

「你們倆都作了夢嗎？」棘爪看了一眼暴毛。暴毛也是河族戰士，他跟在妹妹後面走了過來。

暴毛搖搖頭。「沒有，只有羽尾。」

「我好害怕。」羽尾坦承。「一想到那個夢，我就吃不下也睡不著。暴毛覺得我怪怪的，一直要我說究竟作了什麼夢；所以我們決定今晚來四喬木看看，也就是新月時分。暴毛不肯讓我自己來。」她親密地舔了舔哥哥的耳朵。「他……他怕我遇到危險。可是沒有危險啊，不是嗎？我是說，我們都認識彼此嘛！」

「不要那麼快就相信其他的貓。」暴毛冒然打斷她的話。「我不喜歡這種密會別族貓的感覺，這不符合戰士守則。」

「可是我們都有從星族那兒得到指示啊！是祂們要我們來的。」褐皮指出。「藍星找上棘爪，而夜星找上我。」

「我看見橡心。」羽尾說。「祂說森林即將有大災難降臨，我必須在新月時分和另外三隻貓碰面，傾聽來自午夜的訊息。」

「祂也是這樣告訴我的。」褐皮肯定地說，兩耳朝暴毛的方向動了動。然後又補充道：「我也不喜歡這種事啊，可是我們必須繼續等待，看星族要我們做什麼。」

「是午夜，不是嗎？」暴毛喵了一聲，抬頭看著星群。「時間應該快到了。」

棘爪注意到鼠掌瞪大了眼睛，心裡覺得大勢不妙。「你們的意思是，星族要你們來這兒會合？」年輕的母貓突然提問。「祂們說有大災難要降臨？什麼樣的災難？」

「我們不知道。」羽尾回答。「至少橡心沒告訴我……」她還沒說完，便困惑地看了看另外兩隻貓；但棘爪和褐皮也只是搖搖頭。

暴毛的眼睛瞇成一條縫。「你這個同伴又沒作夢……」他質問棘爪。「那她為什麼來這裡？」

「你也沒有啊！」鼠掌毫不膽怯地起身迎向河族戰士。「你能來，我為什麼不能來？」

「至少他有被邀請。」棘爪不高興地說。

「那就趕她走啊，」褐皮提議。「我可以幫你。」

鼠掌一個箭步衝上去，氣呼呼地對著影族戰士，豎起尾巴。「妳敢碰我試試看……」

棘爪嘆口氣。「如果現在趕她回去，她一定會找火星告狀的。」他喵了一聲。「而且她都已經聽到這麼多了，我看還是讓她留下來吧。」

鼠掌不屑地哼了一聲，乾脆坐下來，用舌頭舔舔腳掌，開始整理起自己來了。

「老實說，棘爪，」褐皮抱怨著，「你也太不小心了，竟然讓一個見習生跟了過來。」

「這是怎麼回事？」一個新的聲音從他們身後傳出，音調尖銳，帶點挑釁的味道。「不會吧，死足明明說只有四隻貓啊！」

棘爪跳起來，回頭一看，不禁瞇起眼睛，兇惡地瞪著對方；因為說話的正是那隻灰黑色、四肢削瘦、頭顱小而勻稱的貓。「竟然是你！」他輕蔑地說。

風族的見習生——鴉掌——只離他們幾個狐狸身長的距離；就是他跑進雷族領地偷抓田鼠的。

「沒錯，是我！」他不甘示弱地回答，一身毛髮豎直，彷彿隨時可以打上一架。

褐皮豎起耳朵。「你是風族的嗎？」她把對方打量了一遍。「個頭真小。」

「他只是個見習生。」棘爪對她說明，但鴉掌卻張嘴發出低吼聲。「他叫鴉掌。」

棘爪瞄了一眼鼠掌。他可不希望她在這個時候提起田鼠那件事。他當然想懲罰風族越界偷獵的行為，但得有適當時機，比方說大集會的時候。絕不能在這裡打私架，畢竟他們今天的密會，也算違背了戰士守則。鼠掌的尾尖不斷抽動，棘爪鬆了口氣，幸好她什麼也沒說。

「你也作了那個夢？」羽尾問道。棘爪發現她眼裡焦慮慢慢消失，好像她終於確定這個夢是真的，開始變得有信心了。

鴉掌敷衍地點點頭。「我夢見死去的副族長死足。」他喵了一聲。「祂要我在新月時分，和另外三隻貓碰面。」

「這麼說，每個部族都有一隻貓。」羽尾說。「現在我們都到齊了。」

「現在我們只要等待午夜的訊息就可以了。」棘爪也說。

「妳知道這是怎麼回事嗎？」鴉掌轉身背對棘爪，直接問羽尾。

「如果是我的話……」鼠掌搶在羽尾之前回答。「我不會這麼快就相信這種事。如果真的有大災難要來，星族在找上你們之前，難道不會先警告各族族長或巫醫嗎？」

「那妳要怎麼解釋這些？」棘爪不滿地反問，他並不是沒這樣想過。「我們為什麼都作了同樣的夢？」

「也許你們吃太飽了？」鼠掌回答。

鴉掌猛地轉過身，生氣地瞪著她，「誰要妳回答了？」

「我愛怎麼說，就怎麼說。」鼠掌頂了回去，「你管得著嗎？你又不是戰士。」

「妳也不是！」灰黑色的貓兒反駁。「對了，妳在這兒做什麼？妳又沒作夢，我們不需要妳在這兒礙事。」

棘爪伸出爪子想保護鼠掌。就算他很氣鼠掌跟蹤他，但也輪不到鴉掌多管閒事；不過他又想，反正鼠掌也不會感激他，光憑她自己的伶牙俐嘴，肯定也不會吃什麼虧。

「我看他們也不見得歡迎你！」她吼了回去。

鴉掌氣得啐了一口，耳朵往前伸，眼裡滿是怒火。

「別為這種小事生氣。」羽尾開口。

可是那隻瘦小的黑貓沒聽進去。他快速地揮動自己尾巴，往鼠掌撲了過去；棘爪也立刻動身，趁鴉掌傷害鼠掌前，一把推開他。

「你給我冷靜點！」他斷聲說道，一隻爪子頂住鴉掌的脖子。他不敢相信，風族見習生竟然會在他們還在苦候星族指示時，就先耐不住性子打了起來。萬一星族真的想交付他們什麼神祕任務，總不能為了這麼一點小事就起內鬨吧。

鴉掌好戰的眼神消失了，但還是滿臉怒氣。棘爪鬆爪讓對方起身，然後才轉過身子，整理身上零亂的毛。

「別以為我會謝你，」棘爪一點也不驚訝鼠掌不知感恩，還跟鴉掌一樣氣呼呼地瞪他。「我自己應付得來。」

棘爪氣惱地說：「除了打架，還有更重要的事等著我們去做。如果這個夢是真的，那麼星族一定希望所有部族能團結合作。」

他環顧空地，多希望此刻就有星族祖靈現身，在下一次他不能阻止的衝突爆發之前，告訴他們該怎麼做。可是銀毛星群灑在空地上的亮光，只照出他們這幾隻貓的身影。除了夜色中尋常的植物氣味，遠方獵物的味道，以及風吹過橡樹枝所發出的嘆息，棘爪什麼也沒發現。

「現在一定已經過午夜了。」褐皮說。「我想星族不會來了。」

羽尾轉頭看看空地四周，瞪大了焦慮的藍眼睛。「可是祂們應該要來的啊！如果那個夢不是真的，為什麼所有的夢內容都一樣？」

「那為什麼一點動靜都沒有？」褐皮質疑道。「我們都在這裡、在新月時分碰面，就像星族所說的那樣。接下來還能做什麼？」

「我們太笨了，根本不該來這裡。」鴉掌極不友善地瞪了他們一眼。「這個夢完全沒有意義。根本就沒有預言，也沒有危險——就算有，光靠戰士守則也夠捍衛整座森林了。」他說完便穿過空地，往風族方向的斜坡走去，同時丟下最後一句話：「我要回去了。」

「走得好！」鼠掌在後面大叫。

對方沒理她，不一會兒便消失在灌木叢裡。

「褐皮說得沒錯，什麼事也不會發生。」暴毛喵了一聲。「我看我們也回去好了。走吧，羽尾。」

「等等，」棘爪說。「也許是我們自己搞砸了——也許星族不高興我們打架，所以沒現身。可是我們不能假裝什麼事都沒發生，或我們沒作過那個夢。我們應該想想下一步該怎麼辦？」

「我們能怎麼辦呢？」褐皮問，然後用尾巴指指鼠掌。「也許她說得對，星族怎麼會捨那些族長而挑上我們呢？」

「我也不知道，但我相信祂們已經挑選好了。」羽尾溫和地說。「只是我們還沒搞清楚，也許祂們會找另一個夢跟我們解釋。」

「也許吧。」她哥哥懷疑地回答。

「我們一定要想辦法參加下次的大集會。」棘爪提議。「或許到時候就會有別的預兆出現。」

「可是鴉掌不知道我們會再碰面。」羽尾望著風族見習生消失的方向，有些擔憂地說。

「又不差他一個，」暴毛隨口答道。可是一看見妹妹眼中憂慮的神色，又趕緊補上一句：「等他到河邊喝水的時候，我們再想辦法告訴他好了。」

「好吧，就這麼決定。」褐皮說道。「我們等大集會的時候再見囉。」

「那我們要怎麼告訴我們的族貓？」暴毛問道。「知情不報是違反戰士守則的。」

「星族從來沒說不准把夢說出去。」褐皮補上一句。

「我知道，可是……」羽尾遲疑了一會兒，但還是說出口了。「我就是覺得不該說。」

棘爪知道暴毛和褐皮說得對，沒把夢的事向火星和煤皮報告，這點一直讓他有罪惡感。但他也覺得羽尾的直覺沒錯，所以他沒吭聲。

「我也不太確定，」他喵了一聲。「萬一我們的族長禁止我們再碰面，那怎麼辦？我們是聽他們的話，還是聽星族的？」他雖然感覺得出其他貓兒的不安，但還是繼續說：「我們知道的不夠多，所以還不方便說。至少等到下次大集會，也許我們都已經收集到更多徵兆，那時再說明也不遲。」

羽尾立刻同意他的說法，顯然鬆了一口氣。一會兒之後，暴毛也不甘願地點頭同意。

「我們把下次的大集會訂為最後期限，」褐皮喵了一聲。「到時萬一還是沒有頭緒，我一定要向黑星報告。」她伸了一個大懶腰，拱起背、前腳伸直。「好吧，那我走囉。」

棘爪與她互觸鼻頭，以示告別。他深吸了一口褐皮身上的味道——他熟悉的氣味。「我們同時被選上，一定代表了什麼吧。」他喃喃自語。

「也許。」褐皮的綠眼眸並不否認。「不過其他的貓真的都沒有親戚關係，」她伸出舌頭，親暱地舔舔棘爪的耳朵。「誰曉得星族在想什麼。大集會時再見了。」

棘爪看著她一路跳著穿過空地，這才轉身面向鼠掌，「走吧，我有話想跟妳說。」

鼠掌聳聳肩，轉身離開，朝雷族領地的方向走去。

棘爪和羽尾、暴毛道過晚安後，緊跟著她往斜坡走去。等他從山谷裡走出來時，一陣又黏又熱的風撲了上來，吹亂他全身的毛髮，森林裡的樹葉也隨之翻騰作響；天空烏雲密布，完全掩蓋了銀毛星群的光芒。森林裡寂靜無聲，空氣無比地沉重。棘爪想，暴風雨應該快來了。

就在他往河邊跑過去時，鼠掌突然停下腳步。她背脊上的毛髮不再豎直，顯然已經放鬆下來，綠色眼眸在黑夜中閃閃發亮。

「剛剛好刺激哦！」她大聲地說。「棘爪，下次集會時，再帶我一起去好不好？拜託你啦！我從來沒想過可以成為星族預言裡的一員耶！」

「妳本來就不是。」棘爪斷然說道。「星族又沒託夢給妳。」

「可是我已經知道是怎麼回事啦，不是嗎？如果星族不要我參加，祂們一定不會讓我跟到四喬木那兒的。」鼠掌從前面擋住他，逼他停下腳步。她懇求地望著他。「我幫得上忙的，你要我做什麼，我就做什麼。」

棘爪忍不住笑出來。「那恐怕連刺蝟都會飛了。」

「不，我是說真的。」她瞇起綠色眼睛，「我不會告訴其他貓的，至少這件事你可以信任我。」

過了好一會兒，棘爪這才專注地看著她。如果她回去告訴火星這件事，他的麻煩就大了；

要是她能守口如瓶，自然值得一試。

「好吧，」他決定讓步。「如果有什麼訊息，我會告訴妳，不過前提是妳必須守口如瓶。」

鼠掌伸直尾巴，眼裡發出愉悅的光芒。「謝謝你，棘爪！」

棘爪嘆了口氣。不知怎的，他總覺得這個口頭協定恐怕會讓他惹上更多麻煩。他隨著鼠掌走進樹林深處，一想到或許有什麼看不見的東西正緊盯著他們，他就覺得渾身不自在。但不管怎麼說，森林裡就算再黑暗、再兇險，恐怕也不及那個說了一半的預言吧！萬一藍星所說的災難真的要到了，那麼他恐怕也會因為自己的一知半解，犯下致命的錯誤而深陷險境吧。

第六章

葉掌整夜都沒睡好，不斷作一些栩栩如生的怪夢。一開始，她以為自己正跟著一股氣味往四喬木走去，沿著一條看不見的小徑穿越森林；然後夢境變了，她脖子上的毛全都豎了起來，彷彿遇上敵人，隨時準備迎戰；只是威脅又突然不見了，她只覺得愈來愈冷……直到猛然驚醒，葉掌才發現她的青苔床鋪已經被雨水打溼，樹林裡雨聲好像輕柔的鼓聲那樣，在四周叮咚作響起來。

她起身穿過被蕨葉叢圍繞的小空地，直接衝進煤皮的窩裡避雨。巫醫正安穩地睡在她後牆邊的床鋪上，沒有因為進來甩掉雨滴的葉掌而醒過來。

年輕的見習生瞇眼看著外頭的空地，忍不住打了個呵欠。她知道頭上的樹影正隨著第一道曙光，從黑色轉成了灰色。漫長的乾旱終於因為這場及時雨結束了，但她想起剛才的夢境——是星族想要暗示她什麼嗎？或者只是她和鼠掌之間的心電感應？這已經不是她第一次感應到姊姊的動靜了。

葉掌嘆了一大口氣。她雖然不願這麼想，但她猜得到，鼠掌八成摸黑溜出營地，狩獵去了，所以她才會夢到在森林中奔跑的景象。鼠掌肯定不是參加正規的狩獵隊，萬一被火星發現，不知道又要惹上什麼麻煩。

葉掌蜷伏著，發現雨勢已經轉小了，雲層也變成淡淡的黃色，開始散開來。煤皮還在睡，她看了煤皮一眼，便一溜煙地跑了出去。她穿過蕨葉叢隧道，沒理會身上的雨水，直接往大空地跑過去，彷彿只要盡快找到鼠掌，便能幫忙她隱瞞錯事似的。

可是到了空地，卻不見她姊姊的蹤影。已經有另外三個見習生從窩裡走出來，圍在淺淺的水坑旁。蕨雲的三隻小貓也從育兒室裡爬出來，瞪大了眼睛望著天上掉下來的奇怪水滴。蕨雲驕傲地看著自己的小貓們在水花裡打鬧，他們發出細細的尖叫，盯著雨滴在掌中彈起又落下。

葉掌瞧了他們一會兒，直到金雀花叢隧道口有了動靜才轉過身來。**難道是不巧遇上大雨的黎明巡邏隊？**她想，**還是夜不歸營的鼠掌回來了？**

然後她才發覺對方傳來不是雷族的氣味。她倒吸一口氣，正打算用低吼聲警告大夥兒時，才認出那一身光滑的黑色皮毛。原來是雷族以前的見習生，如今則像獨行貓一樣獨自住在風族領地邊緣、兩腳獸穀倉裡的烏掌。葉掌見過他一次，就在她和煤皮前往高岩山的路上。因為烏掌住的地方離兩腳獸很近，所以他都是趁夜間狩獵，很習慣在黑漆漆的森林裡穿梭來去。或許他可以告訴她，有沒有在夜晚的森林裡看見雷族的見習生在狩獵。

客人緩緩穿過空地，繞過比較深的水窪，刻意抬起腳掌，抖掉上頭的雨水。「嗨，妳是葉掌吧？」烏掌喵了一聲，耳尖朝向她。「突然下了場大雨，要不是剛好找到空心的樹幹躲雨，恐怕全身都要溼透了。不過這座森林也需要來場大雨了。」

葉掌很有禮貌地跟他打招呼。她正想找個適當的開場白來問他有沒有在路上看見鼠掌時，就被一個愉悅的聲音給打斷。「嗨，烏掌！」

白掌和潑掌穿過空地朝他們跑來。蕨雲的小貓也決定不玩雨水，跟了過來。三隻小貓裡最大的那隻，及時在烏掌面前停住，她用力吸了口氣。「新的貓，」她喵喵叫，「新的味道。」

獨行貓低頭和小貓們打招呼，開心地前後擺動尾巴。

「小冬青，他是烏掌。」潑掌告訴她，「他住在兩腳獸的農場裡，吃過的老鼠比你們三個小傢伙這輩子見過的還要多哦！」

小冬青睜大琥珀色的眼睛。「每天都吃嗎？」

「沒錯！」白掌正經八百地說，「每天都吃。」

「那我也要去那裡。」小灰貓喵了一聲，「我們可不可以去？現在就去？」

「等你大一點再說，小白樺。」蕨雲走過來加入他們，應聲答道。「歡迎你來，烏掌。真高興——小冬青！小葉松！不可以！」

兩隻褐色的小貓已經開始玩起烏掌那根不停搖動的尾巴，又拍又打，連爪子也伸出來了。烏掌縮了一下。「小貓，不可以這樣，」他柔聲斥責他們。「那是我的尾巴，不是老鼠。」

「真抱歉，烏掌！」蕨雲喵了一聲，「他們還沒學會規矩。」

「沒關係，蕨雲。」烏掌回答，不過還是趕緊將尾巴收到腳邊，免得小貓們玩過頭了。「小貓都是這樣。」

「這些孩子也出來夠久了，」蕨雲用尾巴圈住那三隻小貓，決定趕他們回育兒室。「跟烏掌說再見吧。」

三隻小貓喵著道別，蹦蹦跳跳地離開了。

「有什麼事嗎，烏掌？」白掌很有禮貌地問，「要不要吃點東西？」

「不用了，我在出發前吃過了，謝謝妳。」黑貓回答。「我是來找火星的，他在嗎？」

「他在自己的窩裡吧，」潑掌告訴他。「要不要我帶你過去？」

「不用了，我帶他過去好了。」葉掌說，因為她想找機會問問這名獨行貓，有沒有在森林裡遇見鼠掌。此時，潑掌的導師——刺爪——正好從戰士窩裡走出來。葉掌用耳朵指指他。「呃……你的導師是不是在找你？」

她才剛說完，便聽到刺爪在呼喚潑掌。見習生趕忙道別，往導師那兒衝過去，白掌也離開，跑去找蕨毛吃東西。

突然間，金雀花叢隧道那頭出現動靜；葉掌終於放下心來，因為她看見鼠掌了，嘴裡還拖著一隻兔子，正穿過泥地。葉掌快步走向她，又突然想起身後那名訪客，只好尷尬地折回去。

「那是妳姊姊，對不對？」烏掌喵了一聲，「如果妳要找她，就去吧，沒關係，我可以自己去找火星。」

葉掌鬆了口氣，轉身便往她姊姊那兒跑。鼠掌正準備往蕨葉叢隧道走去，一見到她便停下腳步，把叼在嘴裡的兔子扔在腳下。兔子的毛因為被拖過空地而沾滿了汙泥，鼠掌也因為大雨溼透了，不過眼裡倒是一陣得意。「很棒吧？」她朝獵物點了點頭，然後大聲地說，「這是送給妳和煤皮的。」

「妳到哪兒去了？」葉掌低聲問道。「害我擔心得要命。」

「有什麼好擔心的？」鼠掌的眼神閃過一絲不安。「妳以為我去哪兒？我……我只是趁雨停，跑到外頭打個獵而已啊，妳至少該跟我說聲謝謝吧！」

她不等葉掌回答，就逕自叼起地上的兔子，鑽進通往巫醫窩前的那片蕨葉叢裡。葉掌跟進去，不知道自己究竟該高興還是生氣，因為她知道鼠掌在騙她，而且還是生平第一次。如果她在夢裡感應到真的是姊姊的情緒，那麼鼠掌絕不只是出去追兔子而已。

她一走進蕨葉叢後方的小片空地，便看見鼠掌把死掉的兔子丟在煤皮的窩前。她姊姊很不以為然地說：「至少該誇我打獵技巧高明吧！」語氣雖然很得意，眼睛卻不敢直視葉掌。

「妳本來就很厲害，」葉掌承認。「牠好大喔！能在這麼不平靜的夜晚抓到，更是不簡單。」她尖銳地說。

鼠掌愣了一下，綠色的眼珠子轉呀轉的，最後才看著她的妹妹。「我沒有。」

「我知道妳有，妳幾乎整晚沒睡。到底發生了什麼事？我知道妳不是出去打獵而已。」

鼠掌盯著地面。「哦，我昨晚吃了一隻青蛙。」她含糊地說，「可能有點消化不良吧。」

葉掌用爪子猛刨著爛泥地，內心掙扎不已，不斷告訴自己要冷靜；她知道鼠掌在騙她，她實在很想放聲大叫，像小貓一樣大哭大叫：**妳是我姊姊！為什麼不跟我說實話？**

草。」

「哦，青蛙啊，」她喵了一聲。「那妳可以來找我啊，我可以給妳一些幫助消化的藥草。」

「好啦，我知道了……」鼠掌用那隻白色的腳爪不斷地刮地面。葉掌看見鼠掌雙耳平貼、一臉愧疚，知道其實她心裡也不好受，但她不打算就這麼饒過她。鼠掌為什麼要騙她？

「我現在好多了，」鼠掌還是不肯說。「不用麻煩了。」

這時煤皮從窩裡走了出來，鼠掌像是看到救星似地。煤皮的灰毛顯得有些凌亂，嘴裡還叼著一只用葉子紮起來的包裹。「哦，是生鮮獵物！」她把包裹放下，喵了一聲。「鼠掌，這隻兔子真大，謝謝妳了。」

鼠掌很快舔平巫醫肩上的毛，兩隻眼睛因為得到讚美而發亮。可是依然不敢看她的妹妹。

煤皮再次叼起那只包裹，拖著腳步穿過空地，將包裹放在葉掌面前。其實早在好幾個季節前，當煤皮仍是火星的見習生時，便因為轟雷路上的一場意外而傷到了後腿，以致於無法完成戰士的訓練；還好在當時雷族巫醫黃牙的細心照顧下逐漸康復，從此找到另一條可以效忠雷族的路。

「葉掌，請把這個拿去給花尾。」煤皮說。「這是罌粟籽，可以幫助她入睡。她牙疼得厲害。妳得告訴她，一次不要用太多。」

「好的，煤皮。」葉掌叼起包裹，穿過空地，臨走前還看了她姊姊一眼。看來是沒有機會再質問鼠掌了，而且她直到現在都不敢瞧自己一眼。一想到竟然有什麼事可以把她們兩個分開，葉掌背上的毛便不安地豎了起來。

「水！救命！到處都是水！快游！」棘爪大叫。突然一陣大浪襲來，把又鹹又苦的水灌進他嘴裡；厚重的毛髮被水拖著往下。他載浮載沉，胡亂揮舞四肢，試著把頭伸出水面。他伸長脖子，睜大眼睛，想看清楚附近有沒有蘆葦的蹤影，因為那代表河岸就在不遠處。但他只看到無邊無際的藍綠色波浪。遠方的地平線，他瞥見太陽沉入光芒萬丈的浪濤裡，即將消失的陽光照在他面前血紅的水面上。接著他又沉了下去，冰冷的鹹水再次灌進他的嘴裡。

我要淹死了！他在心中吶喊，身體不斷掙扎。**星族救我！**

他好不容易浮出水面，但一道強勁的水流緊抓住他的後腿，根本掙脫不了。他被水嗆得喘不過氣，拚了命的想要呼吸，沒想到眼前竟出現一面平滑陡峭的棕色岩壁。難道他被沖進峽谷了？不對，這些懸崖更高更陡峭。懸崖下方波濤洶湧，彷彿一個大口吞吐的黑洞，周遭尖銳的岩石，讓它看起來更像一張長著利齒的大嘴。棘爪驚慌起來，因為他發現這個漩渦正把他帶進那張石嘴裡。

「不要！不要！」他大喊。「救我！」

他在水中驚慌失措地又踢又打，漸漸失去了力氣。溼透的皮毛一直將他往下拉。大浪一波接著一波，把他往前推，終於撞上石頭，如今那張黑色的大嘴愈來愈近，噴著鹹鹹的泡沫，好像要把他活生生地吞下肚……

然後棘爪睜開眼睛。頭上只有樹葉，沒有懸崖峭壁，而他也沒有溺水，正好好的躺在鋪著青苔的沙地上。還躺著發抖的棘爪發現自己原來在戰士窩裡，不覺鬆了口氣。一陣陣雷聲已經被頭頂樹枝間的疾風給取代，冰涼的雨水滲過密密的樹葉，不斷滴在他的脖子上。他知道終於下雨了，喉嚨卻痛得像剛吞下一大口鹹水似的，嘴巴好乾好乾。

棘爪不安地站了起來。塵皮抬頭嘀咕道：「你是怎麼了？不能安靜點讓我們好好睡一覺嗎？」

「對不起！」棘爪喵了一聲。他開始清理身上的青苔，心臟還像要跳出胸膛般地狂跳。他覺得全身無力又虛脫，彷彿自己真的剛掙扎著從奇怪的鹹水中爬出來一樣。

窩裡愈來愈亮，棘爪知道太陽已經出來了。他起身，把頭探出層層樹枝，瞇著眼尋找可以止渴的水窪。

清涼的微風吹開了雲朵。棘爪看見升起的太陽在前面的空地上投下淡黃色的光芒，地上的水窪與樹枝、蕨葉上的小水珠全閃閃發光。整座森林似乎剛喝足了生命之水，大樹紛紛挺起布滿塵埃的綠葉，努力留住每一滴水珠。

「感謝星族！」鼠毛從窩裡走出來，經過棘爪身邊時喵了一聲。「我都快忘記雨的氣味了。」

棘爪謹慎地穿過空地，走到高聳岩旁邊的水窪，低下頭開始舔水喝，希望洗掉嘴裡的鹹味。他沒想過水竟然也有這種味道。就跟其他的貓一樣，有時候棘爪也會舔舔岩石上的鹽分，或嚐嚐獵物的鮮血，但一想到自己剛剛好像喝下超濃的鹹水，他背上的毛就忍不住豎了起來。

最後一陣驟雨打在水窪裡，沖淡了棘爪身上不愉快的鹹味。他抬起頭，像在沖澡一樣享受雨水的沁涼，突然瞥見火星正從高聳岩下方的族長窩走了出來，一面回頭和另一隻貓說話。棘爪沒想到那竟然是烏掌。

「兩腳獸總是做一些很奇怪的事。」當他們走近時，棘爪聽見火星這麼說。「不過我還是很感激你大老遠跑來告訴我們這個消息，但我真的覺得這不會影響到我們。」

烏掌看起來很不安。「我知道兩腳獸常常做一些沒道理的事，但這次真的不一樣。現在轟雷路上已經聚集了更多兩腳獸，牠們披著鮮豔閃亮的毛皮沿著路邊走，還多了新的怪獸——而且好大！」

「我知道你的意思，烏掌。」火星顯然有些失去耐心了。「但是牠們也沒有侵入我們的領地啊。這樣吧……」他停了一下，先用鼻頭親切地磨擦烏掌。「我會要求巡邏隊提高警覺，看看有什麼不尋常的事發生。」

烏掌肩上的毛很快抽了一下。「我想你們能做的也只有這些了。」

「你回去的時候可以順道拜訪一下風族。」火星建議他。「他們離轟雷路比較近，如果有什麼奇怪的事，高星應該會知道。」

「好的，火星，我會過去看看他們。」

「等等，我想到一個好主意，」火星喵了一聲。「乾脆我陪你走一段好了。這樣我也可以順便巡邏一下四喬木那兒。你等我一下，我去找灰紋和沙暴來。」他沒等烏掌回答，便縱身往戰士窩跑去。

族長剛離開，烏掌便看見棘爪，於是友善地朝他點點頭。「嗨，你好嗎？」他喵了一聲。

「狩獵還順利嗎？」

「很好，一切都很順利。」棘爪知道自己的聲音還在發抖，難怪烏掌會走過來，好奇地看著他。

「你看起來好像被一群獾追了一整晚似的，」獨行貓說。「出了什麼事嗎？」

「也沒什麼啦……」棘爪用爪子輕刨地面。「我只是作了一個夢。」

烏掌同情地看著他。「可以跟我說說看你的夢嗎？」

「其實只是一場亂七八糟的夢，」棘爪喃喃地說。他彷彿再度聽見浪花敲擊懸崖的聲音，才意識到自己已經開始跟烏掌說了起來：一望無際的水、灌進嘴巴裡的鹹味、懸崖底下那張隨時準備吞下他的黑色大嘴，還有最恐怖的：太陽沉入血紅色的火池裡。「那個地方不可能是真的，」他最後說。「我不知道自己怎麼會作這種夢，好像我沒別的事好想似的。」他不高興地補上一句。

沒想到，烏掌既不認為這場夢毫無意義，也不認為這個地方是他胡亂想出來的。黑貓安靜了好一會兒，露出若有所思的眼神。

「鹹水、懸崖，」他喃喃自語著。接著他說：「真的有那樣的地方。」他喵了一聲。「我曾經聽說過，只是沒親眼看過。」

「真的嗎？你的意思是……」棘爪瞪著他，全身的毛髮都豎了起來。

「無賴貓有時候會到兩腳獸的農場來，因為他們走了很遠的路，需要有個地方過夜，順便逮幾隻老鼠補充體力。」烏掌這麼解釋。「其中有些貓曾經在太陽沉下去的地方待過，他們告訴我和大麥，有個地方的水多到你無法想像，就像一條永遠看不見對岸的河，而且鹹到你根本沒辦法喝。每天晚上它都會把太陽當火球一樣地吞進去，血就這麼無聲無息地流進波浪裡。」

棘爪顫抖著。獨行貓的話讓他覺得自己的夢更真實了，也更令他不安。「沒錯，我也看見那個太陽沉沒之地了。那長著牙齒的黑洞呢？」

「這我就不知道了，」烏掌老實回答。「不過你會作這個夢，一定有它的原因。耐心等待，也許星族會再多告訴你什麼。」

「星族？」棘爪覺得胃裡一陣翻騰。

「要不是星族想說什麼，你又怎麼會夢見自己從沒見過的地方？」烏掌一針見血地說。

棘爪不得不承認獨行貓說得有道理。「如果這個關於太陽的夢，是星族託給我的，」他開口。「你想祂們的意思是不是要我去那裡？」

烏掌驚訝地睜大眼睛。「去那裡？為什麼？」

「呃，因為我先做了另一個夢。」棘爪有些不安地說。「我……我想我是在森林裡見到了藍星，祂提到一個新預言，說是森林即將大難臨頭。祂說我已經被選上……」他沒提到還有其他部族的貓。就算烏掌不必遵守戰士守則，也不會同意私底下和其他族的貓會面，就像棘爪之前做的那樣。「為什麼是我？」他最後疑惑地說。「為什麼不是火星?他才知道該怎麼做。」

獨行貓嚴肅地看著他好一陣子。「以前也有過一個有關火星的預言。」他終於開口。「星族曾經預言，火將拯救這個部族，不過祂們並沒有明說該如何救。火星也一直不懂，完全不知道這是關於他的預言，直到藍星死前才跟他說。」

棘爪看著他，不知道該怎麼回答。他聽過那個有關火的預言——事實上，族裡的每隻貓都聽過這則跟族長有關的故事——只不過他從來沒想過，火星當初也可能像現在的他一樣困惑。

「火星曾經也是跟你一樣的年輕戰士。」烏掌彷彿看穿他的心事似地繼續說下去。「他也常懷疑自己做得到底對不對。當然，他現在是個英雄了，拯救了這座森林，但剛開始的時候，他的任務也跟你的一樣不可思議——不管那會是什麼。他的預言已經實現了。」他補上一句。「也許現在輪到你了。記住，星族不喜歡直接。祂們降下預言，但從來不告訴我們該怎麼做。祂們希望我們展現出勇氣與信心，去做該做的事，就像火星當年一樣。」

棘爪有些困惑。這隻寧願住在部族外、獨來獨往的貓，卻在提到星族時一臉敬畏。黑貓尷尬地喃喃說道：「我雖然住在森林外頭，但不表示我反對戰士守則。它是貓兒們應該遵循的正道，而我也願意像戰士一樣全力捍衛它。」

當他看見火星帶著灰紋和沙暴走來時，友善地朝棘爪點了點頭。棘爪向他低聲道別，然後看著這四隻貓兒穿過空地，消失在金雀花叢隧道的盡頭。如果這兩場夢都是真的——那麼眼前一定是一場艱鉅的任務。除了跟著落日走，他不知道自己該如何找到那一大片鹹水。他不曉得那裡有多遠，唯一可以確定的是：一定比森林裡任何一隻貓兒所去過的地方還要遠。

烏掌的話還在他耳邊迴響：**也許現在輪到你了**。

其他三隻貓也都夢到了太陽沉沒之地嗎？**萬一他是對的呢？**棘爪反問自己，**那我接下來該怎麼辦？**

第七章

棘爪小心翼翼地從河岸上方、位在森林邊緣的矮樹叢裡探出頭來，嗅聞空氣裡殘留的貓的氣味。雷族的蹤跡已經不那麼明顯了，但河族的氣味還是很強烈，不斷從對岸飄過來。暗自希望兩族的貓都沒看見他，棘爪迅速溜下河岸，來到水邊。

褐色的水從他腳邊翻騰流過。白天時雨下得更大，如今雲層已經變薄，蒼白的陽光透了出來，整座森林也因此霧濛濛的。河水暴漲，幾乎淹沒了原先方便他渡河的石塊。這下棘爪得鼓起勇氣才敢踏出第一步。

他打算去找羽尾和暴毛。他整天都在想第二個夢。他愈來愈相信他們應該結伴前往太陽沉沒之地，才能知道星族想對他們說什麼。那場夢實在太真實了——到現在他還感覺得到嘴裡的鹹味。棘爪的鼻子被石頭濺起的水花給潑到，把他嚇得縮了一下，以為又要被大水給捲走了。他們一定要快點出發才行；他的毛髮豎了起來，棘爪就是有種強烈預感，不能等到下次大集會時再碰面。如果其他被選中的貓也作了同樣的夢，那就不該再遲疑了。

他沒告訴鼠掌第二個夢的事情。沒遵守約定雖然讓他有些罪惡感，但他很清楚，如果讓她知道他有遠行的打算，她一定會跟來。萬一把火星的女兒也扯進未知的危險裡，火星不知道會怎麼想。

棘爪跳上水中的第一塊石頭站穩，冰冷的河水拍打著他的腳，他準備好要跳到第二塊石頭上。在前進之前，他又看了遠處的河岸一次。雖然雷族與河族目前像朋友一樣，但他不確定他們是否會歡迎不請自來的闖入者。他寧願在其他貓逮到他之前，先找到羽尾和暴毛。

他好不容易跳上第二塊石頭，然後是第三塊，濺上來的冰冷水花讓他一陣發抖。下一塊踏腳石完全淹沒在水裡，只靠水流過的漣漪顯示它的位置。棘爪盯住那個點、起跳，結果落下的時候腳掌卻從石頭邊緣滑了出去，害他掉進河裡。當他往下沉時，警覺地吼了一聲。

踩不到底的剎那，他慌了起來，藍綠色的波浪就跟他夢裡的一模一樣。他努力往上爬，終於浮出水面，看到的不是棕色的崖壁，而是蘆葦叢；不是驚濤駭浪，只有灰褐色的水流出一道道的漣漪。水流把他帶往對岸，棘爪奮力踢水，橫越水流，等腳掌終於擦到小石子時才鬆了一口氣；下一秒，他終於可以站穩腳步，往淺水處慢慢爬去。他氣喘吁吁地把自己拖上河岸，用力地甩掉身上的水。

棘爪突然聞到一陣強烈的河族氣味，他趕緊鑽進蕨葉叢，透過縫隙往外偷看；當他看見出現在岸邊的正是他要找的貓——羽尾和暴毛——棘爪忍不住喃喃地感謝星族。

棘爪從蕨葉叢裡鑽出來，渾身發抖地站在他們面前。「嗨。」他喵了一聲。

「星族啊！」暴毛上上下下地打量他。「你剛游過泳啊？」

「我從踏腳石滑了一跤。羽尾，可不可以跟妳說幾句話？」

「當然可以。你真的還好嗎？」

「我還好。羽尾，妳有再作夢嗎？」

灰色的母貓一臉困惑。「沒有。為什麼這麼問？你有嗎？」

「沒錯。」他們在草地上坐下，以便說話。棘爪很快地把那個太陽沉沒之地以及長著利齒的黑洞告訴他們，身上的毛再度因為恐懼而豎了起來。「我今天早上和烏掌談過——妳知道那隻住在高岩山附近的獨行貓嗎？他說真的有這樣一個太陽沉沒之地；他也說星族的預言總是很隱諱的，我們需要靠戰士的信心與勇氣去了解它們，而且要相信星族派我們去做的事，一定有祂們的道理。」

「所以呢？」暴毛質疑道。

「我……我在想我們應該去一趟太陽沉沒之地。」棘爪回答，胃緊張地翻攪。「星族會在那個地方告訴我們其他的事。」

羽尾靜靜地聽著，一雙藍眼睛定在棘爪的臉上。等棘爪說完，她慢慢點了點頭。「我想你說得對。」

「什麼？」暴毛跳了起來。「你們瘋了嗎？你們根本不知道那個地方在哪裡。」

羽尾用尾巴輕彈了他一下。「沒錯，但星族會指引我們。」

棘爪緊張地等著。萬一暴毛不同意，搞不好會去告訴豹星這些事情，到時河族一定會阻止羽尾跟他一起走。

灰色戰士在河邊來回踱步，煩躁得尾巴都蓬了起來。「信心和勇氣——如果要去那個地方，肯定很需要。」他喃喃地說。「可是我還是不相信你是對的，希望你別介意，」他彆扭地對棘爪說。「不過萬一你說錯了，星族也許會給我們另一個夢，要我們回頭。」

羽尾的藍眼睛亮了起來。「所以你要跟我們一起去囉？」

「別想阻止我，」她哥哥生氣地喵了一聲。他轉向棘爪，「我知道我沒有作夢，但多一個戰士就多一份力量！」

「你說得對，」棘爪鬆了口氣，慶幸沒花多少力氣就贏得他們同意。「謝謝你們。」

「那我們什麼時候出發？」暴毛喵聲問道。

「我想在月半時分的前一天出發，」棘爪提議。「這樣應該有足夠的時間聯絡其他貓。」

他舉步走到水邊。太陽逐漸沉落，火紅的光芒隱身在烏雲後方。一陣微風吹亂他半乾的毛髮，棘爪打了個冷顫；與其說是因為冷，不如說是想到他們未來的旅程。

「只要我開口，褐皮一定會跟我走的，」他喵了一聲。「但鴉掌就難說了。我想他寧可吞狐狸屎，也不想和我們一起走。可是，如果星族挑選的貓不能一起出發，那個預言也許就不能實現了。」

「鴉掌會了解的。」羽尾試著鼓勵他，但棘爪不像她那麼有信心。

「我們一起幫你說服他。」暴毛自告奮勇，「他每天黃昏都會來河邊喝水。現在已經晚了，我們不如明天碰面，再一起告訴他？」

「好吧。」棘爪感激地眨眨眼。不知怎地，把預言跟朋友分享完以後，壓力似乎就少多了。「下過這場雨後，他還會來嗎？別忘了，風族現在應該也有水可以喝了。」

「如果他沒來，」羽尾堅定地喵了一聲，「我們再想別的辦法。」

⚡⚡⚡

那天夜裡，雨下得更大了。風族高地上的河流無疑不再缺水了，棘爪反而開始擔心風族那個見習生不會再到河族那兒喝水。他一整天都心神不寧，就連一起狩獵的雲尾和塵皮，也忍不住問他是不是有螞蟻爬進他的毛髮裡。

棘爪一直等到營裡重新堆滿生鮮獵物後，才有時間獨自溜出營外。他特別避開鼠掌，因為她一定會追問他要去哪裡。

等他來到可以看見兩腳獸橋的河族邊界時，太陽已經開始西沉了。他沒等多久，便見到河族的兩位戰士爬上河岸，低頭急奔過那座橋。暴毛用尾巴向他示意，於是棘爪穿過邊界，飛奔過去與他和羽尾在橋的另一頭會合。

「我們最好先躲起來。」暴毛喵了一聲。「我們不知道還有多少風族的貓會來，而且這也不是你該來的地方。」

棘爪點頭同意，於是三隻貓躲進離風族貓飲水處最近的荊棘叢裡。在他們藏身處的下方，剛好是河水最湍急的地方，黃褐色的泥水從峽谷奔流而下，激起白色的水花。

不久，棘爪便聞到強烈的風族氣味，接著一群貓兒從四喬木那個方向現身。族長高星走在最前方，後面跟著一鬚和一隻棘爪不認得的薑黃色戰士。隨後又有幾隻貓跟著出現，棘爪一看見鴉掌和他的導師泥爪也在其中時，心裡開始不安地七上八下。

風族貓走下斜坡，蹲在河邊開始喝水。棘爪很洩氣，因為鴉掌站在同伴中間，離他們很遠，要叫他過來，肯定會被其他貓發現。

「我得過去給他一個暗示。」羽尾低聲說道。她穿過灌木叢，輕手輕腳地溜了出去，然後往河邊走。

棘爪看見她和風族貓們打招呼，然後停在風族的長老晨花身邊聊了一下。他們彬彬有禮地交談，但不怎麼友善；棘爪想，乾旱的危機已經解除了，如果風族還是要來這裡喝水，這兩族對於水源的短暫共識還能維持多久？

羽尾很快就來到靠近鴉掌的河岸邊。棘爪只看見她伸了個懶腰，抖掉鬍鬚上的水珠，便折回荊棘叢裡。鴉掌沒有跟過來。難道風族見習生決定不管這件事了嗎？還是羽尾根本沒機會告訴他？

「怎麼回事？」當羽尾爬進他們的藏身處時，棘爪連忙低聲問道。「妳有沒有跟他說？」

「沒問題，」羽尾用鼻頭碰碰棘爪的身體。「他會來的，他只是不想被同伴看到。」

就在她說話的同時，鴉掌離開水邊，沿著河岸往他們這兒走來。他的同伴們都還在喝水，鴉掌大概走了幾個狐狸身長的距離後，故作輕鬆地回頭張望了一下，然後趁其他貓兒沒注意，逮住機會一溜煙鑽進灌木叢裡。

他窸窸窣窣地鑽過樹葉，帶著敵意的綠眼睛直盯著棘爪。「我還在想怎麼會聞到雷族的氣味。你們找我來做什麼？」

棘爪和羽尾對望了一眼，很清楚事情不會那麼順利。「我又作了一個夢。」他有點緊張地說。

「什麼夢？」鴉掌冷冷地回答。「我怎麼沒有？為什麼星族只託夢給你，沒給我？」

暴毛脖子上的毛豎了起來，棘爪則酸溜溜地反駁：「我怎麼知道。」

鴉掌哼了一聲，但還是耐著性子聽棘爪敘述夢的經過。「住在你們領地邊緣的獨行貓烏掌，昨天到我們營地拜訪。」他繼續說。「他告訴我，真的有一個太陽沉沒之地。所以我……我想星族是要我們去那裡。我們應該盡快動身，而且是一起去，因為如果預言是真的，那麼貓族馬上就有大麻煩了。」

鴉掌瞪大了眼睛。「我真不敢相信你在說什麼，」他喵了一聲。「你要我們離開家園，跟著你去未知的地方探險——星族離那個地方有多遠！——就因為你作了一個我們都沒作過的夢？你是老大啊？我們為什麼要聽你的？」

棘爪不敢看他，因為鴉掌說的一點也沒錯，他何嘗不懷疑自己的決定到底對不對？「我沒有要當你們的老大，」他結結巴巴地說，「我只是在想，星族可能希望我們怎麼做。」

「我要跟他去，」羽尾補上一句。「雖然我沒作過這個夢。」

「那妳肯定比他還鼠腦袋。」鴉掌連她也不放過。「我不去。我就快成為戰士了，我已經努力了這麼久，才不要在訓練快結束時離開自己的部族。」

「可是鴉掌……」棘爪打算反駁。

「我不去！」見習生露齒咆哮，「我不會加入你們的，而且我的族貓們會怎麼想？」

「也許他們反而會尊敬你，」暴毛一臉正經地說。「想想，鴉掌！如果真有災難降臨，而且是前所未見的災難，部族會怎麼看待拯救他們的貓呢？他們會了解我們有多信任星族交給我們的任務，也會明白這需要多大的勇氣才能辦到。」

「你又沒被選上！」鴉掌指出這點。「你去不去都無所謂。」

「是無所謂，但我無論如何都會去。」暴毛告訴他。

「星族之所以不給我們明確的指示，是因為祂們要我們展現信心與勇氣。」棘爪補充說，「這些都是真正的戰士必須要有的條件。」

「鴉掌，拜託！」羽尾的眼睛閃閃發亮。「如果沒有你，我們很可能會失敗。別忘了祂們已經選中你——而且還是我們當中唯一的見習生。祂們一定是相信你做得到。」

鴉掌遲疑地看著她。夕陽火紅色的光芒已經消失，只留下隱約的微光。棘爪聽到也聞到風族的貓兒們，正從灌木叢旁邊走過，打算回去自己的領地。鴉掌一定得在他們發現他失蹤之前趕回去，所以沒剩多少時間可以說服他了。

「好吧，」鴉掌終於同意。「我會去的。」他看著棘爪，眼睛瞇成一條細縫。「但別想命令我該怎麼做。不管有沒有作夢，我都不會聽你的命令！」

棘爪沿著轟雷路下方的石壁隧道前進，一路避開雨後積成的大小水窪。天色已經暗了，到處都是強烈的影族氣味。

和鴉掌見過面後，棘爪決定直接過來這裡。河族戰士本來要和他一起來的，但棘爪認為這樣太冒險。如果只有他自己，就算被影族戰士發現，也不會覺得他是個威脅。他從轟雷路的另一頭走出來，試圖從空氣中聞出影族戰士的氣味，但什麼也沒聞到，只有沼澤地特有的潮溼氣味。他先匍匐前進，然後逮住機會迅速穿過空地，鑽進灌木叢裡。

影族領地裡到處都是刺藤與蕁麻，只有幾株高大的樹木，領地被幾池淺淺的水窪一分為二。棘爪在溼軟的泥地上費力行走，因為腹部的毛被浸溼而冷得渾身發抖。

「影族怎麼受得了這種地方？」他喃喃自語，「這麼潮溼，他們腳上怎麼會沒長蹼？」

他知道可以到哪裡找到褐皮。褐皮曾告訴他，她喜歡待在一條流向雷族領地河邊的一棵大栗子樹旁。褐皮每次形容起那地方，眼睛總是閃閃發亮；她說她最喜歡待在那裡曬太陽和抓松鼠了。棘爪忍不住要想，其實她是因為懷念雷族裡的那幾棵大樹。幸運的話，她現在應該就在那裡。

棘爪找到了那條河。他沿著河往上走，不時咬著牙、踩進淺水裡，故意濺溼自己的身體好隱藏身上的氣味，免得被影族戰士發現。他看見不遠處有一支巡邏隊正在渡河，於是趕緊躲進草叢中，直到他們消失在矮樹叢裡，氣味完全消失為止。

棘爪很快就找到了栗子樹，地上滿是粗壯糾結的樹根，甚至一路伸進了河裡。棘爪以為可以聞到姊姊的氣味，但深色的樹蔭下幾乎沒有光，根本看不見她的身影。

「褐皮，」他輕聲叫喚，「妳在這裡嗎？」

突然一個東西將他撲倒在地，他驚恐地叫了一聲，隨即被壓在溼軟的泥地上。他的脖子被半伸出的利爪牢牢抵住，耳邊響起低沉的怒斥聲。「你這個笨蛋，來這裡做什麼！」

對方很快地放開棘爪的脖子，收起利爪，不再壓坐在他身上。棘爪站起來，褐皮就端坐在樹根上盯著他。

「要是被他們發現，你鐵定沒命。」她壓低了聲音說。「你來這裡做什麼？」

「有很重要的事，我又作夢了。」棘爪簡單說明了事情經過。

褐皮坐在樹根上靜靜聽著。「烏掌說真的有這樣的地方，」等棘爪說完，她才喃喃開口，「所以你認為星族要我們去那裡。祂們的要求還真是簡單呢，哼！」

棘爪的耳朵不自覺地垂了下來。「妳不跟我們去嗎？」

他姊姊急躁地甩動尾巴。「我有說我不去嗎？我當然會去，但我總有抱怨的權利吧？還有那個暴毛是怎麼回事？他為什麼要跟去？星族又沒選上他。」

棘爪嘆了口氣。「我知道啊，可是妳怎麼能阻止他？而且他也是個優秀的戰士，或許能助我們一臂之力。況且我們也不知道，在那裡會遇到什麼事？再說，」他最後補充，「他和羽尾總是一起行動。我想那是因為他們的父親不在同一族的關係。」

「這一點我可以理解。」褐皮的聲音乾乾的，棘爪知道她也同情那兩位河族戰士。畢竟她自己的父親也過世了，弟弟和母親金花又都留在雷族，所以褐皮很能體會那種寄人籬下的心酸與孤獨。但棘爪知道她驕傲得不願流露自己孤單的心情，而且她已下定決心要效忠影族、當他們的戰士。棘爪每次想到雷族失去這麼一位好戰士，就會再一次感到遺憾。

「加入我們，才是真的為妳的部族著想。」他提醒她。

「沒錯，」褐皮的語調總算有了一點熱情，而且還愈說愈激動。「星族會挑中我們，一定是因為祂們認為我們很適合。我們肯定有什麼其他貓兒所沒有的特質。」她從樹根上跳下來，輕輕落在棘爪旁邊。「影族有許多強壯的戰士可以擔任狩獵巡邏的工作，就算我離開一陣子，他們也應付得來。那我們什麼時候出發？」

棘爪發出親暱的呼嚕聲。「別急！我已經通知其他的貓，在月半時分的前一晚到四喬木那裡集合。」

褐皮興奮地甩動尾巴。「我會準備好的。至於現在，」她加了一句，「我最好先帶你到邊界那兒。就算是星族選中的貓，也會因為擅闖他族領地而被活活扒掉一層皮的。」

第八章

「要想在森林裡找到山蘿蔔，去蛇岩就對了。」煤皮沿著蕨蔭小徑一跛一跛地走，同時不忘回頭叮嚀。「不過現在那兒住了一隻討厭的獾，所以我們不去那裡了。」

「牠還在那裡嗎？」葉掌問道。她和巫醫正在採草藥的路上。天空一片清朗，耀眼的陽光直射而下，林子裡的草木早因一場大雨而恢復了生機。葉掌一路跟著導師在羊腸小徑裡穿梭，很享受腳下沁涼的感覺。

「黎明巡邏隊是這麼說的，」煤皮回答。「妳可得睜大眼睛……哇！」

她突然轉身鑽進蕨葉叢裡，爬上滿布沙石的斜坡，那兒有許多叢氣味強烈的藥草。雖然花已經凋謝了，但葉掌馬上認出它寬大的葉面；湊近一聞，的確有山蘿蔔甜膩的氣味。

「它的功效是什麼？」煤皮要她回答，並從底部咬斷它的莖。

葉掌瞇起眼睛，開始回想它的功效。「葉

子的汁液可以治療傷口感染。」她喵了一聲。「肚子痛的話，可以嚼食它的根。」

「很好，」煤皮開心地說。「現在妳可以挖點根出來，但不要太多，免得下一季長不出來。」

葉掌聽話地開始挖，煤皮則繼續咀嚼口中的莖梗。四周全是山蘿蔔強烈的氣味，葉掌覺得有點頭暈，但不久後，她又聞到別種氣味——像是轟雷路上的那種嗆鼻氣味，但又不太像。她抬頭張望，突然看見斜坡底下不遠處的枯蕨葉叢裡，正冒出淡淡的灰煙。「煤皮，妳看那邊！」她不安地說，同時用尾巴指著那個方向。

巫醫看過去，身子一愣，脖子上的毛全豎了起來，藍眼睛裡充滿警戒。「星族啊，不會吧！」她倒抽了一口氣。因為跛了一隻腳的關係，她使盡力氣地爬下坡，往正在悶燒的蕨葉叢走去。

葉掌緊跟著她從斜坡上跳下來，才沒跑幾步，就趕到導師前面了。她湊近去看那叢蕨葉，卻被閃爍的亮光給照得目眩不已。她瞇起眼睛瞧個仔細，原來地上插了一只閃閃發亮、兩腳獸隨手丟棄的尖銳物品。陽光穿透它的表面，後方的蕨葉變得焦黑，最後竟開始冒出火苗，吐出縷縷輕煙。

「失火了！」隨後趕到的煤皮大喊。「快走開！」

突然間，蕨葉叢整個燒了起來，猛然吐出的火舌將葉掌嚇得往後彈開。她轉頭想跑，卻看見煤皮站在那裡不動，兩眼瞪著雄雄火光。

她是不是嚇呆了？葉掌想。沙暴曾經告訴她大火襲捲雷族營地的可怕往事。當時煤皮逃過一劫，但不是每隻貓都這麼幸運。巫醫一定是被眼前的大火嚇呆了，她跛著腳根本跑不快。

葉掌突然發現，煤皮瞪大的眼睛裡並沒有驚恐，反而像是若有所思。她的眼神專注而飄邈。葉掌忽然感到一陣寒顫：**導師是在接收星族傳來的訊息。**

火舌才剛竄出，卻又在下一刻熄滅。葉掌鬆了一口氣，火苗終於化為點點星火，只有蕨葉叢燒成了灰燼。煤皮退了一步，彷彿快要倒在地上。葉掌衝上去扶住她，慢慢讓她坐下。

「妳看到了嗎？」煤皮輕聲低語。

「看見什麼，煤皮？」

「火光裡……有一隻老虎在跳躍。我看得很清楚。牠的頭很大，有利爪，身上有黑色的斑紋……」巫醫的聲音變得嘶啞。「這是星族傳來的預兆。火和老虎。這一定有什麼意義，但究竟是什麼呢？」

葉掌搖搖頭。「我不知道。」她承認，心裡既害怕又無助。

煤皮在葉掌攙扶下，搖搖晃晃地站起身來。「我們一定要趕快回去。」她喵聲說道，「火星得馬上知道這件事。」

⚡⚡⚡

當煤皮和葉掌回到營地時，雷族族長正獨自待在高聳岩底下的洞穴裡。煤皮站在洞口的地衣簾幕前，對著洞內喊道，「火星，你在嗎？我有話跟你說。」

「進來吧。」火星的聲音從窩裡傳出來。

葉掌跟著導師走進窩裡，只見她父親蜷伏著身子，坐在遠處牆邊的青苔床鋪上。他抬頭看他們走進來，好似煤皮剛擾了他的清夢。等巫醫和見習生走進洞裡時，他已經起身伸過懶腰，拱起背，活動過身體了。

「有什麼事嗎？」

煤皮朝他走了過去，葉掌則安靜地坐在入口處。她用尾巴將自己圈起來，想擺脫剛才見到的可怕景象。她從沒見過煤皮從戰士祖靈那兒接受訊息的樣子；而當他們回程穿過潮溼的森林時，導師的眼神也讓她坐立難安。

「星族給了我一個預兆，」巫醫開口了。她詳細地解釋兩腳獸亂丟的垃圾是怎麼在陽光下使蕨葉叢燃燒起來。「我在火光中見到一隻跳躍的老虎。火和老虎一起吞沒了那叢蕨葉。這股力量如果完全釋放開來，肯定會毀了整座森林。」

火星把腳縮進身體底下，在她面前蹲伏下來，一雙綠眼睛專注地盯著她；葉掌開始覺得，在火星的灼灼目光下，導師煤皮的灰毛也要像大太陽底下的蕨葉叢一樣開始冒煙了。「妳認為那代表什麼意思？」

「我很想解釋，」煤皮喵了一聲。「但我也不太確定。也許我猜得沒錯，可是……在舊的預言裡，『火會拯救這個部族』，『火』指的是你，火星。」

雷族族長一臉訝異。「妳想那是在說我嗎？也許吧……可是『老虎』又是誰？虎星已經死了啊！」

葉掌聽見父親竟然可以這麼冷靜地提到那個為了私利而不惜大開殺戒的可怕惡魔，就覺得一陣不舒服。

「他是死了——可是他有一個兒子。」煤皮低聲指出，同時看看坐在暗處的葉掌，似乎不大確定是否該讓自己的見習生聽見此事。但葉掌依然坐著不動，決定把他們的對話聽完。

「棘爪？」火星提高了音量，「妳是說他會毀了這整座森林？煤皮，妳在胡說什麼，棘爪就像部族裡的其他戰士一樣忠誠；妳不是沒看見我們在和血族作戰時，他有多麼努力。」

葉掌本來也想為棘爪說幾句話，但這裡實在沒有她說話的份。雖然她和那位年輕戰士不是很熟，但直覺告訴她，**這是不可能的，他絕不會傷害自己的部族，也不會傷害森林**。

「火星，用點腦筋好不好，」煤皮有些不耐煩。「我沒有說棘爪會毀了整座森林，但如果『老虎』指的不是他，那會是指誰呢？換個角度想……如果『老虎』是指虎星的兒子，那麼『火』會不會是指火星的女兒呢？」

葉掌像被獾咬到一樣猛地縮起身子。

「我不是說妳，」煤皮轉頭對見習生說，藍眼睛打趣地閃了一下。「我會盯著妳的，別緊張。」然後又轉過頭看著火星，補充說：「我想這可能是指鼠掌，畢竟她的和你一樣，有看上去像火焰般的皮毛。」

葉掌終於聽懂巫醫的意思，但本來鬆了一口氣的心情瞬間又被恐懼和驚慌給吞沒。跟她最最親密的姊姊……難道真的會如預言所說的那樣、做出可怕的事、遺臭萬年嗎？就好像現在的貓媽媽常告誡小貓的話：**如果你們再頑皮，可怕的虎星就會來把你們抓走！**

「我的女兒……沒錯，她是很任性，但不會做壞事……」火星露出為難的表情。葉掌知道父親很倚賴煤皮的智慧與學問，所以再怎麼聽不進去，也不會和她起衝突。「妳覺得我該怎麼做？」他最後無助地問。

煤皮搖搖頭。「火星，那得由你自己來決定。我只能告訴你星族的指示。火和老虎一起，還有即將逼進森林的危險。不過我勸你最好先別告訴族貓，等我得到其他的指示。提早說只會引起恐慌，讓事情變得更糟。」然後她轉過頭，冷冷地瞪著葉掌。「妳要向星族發誓，絕不能說出去。」

「連鼠掌也不能說嗎？」葉掌緊張地問。

「尤其是她。」

「我該告訴灰紋，」火星喵了一聲。「還有沙暴——天知道沙暴會怎麼想。」

煤皮點點頭。「我認為你的做法很明智。」

「還有，我們最好把他們兩個分開。」火星有一半像是在說給自己聽。葉掌看得出來，父親很為難，他既得顧及族貓的利益，又不捨與女兒以及棘爪之間的感情。「一個是見習生，一個是戰士，應該不難吧，」火星繼續說，「我們得找事情讓他們做，別讓他們單獨在一起；也許等危機過了之後，星族會再給我們另一個徵兆，對吧？」他熱切地看著煤皮。

「也許吧。」只可惜巫醫的語氣不是很有把握。她起身，用尾巴點點葉掌，示意她一起走。「如果星族有任何指示，我一定第一個告訴你。」

她低頭退出了族長窩，葉掌有些遲疑地跟著她，最後還是不顧一切地衝到父親身邊，將鼻子深埋進父親厚厚的毛髮裡，既想尋求父親的安慰，同時也想安慰父親。不管這個預言是什麼意思，她都忍不住感到害怕。火星用舌頭溫暖地舔拭她的耳朵，他們望著對方，她則從父親的眼睛裡看見了自己的憂傷與恐懼。

這時煤皮從外頭喊了一聲：「葉掌！」時間到了，葉掌只好向族長鞠躬，緩緩走了出去，留下他獨自等待星族對部族命運的進一步指示。

第九章

棘爪從生鮮獵物堆裡挑了一隻肥歐掠鳥，叼著牠走了幾步，才開始大啖起來。剛剛過了中午，空地裡到處有貓在曬太陽。棘爪瞥見葉掌正走向長老們窩，嘴裡還叼著一團藥草。他看到她竟一臉悶悶不樂，也許是和導師起了什麼衝突吧？不過實在很難想像，煤皮會讓哪隻貓這麼不開心。

火星在蕁麻地附近，和灰紋、沙暴一起吃東西。當棘爪大口咬下自己的獵物時，突然看見族長朝他狠狠瞪了一眼，好像他闖了什麼禍似的。棘爪雖然想不起來自己做錯什麼，但還是忍不住毛髮直豎。火星應該沒發現和那些夢有關的事情吧？

他在等族長叫他過去，到時就會知道自己究竟犯了什麼錯。但族長沒叫他，反而傳來鼠掌的呼喚聲。她從生鮮獵物堆裡挑了一隻老鼠，一路跳著走過來，直接坐在他身邊。

「唉！」她扔下嘴裡的老鼠，大聲嘆了口

氣。「我還以為我永遠餵不飽那群長老了。長尾的胃口真是奇大無比！」她咬了一口獵物，囫圇吞下肚。「對了，有什麼新鮮事嗎？」她問道。「你有沒有作其他的夢啊？」

棘爪趕緊嚥下嘴裡的肉。「噓，妳小聲一點好不好。」他壓低了聲音說。他不久前才見過鴉掌，還跑進影族找他姊姊，但到目前為止，他都還沒決定要不要告訴鼠掌關於第二個夢的事。如果他在月半時分之前不告而別，就等於違背了他對她的承諾，可是他又擔心，萬一到時鼠掌執意要跟去，那該怎麼辦呢？

「到底有沒有啊？」鼠掌雖然壓低了聲音，語氣仍舊咄咄逼人。

棘爪慢慢咀嚼著嘴裡的肉，想要拖延點時間。他想清楚了，看來還是得告訴她一些實情，才能堵住她的嘴。但就在這時候，他發現火星從蕁麻地那兒走來，直接站在他們面前。棘爪僵在那裡，本能地伸出爪子，抓住歐掠鳥的胸膛。

「鼠掌，我要妳現在跟刺爪出去，」火星命令道。「他要帶潑掌去看四喬木附近最適合狩獵的地方。」

鼠掌咬了一口鼠肉，舔了舔鬍鬚。「我一定得去嗎？我已經和塵皮去過那兒很多次了。」

火星焦急地揮動尾巴。「叫妳去就去！這是族長的命令。」

鼠掌轉了轉眼珠子，望了棘爪一眼，才叼起最後一塊鼠肉，把牠吞進嘴裡。

「現在就去，鼠掌！」火星又急躁地揮動起尾巴。「刺爪在等妳！」他朝斑紋戰士的方向點頭，刺爪正和潑掌一起穿過空地。

「至少讓我好好吃完這頓飯嘛！」鼠掌抗議道，「我已經忙了一個早上，快被那些長老給累死了。」

「這本來就是妳該做的，」火星厲聲說道，「見習生的工作就是這些，我不想聽妳抱怨。」

「我**沒有**在抱怨！」鼠掌跳起來，毛髮直豎。「我只是說，我想要安安靜靜、舒舒服服地吃頓飯。你為什麼老挑我毛病啊？你又不是我的導師，不要在我面前擺出一副導師的模樣。你是怕我丟你的臉，還是怕我弄壞了你那塊偉大領袖的金字招牌？」

沒等火星回答，鼠掌便轉身去找站在營地入口的刺爪和潑掌。棘爪發現，當鼠掌和斑紋戰士說話時，刺爪一臉驚訝；雖然他坐得很遠，聽不清楚她說什麼，但他猜得出來，其實刺爪根本不知道她要跟他們一起走。最後只見那戰士點點頭，三隻貓便一起消失在金雀花叢隧道裡。

火星冷冷地看著鼠掌離開，然後一句話也沒對棘爪說，就轉身回到沙暴和灰紋那兒。

棘爪聽到沙暴咆哮。「你知道這對她一點用也沒有。你愈是命令她，她只會愈愈不聽話。」

火星刻意壓低了聲音回答，棘爪根本聽不見。然後那三隻貓就起身往火星的窩裡走去。

這是怎麼回事？棘爪想。**火星對鼠掌很不高興，所以就隨便找了個藉口要她離開營地。**他突然一陣發冷：**莫非是要她離我遠一點？**

如果他沒猜錯，那就只有一種可能：鼠掌一定是把他作夢的事，以及在四喬木和其他貓會面的事全告訴她父親了。她是故意說的，還是不小心說溜嘴的？不管是哪一種，棘爪都知道自己麻煩大了。但至少他不必再告訴她第三個夢，因為她已經打破他們之間的約定。

棘爪試著掩飾自己的恐懼，於是往生鮮獵物堆走去；他不知道火星接下來會怎麼做。但如果他過幾天就要出發，現在最好多吃一點，補足體力。另外他也要去問煤皮，貓兒每次去高岩山時，都吃什麼藥草補充體力？這是他唯一想得到的藉口，應該不會引起巫醫的懷疑吧！

他正準備叼起一隻肥田鼠，突然聽見背後傳來一個聲音。「喂——你以為你在做什麼？」是鼠毛。棘爪轉過頭，只見棕色母貓在離他幾隻狐狸身長的地方瞪著他。

「我一直在看你，」她說。「你剛才已經吃過了，今天又沒多抓什麼獵物回來，不該吃那麼多。」

棘爪有些尷尬。「對不起。」他低聲說道。

「你是該對不起。」鼠毛厲聲說道。

鼠毛身邊的雲尾發出愉悅的呼嚕聲。「我猜他想和灰紋比個高下吧！」他取笑道。「看來雷族裡光有一個大胃王還不夠呢！別放在心上，棘爪，要不要跟我和亮心去狩獵？你愛吃多少田鼠，我們就抓多少，絕對比這堆生鮮獵物多出一倍。」

「哦，謝了！」棘爪結結巴巴地說。

「你等我一下，我去找亮心。」雲尾往戰士窩走去，鼠毛看了棘爪一眼，也跟了過去。

就在棘爪等他們過來的同時，他已經做出決定；待會兒他要提議去四喬木那兒狩獵，這樣或許就能遇見刺爪的巡邏隊。他得和鼠掌談談，他要知道她究竟跟她父親說了些什麼。萬一火星已經知道，星族曾向不同部族的四隻貓託夢的事，他會不會去警告其他的族長，甚至趕在他們出發前阻止這場遠行？

棘爪的巡邏隊根本沒遇到鼠掌或其他的貓。等他和雲尾及亮心帶了一堆獵物回到營地時，天色已經暗了。大部分的貓都準備回窩裡休息了。棘爪一直等，直到夜班的巡邏隊離開了，月兒也掛上了樹梢，還是沒等到鼠掌。那天夜裡，他睡得極不安穩，心裡一直掛念著那個預言，還有鼠掌這個大麻煩。

第二天早上，棘爪一睜開眼就衝出戰士窩，他一定要找到那個薑黃色的見習生，把事情問明白不可。不過連星族也跟他作對似的，讓他忍不住沮喪得想斷斷大叫。才走到空地，灰紋便要他和栗尾、雨鬚去作黎明巡邏；等他們繞了領地一圈、回到營地，已經是中午了。棘爪去見習生窩裡看了一下，裡頭是空的。塵皮也不在營地裡，鼠掌一定是跟她的導師出外受訓去了。

午後的高溫令他昏昏欲睡，他打起盹來，蜜蜂的嗡嗡聲以及風吹過林梢的低語聲，稍稍緩和了他焦躁的情緒；突然他驚醒過來，正好看見鼠掌叼著一團舊的床鋪，消失在金雀花叢隧道裡。他趕緊起身，正準備跟過去時，又被叫住了。

蕨毛帶著他的見習生白掌走來。奇怪的是，這隻金棕色的公貓神情有點不太自然。「嗨，棘爪，我在想……我在想你要不要來看我們練習。」他喵了一聲。

棘爪詫異地望著他。戰士通常不會去看見習生練習，除非他們就是導師。他飛快地往隧道瞄了一眼，也就是鼠掌消失的地方，然後回答：「哦……謝了，蕨毛，改天好嗎？」

他連忙衝向營地入口，但不久後他就發現，蕨毛也緊跟在他身後。

「火星說，這對你或許是個很好的觀摩機會。」老戰士解釋，「總有一天你也會有自己的見習生。」

棘爪停下腳步。「等一等，」他喵了一聲：「火星要你轉告我，一定要去看你和白掌的訓練課程？」

蕨毛不敢直視他，表情很尷尬。「沒錯。」他喵聲回答。

「但這不合慣例，」棘爪抗議。「何況蕨雲的小貓還要好幾個月才需要導師耶。」

蕨毛聳聳肩。「棘爪，你不可以抗命。」

棘爪瞇起眼睛。「你說這是命令？」他很不高興地甩甩頭。原來和他作對不是星族——是他的族長。不過這也難怪，畢竟鼠掌一定跟火星說了他被託夢的事，還說他故意隱瞞，不讓族貓知道。

他一肚子火地跟著蕨毛和見習生走出營地，沿著峽谷來到專門用來訓練的沙坑。他坐在一旁，看蕨毛指導白掌的格鬥技巧。不一會兒，鼠毛也帶著蛛掌來了，兩個見習生開始模擬起打鬥的情況。只見白掌衝了過去，打算以迅雷不及掩耳的速度直攻對方的脖子，蛛掌卻轉過身，黑色的長腳在空中揮了一圈，猛地撲上前將她壓倒在地。他們的確進步了很多。棘爪覺得無趣，還忍不住打起呵欠。

我可以做點更有用的事吧。他不甘願地想。再過兩天，他就要去四喬木和其他貓會合，然後開始旅行了。他得趕在那之前和鼠掌談談。

鼠毛喊了一聲暫停，於是兩個見習生爬出沙坑，抖掉身上的沙子。棘爪回到營地，決定非找到鼠掌不可。還好他剛從金雀花叢隧道走出來，便瞧見她和潑掌在見習生窩外。

他急忙穿過空地，停在她面前，盤問似地說：「我要找妳談談。」

他以為這種命令式的語氣根本叫不動鼠掌，沒想到她竟然很快地輕聲答應，還不安地看了潑掌一眼。「好啊，但別在這裡，你去育兒室後面等我。」

棘爪點點頭，慢慢走開，路上還跟叼了生鮮獵物回來的黑毛與灰毛打招呼。他停在育兒室前面，蕨毛正好在陪自己的小貓玩耍。他故作輕鬆地誇讚小貓長得好可愛、好健康，然後又若無其事地走到育兒室後方被蕁麻圍繞的沙地，貓兒們都在這裡方便。

鼠掌早已等在那裡，她躲在陰影中，暗薑色的毛幾乎看不見。「棘爪，我……」

「妳跟妳父親說了些什麼，對不對？」棘爪一下打斷她，「妳不是保證要守密的嗎？」

鼠掌站到他面前，脖子上的毛憤怒地豎了起來。「**我沒有！**我誰都沒說。」

「那火星為什麼會故意隔開我們兩個？」

「喔，你也發現了嗎！」鼠掌試著冷靜下來，可是她一開口就忍不住提高聲量。「我也不知道怎麼回事！我發誓，我真的沒告訴他。可是他瞪我的樣子，就好像我做錯了什麼似的，我又沒有！」

棘爪突然同情起眼前這隻無助的母貓。他走過去，用鼻子抵住她的腰側，但她馬上轉身移開，露齒咆哮。

「沒什麼，我可以應付的。不過葉掌也不太高興。」她補上一句。「她沒說什麼，不過我感覺得出來。」

棘爪坐下來，目光越過蕁麻木，失神地眺望營地邊的荊棘叢。他不懂，如果鼠掌說的是真的，那麼火星為什麼要這麼做？棘爪相信鼠掌不會騙他，所以應該另有隱情。顯然火星對他們兩個都很不高興，但究竟是為了什麼？

「也許我們該直接問他？」他提議，「如果他告訴我們怎麼回事，我們就有辦法解決。」

鼠掌看起來很懷疑，但她還沒來得及開口，棘爪便聽見許多貓兒穿過蕁麻走出來的聲音。他轉過身，沒想到身後竟然是火星和灰紋。

「真巧！」雷族族長大步向前，站在他女兒和棘爪中間。「潑掌告訴我，你們在這裡。」

「我們又沒做什麼壞事！」鼠掌脫口而出。

「我倒是很納悶你們倆在做什麼？」火星狠狠瞪了女兒一眼，又看看棘爪。「有這麼多工作要做，卻把時間浪費在無聊的小事上。」

「火星，我們已經努力工作了一整天。」棘爪喵了一聲，低下頭以示敬意。

「沒錯，火星，他們都很努力工作。」灰紋試圖打圓場。

火星瞪了他一眼，但沒回應。「所以你們就認為沒別的事可做了嗎？」他問棘爪。年輕戰士正想開口反駁，但族長不給他機會。「如果你這麼確定，」他繼續說道，「那就去看看長老們需要什麼吧！今天霜毛的身上沾了許多刺果，你可以幫她把刺果除掉。」

棘爪不禁怒火中燒，那根本就是見習生的工作！但他從火星冰冷的神情中感覺得出來，這件事完全沒有商量的餘地。他呢喃著：「遵命，火星。」便往空地走去。

他穿過沙沙作響的蕁麻叢，鑽了出來，發現蕁麻叢剛好擋住了他，於是他停下來聽火星對鼠掌說什麼。沒想到依舊是冰冷不悅的語氣。「鼠掌，難道妳沒別的事可做嗎？為什麼老和棘爪這種沒經驗的戰士待在一起？從今天開始，好好待在妳的導師身邊。」

棘爪沒聽見鼠掌的回答，只是再偷聽下去也不是好辦法，於是心情沉重地走向長老窩。族長為什麼突然間不再信任他了？如果鼠掌真的沒把託夢和四喬木會面的事告訴火星，那這中間究竟發生了什麼事？他完全想不出來。

再過兩個晚上，他就要跟其他部族的貓一起出發，前往那個太陽沉沒之地了，看看午夜能告訴他們什麼訊息。可是棘爪也開始擔心，火星這麼盯著他，他該怎麼溜出去？棘爪覺得從腳底升起一股寒意，因為他突然明白，若想忠於預言和星族，恐怕得先違背自己的族長了。

第十章

棘爪幾乎整晚沒睡，就算睡著了，也總是夢見火星大發雷霆和把他趕出營地的畫面。直到第二天早上走出戰士窩時，棘爪依舊覺得很累——今天是他待在營地的最後一天，明天就要出發了，心情更是盪到谷底。

黎明的曙光淡淡地灑向營地，連迎面而來的風也是冷颼颼的。棘爪大口嗅聞空氣，心想自己可以分辨得出早秋接近的氣息。他知道不管他和其他被選中的貓再怎麼努力，都阻擋不了變化的腳步。

一整天下來，他根本沒想過要再去找鼠掌。雖然火星沒有明說他們倆不准見面，但事實已經很清楚了，他的確不喜歡他們兩個在一起，所以何必自找麻煩呢？棘爪突然瞥見那個年輕的見習生正跟在塵皮後面，往營地外走去，她看起來出奇地聽話，但一臉垂頭喪氣。

「你怎麼看起來像追丟了一隻兔子，或是碰上了獾？」一個輕快的聲音在他身邊響起。

棘爪抬頭一看，是鼠毛。

「要不要跟我和蛛掌一起去狩獵？」這隻母貓說。

棘爪本來是無心思考關於狩獵的事。明天就要啟程，其他戰士將與他會合，就像參加大集會時那樣。他真的能帶領其他四隻貓邁向未知的一切、共同面對各種無法想像的危險嗎？

鼠毛還在等他回答。他忍不住懷疑她的提議是否又是火星下達的命令，要讓他一刻也閒不下來？可是眼前這隻暗棕色母貓卻友善地瞇著眼睛看他，他突然明白，與其無所事事地待在營地裡煩心，不如出去狩獵比較好。也許這次他多抓點獵物回來，就能改變火星對他的態度。

可惜的是，這趟狩獵並不順利。蛛掌太容易分心，第一次出來竟然調皮得像隻小貓似的；他躡手躡腳地跟蹤一隻老鼠，突然一片葉子拂過他鼻頭，他竟然開始用腳爪揮打那片樹葉。這自然把老鼠嚇跑了。

「認真點！」鼠毛嘆口氣，「難道你以為獵物會自己跑來、跳進你嘴裡啊？」

「對不起。」蛛掌喵了一聲，一臉愧疚。

後來他確實比較認真了。當他們遇上一隻在空地上啃橡果的松鼠時，蛛掌偷偷靠近；就在他準備撲上去時，風向突然改變，他的氣味一下傳到獵物那裡。警覺的松鼠輕彈尾巴，立即往空地邊緣竄去。

「運氣真不好！」棘爪喊道。

蛛掌沒回答，反而追在松鼠後面，消失在矮樹叢裡。

「嘿！」鼠毛跟在他後面喊道，「你這樣是抓不到松鼠的！」但蛛掌還是沒回來。他的導師咬著牙，氣餒地低吼，「他總有一天會學到教訓的。」接著也鑽進矮樹叢裡去找他。

現在就只剩他了。棘爪站著不動，豎耳傾聽獵物的聲響。離他最近的那棵樹底下，隱約傳來樹葉的沙沙聲；一隻老鼠突然現身，追著掉出來的種子。棘爪蹲伏下來，擺好狩獵姿勢，然後輕輕走過去，盡量不發出一點聲音；最後瞬間彈起，撲了上去，迅速取了獵物的性命。

他挖鬆泥土，把獵物蓋好，打算晚一點再回來拿，另一方面也想讓鼠毛瞧瞧他的厲害。至少她可以告訴火星，他可是部族裡優秀的狩獵者之一——不管族長對他有什麼不滿，都不能在這方面挑他毛病。他又開始聆聽獵物的動靜，這將是他離開部族前的最後一次狩獵了。他豎直耳朵，聽見灌木叢遙遠的那頭傳來窸窣聲，好像有什麼很大的東西躲在裡頭，而方向剛好和蛛掌及鼠毛消失的地方完全相反。棘爪張嘴大口吸入空氣，但什麼也沒聞到，只聞到雷族貓兒的氣味。他開始往那個地方移動，窸窣聲愈來愈大，還加上憤怒的號叫聲；他趕緊加快步伐，繞著刺藤叢的邊緣奔跑，然後緊急剎住。

這兒是一大片的金雀花叢，而鼠掌正瘋狂地想從多刺的花叢裡掙扎脫身。她前爪扒著地、毛髮全被荊棘給纏住。棘爪忍不住想呼嚕呼嚕地笑。「好玩嗎？」

鼠掌猛地甩過頭來，綠眼睛氣沖沖地瞪著他。「盡量笑吧，你這團笨毛球！」她生氣地大叫。「然後想想怎麼把我給弄出來！」

現在的她聽起來比較像真正的鼠掌了，不是今天早上離營時、那個比較討他喜歡的可憐小跟班。他揮動尾巴，慢慢走到她面前。「妳怎麼把自己搞成這副模樣？」

「我在追一隻田鼠，」鼠掌火氣很大。「花尾說她想吃田鼠，我想那就幫她抓一隻好了，反正火星不是希望我一輩子都待在長老窩裡嗎？結果田鼠往這裡跑，我還以為可以穿過這裡逮到牠。」

「顯然沒有。」棘爪熱心地指正。

「我現在知道了，鼠腦袋！想想辦法啊！」

「妳先別動。」棘爪緩緩接近灌木叢，看哪裡纏得最緊，然後開始小心翼翼地用牙齒和爪子順開她的毛。他的鼻頭也被刺到了，痛得他眼淚直流，但他沒有抱怨，還是很有耐心地慢慢幫她解開。

「等等，」過了一會兒，鼠掌低聲說。「我好像可以出來了。」

棘爪跳開，讓出空間給她出來。見習生的前爪往前面的地上扒，兩隻後腿慢慢掙脫那些有刺的枝椏；然後她終於脫身了。她瞪著那些被扯掉的毛髮，很生氣地抖動身子。

「謝謝你，棘爪。」她喵了一聲。

「妳有受傷嗎？」他問，「也許妳應該讓塵皮看看……」

「鼠掌！」

棘爪一聽到聲音就呆掉了，心直往下沉。他緩緩轉過身，只見火星朝他們走來。族長冰冷地來回看著棘爪和他的女兒。「你竟然敢抗命？」他咆哮道。

火星的態度顯然不大公平，但棘爪的腦袋一時間還轉不過來，不曉得該怎麼回應。等到他想起應該怎麼說的時候，語氣竟然還有點歉疚。「我沒有抗命，火星。」

「哦？那是我錯了，」火星挖苦地說。「我還以為你去參加狩獵隊，一定是我聽錯了。」

「我是在狩獵啊。」棘爪極力辯駁。

火星故意誇張地四周張望。「我可沒見到鼠毛或蛛掌。」

「蛛掌去追松鼠了。」棘爪用尾巴指指方向。「鼠毛跟著他。」

「你為什麼要這麼兇？」鼠掌忍不住打斷，兩眼瞪著她的父親。「棘爪又沒做錯什麼。」

「棘爪沒有聽命行事。」火星咆哮道。「完全不符合我所傳授給他的戰士守則。」

鼠掌跳到火星面前，面對面地衝著她父親高聲喊道，「我被困在灌木叢裡動彈不得！棘爪過來幫我脫身，他做錯了什麼？」

「妳閉嘴。」火星厲聲說道。棘爪突然發現，這對父女怎麼這麼相像：咄咄逼人的綠色眼睛，還有高高豎起的薑黃色毛髮。「這和妳沒關係。」

「怎麼沒關係？」鼠掌爭論。「就連棘爪瞄我一眼，你都要罵他。」

「安靜！」火星發出斷聲，要他們安靜。

棘爪頓時提高警覺，不一會兒，灰紋突然跑了出來，嘴裡叼著一隻田鼠。

「火星？」他喵聲說：「發生什麼事了？」

火星急速地揮動尾巴，又突然伸直，很不耐煩地搖搖頭。棘爪強迫自己放鬆脖子上的毛。

「哦，是這樣啊。」灰紋一瞧見空地上的棘爪和鼠掌，琥珀色的眼睛立即出現一抹領會的神情。棘爪當下明白，不管是什麼原因造成火星對他態度的驟變，這個副族長肯定知道內情。

「別這樣，火星。」他走向族長，輕輕推了他一把，「他們倆又沒做什麼。」

「就是因為沒做什麼，」火星反駁，然後正面對著兩隻年輕的貓兒。「不管我做什麼決定或下達什麼命令，都是為了整個部族好。」他提醒他們。「如果你們不能體諒這點，或許表示你們根本不適合當戰士。」

「你在說什麼？」鼠掌氣沖沖地張大嘴巴，但她父親卻很不高興地用嘶聲要她閉嘴。

棘爪被搞得一頭霧水，根本忘了為自己辯駁——火星和灰紋一定知道什麼——才讓火星這麼討厭他。如果鼠掌沒告訴她父親關於夢的事，那麼一定有其他原因。只是他想不透那會是什麼，也不知道自己該怎麼回應。

「妳，」火星冰冷地說，同時用尾巴指指鼠掌。「把灰紋抓到的田鼠拿回去給長老，然後繼續狩獵。至於你——」他用尾巴輕彈棘爪。「趕快去找鼠毛，看能不能在天黑之前，再捕點生鮮獵物回來。現在就去。」

火星也不等他們是否遵命行事，就轉身鑽進灌木叢裡。

灰紋沒有立刻跟上去。「他有他的想法，」他語帶歉意地說。「別太放在心上，很快就沒事了，真的。」

「灰紋！」宏亮的聲音從火星消失的方向傳出。灰紋不安地抽動耳朵，連忙向兩隻貓點頭告別，往族長那兒跑去。

鼠掌目送他們離開。既然火星都走了，她也沒什麼好再爭辯的。她垂下尾巴，苦惱地看了一眼棘爪。

「反正我做什麼都不對，」她喵了一聲。「你剛也聽到他說什麼了。他認為我不夠資格，以後一定不會讓我當戰士的。」

棘爪不知道該說什麼。他的迷惑逐漸變成怒火。他知道自己沒有做錯事。不管火星為什麼要這麼對他，都不是他的問題，也不是鼠掌的。鼠掌也許很討厭，但卻是個既忠心又勤快的見習生，任何一個有見識的族長，都看得出她有資格當一名好戰士。

他低頭看著地面，就連鼠掌叫他都沒聽見。他覺得一切都清楚了，就像灰暗的天空被微風吹開了烏雲、陽光終於露臉一樣。前一天，也就是在育兒室後頭被火星斥責了以後，他本來還覺得進退兩難，不知道究竟該遵從預言，還是聽命於火星？現在他終於想通，不管自己再怎麼努力取悅族長都不會有用，因為他根本不知道自己究竟是怎麼惹火星生氣的。眼前只剩下一條路可以走：他一定得踏上這趟旅程，把自己的命運完全交給星族，直到他能向火星證明他的忠誠；當然他也可能永遠回不來了。

「快去吧，」棘爪粗啞地喵了一聲，歪著頭指指地上的田鼠。「把那個帶回去，不然他又要罵妳了。」

「那你呢？」一向開朗自信的鼠掌，如今竟顯得惶惶不安。

「我……」他本來想騙她，說他要回去找鼠毛，但一想到如果他沒回營地，她一定會覺得被他給背叛了。畢竟他們現在同病相憐，至少從火星對他們的態度來看是如此。「我要離開這裡。」他索性告訴她。

「離開？」鼠掌驚慌地說。「離開雷族？」

「不是永遠離開啦，」棘爪馬上補上一句。「鼠掌，妳聽好……」

她在他面前乖乖坐下，綠色眼睛緊緊盯著他，一字不漏地聽他說完第二個夢境，包括他被淹沒在無邊無際的鹹水裡，以及被那看似長著尖牙的洞穴給吞沒。

「烏掌說這世上真有這種地方，」他解釋，「所以我想星族應該是要我去那裡；其他的貓也同意我的看法。所以明天天一亮，我們就出發了。」

鼠掌看起來很受傷。「你告訴他們，卻沒告訴我？」她哀號，「棘爪，你答應過我的！」

「我知道。」棘爪突然覺得很愧疚。「我本來是想跟妳說的，可是火星一直在找我們麻煩……我看只有星族才知道為什麼。就算祂們知道，說得也不會比那個預言要多。」

「你真的就這樣走了？你根本不知道那地方到底有多遠。」

「我們都不知道啊。」棘爪承認。「但是，既然烏掌曾經和去過那個地方的貓說過話，就表示那個地方一定存在。我今天不回營地了，」他補上一句。「我會在森林裡找地方過夜，早上再去四喬木和其他的貓會合。拜託妳，鼠掌，這件事千萬別說出去，別告訴其他貓我們要去哪裡。」

鼠掌聽他說完，反而眼前一亮。棘爪突然領悟到她在打什麼主意了。

「我絕對不會告訴任何一隻貓，」她答應，「也沒辦法說，因為我要跟你們一起去。」

「不行，妳不能去。」棘爪拒絕。「妳沒被選上，也不是戰士。」

「鴉掌也不是戰士，」鼠掌馬上反駁他。「而且我敢說暴毛也會去，因為他不放心羽尾。所以為什麼我不能去？」她停了一會兒，又馬上補充說：「我對你做的第一個夢守口如瓶，連葉掌也沒說。」

棘爪相信她，因為鼠掌要是有透露半句，現在整個營裡都會知道了。

「我沒答應要讓妳跟。」他提醒她。「我只承諾會告訴妳後面的發展，這我也做到了。」

「但你不能現在拋下我，」鼠掌喊道。「如果不讓我知道後來的事，我會急得發瘋的。」

「那太危險了，鼠掌，妳難道不明白嗎？那個預言對我來說已經夠沉重了，我哪有多餘的力氣可以照顧妳？」

「照顧我？」鼠掌憤怒地瞪著他。「哼，不勞你費心，我自己可以照顧自己。反正不管你怎麼說，我就是要去。就算你不讓我去，我也會偷偷跟去。你想想今天發生的事，我跟你一樣，也不想再回營地被他們這樣使喚了。」

棘爪猶豫地看著她。他不想把這個見習生也拖下水，害自己多一個負擔；可是萬一她偷偷跟在後面，反而更危險。何況要是她回營之後，火星發現他沒回來，一定會逼問鼠掌，或許還會派一支巡邏隊把他帶回去。有一兩個心跳的時間，棘爪瞭解到身為一個領導者代表了什麼。這些困惑與懷疑，讓他覺得身體比掉進洪水裡還沉重。

他深深嘆了一口氣，語調彷彿有千斤重。「好吧，鼠掌。」他喵了一聲。「妳可以來。」

第十一章

「我們今晚要睡哪兒？」鼠掌問道。

棘爪剛答應讓鼠掌同行，她的不滿與煩惱馬上像晨霧遇見陽光一樣，瞬間消失得無影無蹤。自從他們離開剛剛被火星找到的那個地方之後，她的嘴巴就沒停過。

「安靜！」他嘶聲說。「要是有貓正在找我們，不管在哪兒一定都能聽到妳的聲音。」

「可是睡哪兒？」鼠掌還是不死心，只是壓低了音量。

「離四喬木近一點的地方。」棘爪回答。「這樣才能趕在天亮時和其他貓會合。」

棘爪領著她穿過矮樹叢，這時黑夜已經悄悄降臨了。雲層遮住了大半的夜空，看不見星光或月亮的蹤影。微風在草叢間低語，棘爪再次嗅到早秋的氣息。

因為擔心被追蹤，棘爪考慮在蛇岩附近找地方休息，畢竟族貓們曾得到不准靠近蛇岩的命令；可是這樣一來，他和鼠掌恐怕也會遇上那隻習慣在夜晚外出覓食的獾。於是他決定到轟雷路附近過夜，希望怪獸嗆鼻的氣味能蓋過他和鼠掌的氣味。

「我知道轟雷路附近有一棵不錯的樹。」鼠掌提議。「我們可以直接躲進樹幹裡，絕對不會被發現的。」

「難道妳不怕整晚都有蜘蛛和甲蟲在我們身上爬來爬去？」棘爪不贊成。「不，謝了。」

鼠掌哼了一聲。「你為什麼老認為自己懂得比較多？」

「也許因為我是戰士吧？」

這時，見習生突然聽見灌木叢裡傳來窸窸窣窣的聲音，便安靜了下來。她突然一個箭步鑽進蕨葉叢裡，接著便叼著一隻老鼠走了回來。

「幹得好。」棘爪喵了一聲。

看到那隻剛丟了命的獵物，棘爪才發現自己餓了。沒多久，他也抓了一隻獵物回來，兩隻貓囫圇吞棗地把東西吞下肚，一面豎起耳朵、提高警覺，深怕有雷族的巡邏隊出現。但棘爪什麼也沒聽見，只有森林入夜後常發出的聲音，以及附近轟雷路上怪獸的怒吼聲。這裡全是怪獸發出的惡臭味，幾乎蓋住了所有氣味，這正是棘爪想要的掩蔽；只是一想到整晚都得聞著這種氣味，他又忍不住打了個冷顫。

就在他們吃東西的時候，天空開始飄起小雨，然後雨勢愈來愈大，最後連棘爪的毛都溼透了；他覺得身體冰涼涼的，快冷死了。

「我們得找個地方避雨。」鼠掌邊說邊發抖。她全身都溼透了，身體變得好小，因為毛都黏在身上。「我們去找那棵樹好不好？」

這時他們正好從草堤上方的矮樹叢裡走出來。棘爪正要答應，突然發現這裡剛好可以俯視整條轟雷路。一頭怪獸呼嘯而過，發出隆隆怒吼聲，炯炯發亮的雙眼在黑夜裡投出兩道黃色的強光。瞬間掃過的強光，讓棘爪看見了前方一個模糊的黑影──那是一隻體型龐大、前所未見的怪獸──牠就蹲伏在轟雷路的邊緣，而且臭氣薰天。

「**那**是什麼？」鼠掌驚叫了一聲，趕緊衝到棘爪旁邊，緊挨著他。

「我不知道，」棘爪老實地承認。「我也從沒見過。妳待在這兒，我去看看。」

他小心翼翼地走了過去，直到離那個怪獸只剩幾個狐狸身長的距離。牠死了嗎？棘爪猜想，所以兩腳獸才把牠丟在這兒嗎？或者牠只是蹲在那裡，等著他再靠近一點，然後隨時像貓捉老鼠一樣跳起來、逮住他？

「看，我們可以躲到牠底下。」鼠掌跑過來告訴他，她顯然沒聽話，乖乖待在草堤上。「我們可以在那裡躲雨。」

模糊的光線下，棘爪隱約看得見怪獸肚子離地面尚有一些空間。一想到要鑽進那麼窄的地方，他就忍不住發抖，但又不願在鼠掌面前表現出膽小的樣子。何況這個提議好像不錯，那麼嗆鼻的氣味肯定能遮住他們身上的氣味，不被追蹤者發現。

「好吧，」他喵了一聲。「可是讓我──」他才剛開口，鼠掌便衝了過去，壓低身子一溜煙地爬進裡頭。

「先過去。」棘爪無奈地說完本來要說的話，乖乖地跟在鼠掌後面，也爬了進去。

第二天早上，微弱的曙光滲進怪獸的肚子底下，將棘爪喚醒。鼠掌仍蜷伏著身子睡在他旁邊。他一下子沒反應過來，心想她怎麼睡在他的窩裡？突然怪獸的嗆鼻氣味和轟雷路上斷斷續續的怒吼聲點醒了他。已經早上了，這場旅行真的要開始了！但他一點也興奮不起來，反而覺得前途茫茫；加上他想到自己根本是不告而別，自我放逐，心情更是沉重得不得了。

棘爪從怪獸底下爬出來，抬頭聞聞空氣。因為昨晚下過雨的關係，草地還是溼的，堤上的矮樹叢掛滿了水珠。黎明的森林還充滿了薄霧，聽不見也聞不到其他貓兒的聲音或氣味。

他轉身叫鼠掌起床。「醒醒，我們該去四喬木了。」

他還在想是不是得再鑽進怪獸的肚子底下叫她，鼠掌卻爬了出來，眨著眼睛抱怨道：「我快餓死了。」

「路上會有時間抓獵物的。」棘爪說。「可是現在**一定**得出發，他們說不定已經在等我們了。」

「好吧。」鼠掌跑上草堤，沿著轟雷路往四喬木的方向前進。棘爪跟上她，兩隻貓肩並肩地跑了好一會兒。晨霧漸漸散去，地平線上，太陽升起的地方滿是耀眼的金光，鳥兒也開始在枝頭放聲歌唱。

等鼠掌完全清醒過來，反而忘了要在路上打獵覓食的事，她急忙地向前趕路，完全沒注意到周遭的事物。棘爪雖然也想盡快趕到四喬木那兒，但依舊繃緊了神經。突然間，他聽見後方灌木叢裡傳來聲響，於是立即豎起耳朵、張開下顎，偵測對方的氣味。

「鼠掌！」他嘶聲說，「快躲起來！」

但鼠掌卻在他開口之前就轉過身，瞪著窸窣作響的灌木叢，像是呆掉似的。棘爪聞到雷族貓的氣味，緊接著灌木叢的枝椏開始搖晃，最後是葉掌走了出來。

姊妹倆僵在那兒好一陣子，四目相望。葉掌走向前，把她帶來的一袋藥草放在鼠掌腳下。

「我幫你們帶了一些遠行該吃的藥草。」她低聲地說，「你們會用得上。」

棘爪看看她，又看看鼠掌。「妳不是說妳沒告訴其他貓的嗎？」棘爪不滿地說。「那她是怎麼知道的？妳一直在騙我！」

「我才沒有！」鼠掌火大地頂回去。

「她什麼也沒說，」葉掌溫和地幫姊姊補充。「但她什麼也不必跟我說，我就是知道。」

棘爪不可置信地搖搖頭。「妳是說妳知道所有的事，包括那個夢？還有我們要去太陽沉沒之地？」

葉掌轉過頭，嚴肅地望著他。棘爪看見她眼裡流露的憂傷與迷惘。「我不知道，」她喵了一聲，「我只知道鼠掌要走了，」她遲疑了一會兒，接著閉上眼睛，「而且會有危險。」

棘爪不由得同情起葉掌，那種感覺像刀一樣直戳進棘爪的心，但他已經無法可想，他必須知道葉掌有沒有把她知道的事情告訴其他的貓。

「還有誰知道？」他粗暴地問，「妳有告訴妳父親嗎？」

「沒有！」葉掌眼中竄出的怒火，剎時間讓她看起來像是鼠掌的姊姊。「我才不會告訴鼠掌的密，就算火星也一樣。」

「她不會說的，棘爪。」鼠掌為妹妹說話。

棘爪無奈地點點頭。

「我真希望我有說出來。」葉掌繼續說，聽起來很悲傷。「這樣我或許就能阻止這一切，妳也不會離開我們了。鼠掌，妳真的要走嗎？」

「我一定得走！這是我碰過最刺激的一件事，妳難道不明白嗎？這是來自星族的旨意，所以我們並不算違反戰士守則。」

她開始向葉掌說出棘爪作夢以來發生的事，以及和其他部族貓會面的情形。葉掌聽得仔細，一臉驚恐；棘爪則是坐立不安，因為他擔心時間正隨著天色漸亮而流逝。

「但**妳**不是非去不可！」鼠掌一說完，葉掌立刻嚎啕大哭，「妳又沒有被選上。」

「反正我是不會回去的。我做什麼都不對，至少火星是這麼想的。妳知不知道他竟然告訴我，我可能不適合當戰士！我會讓他知道我到底適不適合。」

棘爪看著葉掌，心想她也很清楚，一旦鼠掌下定決心，根本就說服不了她。然而在葉掌琥珀色的眼睛裡，似乎還藏著某種難以說明的隱情。

「可是妳可能再也回不來了，」葉掌發抖地說。棘爪突然想到，葉掌不只是巫醫，也是鼠掌的妹妹。「沒有妳，我該怎麼辦？」

「我不會有事的，葉掌。」棘爪沒想到鼠掌也會這麼溫柔地說話，還用自己的鼻頭輕觸妹妹的毛髮。「我一定要去，妳又不是不知道？」

葉掌點點頭。

「而且妳絕對不能告訴其他貓我們去了哪裡。」鼠掌要求她。

「我的確不知道你們要去哪裡——但你們自己也不知道吧！」葉掌一針見血地說。「我不會說的，只是妳一定要記住，火星很愛妳，只是他有他的想法，是妳不明白罷了。」她不安地吸了一口氣。「你們帶著藥草快走吧。」

鼠掌輕輕把那團藥草分成兩份，和棘爪一起吞下那些苦澀的葉子。葉掌看著他們，大眼睛裡充滿著悶悶不樂。

「就算你們身邊沒有巫醫同行，也可以在路上找到藥草。別忘了金盞菊可以治療傷口。」她很快說了起來。「艾菊可以止咳……呃……還有杜松果可以治腹痛，琉璃苣的葉子可以退燒，我是說如果你們路上找得到的話。」她好像想把所知道的巫醫常識一次全部交代清楚。

「我們會記住的。」鼠掌答應她，然後吞下最後一口藥草，伸出舌頭把嘴巴舔乾淨。「走吧，棘爪。」

「再會了，葉掌。」棘爪喵了一聲。「妳——還有大家——都要保重。萬一災難真的降臨，而我們……我們又來不及趕回來幫你們……」

「那就只好把命運交給星族了。」葉掌憂傷地回答。「我會盡我所能地做好準備，相信我。」

「別擔心鼠掌。」棘爪補充道。「我會好好照顧她的。」

「我也會照顧他的。」鼠掌不甘示弱地說，然後走到她妹妹跟前，與她互搓鼻頭。「我們會回來。」她低聲地說。

葉掌低下頭，眼裡滿是悲傷。當棘爪再度轉身往四喬木的方向跑去時，他忍不住回頭，只見葉掌仍站在原地目送他們，淺褐色的身影在蕨葉叢前動也不動。他抬起尾巴向她道別，於是她轉身離去，消失在矮樹叢裡。

第十二章

回營的路上，葉掌先抓了一隻田鼠，然後才叼著獵物鑽進金雀花叢隧道裡，希望迎面而來的貓會以為她是一早就出去狩獵。她依舊掛念著姊姊的遠行，還有星族的預言怎麼會把鼠掌和棘爪的命運，像金雀花叢裡的枝椏一樣糾結在一起。

當她走進空地時，正好聽見鼠毛大聲地說：「那個棘爪真懶惰！黎明都過去了還不起床。我要他跟我一起去狩獵。」

「我去叫他。」跟鼠毛一起坐在蕁麻地的亮心起身說道，然後往戰士窩走去。

一想到待會兒大家發現棘爪和鼠掌都不見的事，葉掌就覺得胃快打結了。這時，塵皮也從育兒室裡出來，往見習生的窩走去，而白掌和潑掌正在洞口曬太陽。

「嘿，」塵皮跟他們打招呼。「有沒有見到鼠掌？她沒生病吧？通常她這時候就已經吵著要出去了，根本等不及讓我先填飽肚子。」

白掌和潑掌互看一眼。「我們沒看見她。」白掌喵了一聲，「她昨晚就沒回窩裡睡覺。」

葉掌看見塵皮翻白眼。「那她現在在哪兒？」

這時亮心也從戰士窩裡出來，往鼠毛那兒走去。葉掌叼著田鼠，快步走向生鮮獵物堆，想聽清楚她們會說什麼。

「棘爪不在那裡。」亮心說道。

「什麼？」鼠毛急速揮動尾巴，一臉驚訝。「那他去哪裡了？」

亮心聳聳肩。「他應該是自己狩獵去了吧。沒關係啦，鼠毛，我和雲尾待會兒陪妳一起去。」

「也好。」鼠毛聳聳肩。不久，雲尾走出戰士窩，他眨眨眼睛，擠掉最後一絲睡意，鼠毛於是馬上叫醒蛛掌，四隻貓便結伴離開了營地。

這時塵皮正往生鮮獵物堆處走來，嘴裡祈求星族告訴他該怎麼做，因為他實在不知道該怎麼教導一個常常不知去向的見習生。

「如果妳見到妳姊姊……」他很生氣地對葉掌說，「麻煩妳告訴她，我在育兒室等她。而且她最好解釋清楚為什麼這次又一聲不響地跑出去。」他隨口叼起一隻歐掠鳥，轉頭便回蕨雲那兒去了。

葉掌目送他離開，才轉身往巫醫窩前的蕨葉叢隧道走去。她鬆了口氣，還好塵皮沒再追問鼠掌的事，不過她很清楚，大家遲早會發現他們失蹤的事；到時她又該怎麼解釋呢？

ꟿꟿꟿ

到了中午，營地裡已經流言滿天飛了。當時葉掌正穿過空地，打算去為煤皮拿點生鮮獵物時，突然聽見火星下令巡邏隊去找那兩隻失蹤的貓。

「所以棘爪是在追求鼠掌囉？」雲尾自顧自地說，眼睛閃閃發亮。「我就說嘛，她這麼年輕漂亮，有追求者也是應該的。」

「真不知道他們倆打算做什麼，」火星的語氣是惱怒多於擔憂。「等他們回來，兩個都得說一頓。」

葉掌索性蹲下來，假裝正在挑選生鮮獵物。這時戰士們已經散去，只剩她父親和母親。

「你知道嗎，」沙暴對火星說，「灰紋告訴我你昨天發現他們單獨狩獵的事。聽起來鼠掌和棘爪好像從那時候就沒回營地了。灰紋說了你是怎麼責罵他們的，難怪他們不肯回來。」

「沒有這麼嚴重吧？」火星焦慮地說，「不需要離家出走吧？」

沙暴瞪大綠色的眼睛望著他，那樣子和鼠掌好像。「我不是告訴過你很多遍了嗎？只用批評和命令的方式，鼠掌根本不會聽你的，她只會和你唱反調。」

「我知道。」火星重重嘆了一口氣。「只是那個預言……火和老虎在一起，還有森林裡的騷亂。我還以為解決了血族的事情，部族就安全了。」

「我們確實已經過了好幾個月的平靜日子。」沙暴走向火星，用鼻頭搓揉他的頸部。「這全都要感謝你。就算未來再發生什麼事，也不是你的錯。我也想過那個預兆。」她繼續說道，然後坐下來，迅速張望了一下，確定沒有其他戰士在旁邊。

葉掌覺得有點罪惡感。她想是不是應該溜到更遠一點的地方，別躲在這個角落。但她又想，就算她母親知道她在這裡也無所謂，畢竟葉掌早就知道星族預兆的事。

「預兆裡提到火、老虎和災難。」沙暴往下說，「可是並沒有說是火和老虎引起的，對吧？」

葉掌瞥見火星打了個冷顫，火焰色的毛髮像波浪般起伏。

「沒錯！」他喃喃自語。「所以也可能代表他們會拯救我們脫離危險。」

「是有這個可能。」

火星挺起身子，重新打起精神。「那我們更應該把他們找回來！」他大聲說道，「我自己帶一支巡邏隊出去好了。」

「我和你一起去。」沙暴喵了一聲，然後又抬高聲量，加了一句，「葉掌，妳大可把獵物全部聞上一遍，反正煤皮會等妳。還有別忘了，不准把星族預言的事告訴其他貓，知道嗎？」

「我知道，沙暴。」葉掌叼起一隻田鼠，轉身往巫醫窩走去。她在考慮，是不是該坦白說出姊姊的事——可是她已經答應鼠掌了。這兩個預言重得簡直像兩個鉛錘掛在她身上。她不知道該怎麼做才能同時保住這兩個秘密，又不違背她效忠部族的巫醫誓言？

接下來那一整天，煤皮一直吩咐葉掌檢查藥草的庫存量，趕在落葉季來臨前把需要補充的藥草清點出來。太陽逐漸西沉，冷冽的空氣裡瀰漫著潮溼葉片的味道，這時她們突然聽見一隻貓兒匆忙穿過蕨葉叢隧道的聲音。

「是火星。」煤皮瞥了洞口一眼。「妳繼續清點這個，我去看看他有什麼事。」

葉掌很慶幸能躲在窩裡繼續清點她的杜松果。她偷看了一下站在空地上的父親，陽光灑在他身上，全身有如火焰般燦爛。她故意躲進去一點，免得被他發現。

「我們到處都找遍了。」火星的語氣很疲累。「我本來想追蹤他們的氣味，可是昨晚下了一場大雨，把氣味全沖掉了。他們不知道跑哪兒去了，煤皮，妳想我該怎麼辦？」

「除了窮緊張，我想你也沒別的事可做了。」煤皮雖然不客氣地說，但聽得出其實她很關心。「我記得以前也有幾個見習生喜歡沒事偷偷溜出去，最後還不是都乖乖回來了？」

「妳是說我和灰紋？那不一樣啊！鼠掌……」

「鼠掌身邊還有一個年輕強壯的戰士，棘爪會照顧她的。」

然後就是一陣沉默。葉掌忍不住再次偷看外面的空地，只見她父親低著頭坐在那裡。他看起來很沮喪，葉掌好心疼，好想走出去安慰他幾句。但她要怎麼說，才不會出賣她姊姊呢？

「都是我的錯！」火星顫抖地說。「我不該罵他們的。如果他們不回來，我永遠都不會原諒自己。」

「他們當然會回來，目前森林裡還是很安全。不管他們去哪裡，都不至於餓著。」

「也許吧。」火星聽起來很沒把握，但他也沒再多說什麼，便起身消失在蕨葉叢隧道裡。

等他走了，煤皮才又回到窩裡。「葉掌，」她喵了一聲。「妳知道妳姊姊去哪兒了嗎？」

一顆松果滾到地上，葉掌追著它跑，不敢直視導師的眼睛。她想起鼠掌，突然感覺到一股溫暖的安全感，以及其他貓的陪伴。她想他們應該是在烏掌的穀倉裡，雖然她不確定。於是她很老實地回答，「我不知道，煤皮，我不知道她去哪兒了。」

「嗯……」葉掌知道煤皮正看著她，於是她抬起頭直接望著導師的藍眼睛，那裡頭沒有怒火，只有深深的智慧與寬容。「如果妳知道的話，妳會告訴我，對不對？巫醫的忠誠方式雖然與其他貓不同，但無論如何，我們都還是要效忠星族，以及森林裡的四個部族。」

葉掌點點頭，鬆了口氣，因為她的導師總算轉過頭去，繼續清點她的金盞花葉子了。

我沒有騙她，葉掌難過地對自己說。但這一點幫助也沒有。不管是不是星族的預言，她和其他貓一樣，都很清楚戰士守則的規定，其中最重要的一條就是：見習生絕不能欺瞞自己的導師。就算她剛剛說的話是真的，但葉掌還是覺得愧疚極了。

哦，鼠掌！她默默地埋怨著。**妳為什麼一定要走呢？**

第十三章

「這不是往四喬木的捷徑。」當棘爪在刺藤叢旁邊停下腳步時，鼠掌忍不住提醒他。她彈彈尾巴說，「我們應該走那條。」

「好吧，」棘爪嘆了口氣。鼠掌自從和她妹妹道別後，便異乎尋常地安靜，只不過好景不常，她很快又靜不下來了。「如果妳想游泳的話，我們就走那條路。這條路的河道比較窄，還可以踩著石頭跳過去。」

「哦……那就聽你的吧。」鼠掌似乎困窘了一下，但隨即聳聳肩，跟著棘爪一起奔過樹林。他們幾步跳過了河，然後爬上通往四喬木的最後一道斜坡。棘爪知道等到他們抵達山谷時，太陽應該已經完全升上地平線了。

他突地停住，用尾巴掃掃鼠掌，要她停下來先看清楚空地上有誰。他嗅聞著空氣，明顯聞到三個部族混雜的氣味，於是低下頭，看見褐皮、羽尾和暴毛都已端坐在巨岩下方，鴉掌則是不安地在他們面前踱步。

「終於來了！」當棘爪和鼠掌從斜坡底下的灌木叢裡出現時，褐皮第一個跳起來。「我們還以為你不來了。」

「她來這裡做什麼？」鴉掌不客氣地質問，眼睛瞪著鼠掌。

鼠掌也不甘示弱地回瞪他，脖子上的毛憤怒地豎立。「我可以自己回答你；我要跟你們一起去。」

「什麼？」褐皮走到她弟弟旁邊。「棘爪，你瘋了是不是？你不能帶一個見習生同行啊，那會很危險的。」

棘爪還沒來得及回答，鼠掌便咬著牙搶答，「他也是見習生啊！」同時用尾巴指著鴉掌。

「我可是被星族選上的，」鴉掌立即指正她。「但妳沒有。」說完便大搖大擺地坐下來，開始清理起自己的耳朵。

「那他也沒被選上啊，」鼠掌反駁，改把目光放在暴毛身上。「不要告訴我，他只是來送他妹妹一程的。」

兩隻河族貓一句話也沒說，只是焦慮地互換眼色。

「反正她就是要去。」棘爪的耐心快被磨光了。再這麼耗下去，什麼事也不必做了。「我們走吧。」

「你別想命令我！」鴉掌厲聲說。

「他說得也沒錯，」褐皮嘆了口氣。「我們又沒辦法阻止鼠掌跟來——」

「你們是沒辦法。」鼠掌插嘴。

「——那也只好這樣了，盡量往好處想。」

棘爪總算鬆了口氣，看來連鴉掌也認命了。鴉掌起身背對著鼠掌，彷彿當她不存在似的。「你真可憐，還得帶個拖油瓶。」他揶揄棘爪。

兩隻河族貓也起身加入他們。「別擔心，」羽尾輕聲地說，用鼻頭輕觸鼠掌的肩膀。「大家都有點緊張，上路之後就會不一樣了。」

鼠掌眼神一閃，彷彿想要反擊，但見到羽尾溫柔的眼神也不得不順從地低下頭，脖子上的毛也放平了。

六隻貓像是約好似地一起穿過灌木叢，爬上斜坡，來到風族領地的邊界。棘爪專注地望著寬闊的荒野高地，一大片雜草在荒野上隨風擺動，沙沙作響，彷彿大型動物身上隨風飄揚的毛髮。他的心跳加快，好像隨時會跳出胸口；自從藍星託夢給他之後，他就一直在等待這一刻。新的預言已經來臨，旅程就要展開了！

但就在他一腳踏上荒野的剎那，他突然覺得後悔，後悔自己必須拋開曾經擁有的一切——熟悉的森林、他在部族裡的地位、他的朋友。因為從這一刻起，一切就要改變了。

走出了森林，戰士守則還能保護我們嗎？棘爪想著。回望身後那片黑壓壓的森林，他默默地補上一句，**我們會再見到自己的部族嗎？**

棘爪蹲伏在樹籬的陰影下，俯視兩腳獸農莊裡一排排的房舍。其他貓兒則在他身後不安地動來動去。

「我們在等什麼啊？」鴉掌不高興地問。

「那裡就是烏掌和大麥住的穀倉。」棘爪回答，並用尾巴指指那個方向。

「這我知道，」風族見習生喵了一聲，「泥爪在我剛當上見習生、必須去高岩山一趟時，帶我來過這裡。我們該不會要去那兒吧？」

「或許我們應該去一趟。」棘爪很小心，深怕這個敏感的見習生又以為自己在命令他。「烏掌聽過那個太陽沉沒之地，或許他能提供我們一些有用的消息。」

「而且他的穀倉裡有很多老鼠。」褐皮伸出舌頭，舔了舔鬍鬚。

「去那裡過夜也沒什麼不好。」棘爪同意道。「吃飽了才有體力。」

「可是如果我們現在就走，天黑之前就可以抵達高岩山了。」鴉掌指出。

棘爪有點不高興，他總覺得這個風族見習生只是為了反對而反對。「我還是覺得在這裡過夜會比較好，」他喵了一聲。「我們可以一早出發前往高岩山，有一整天面對未知的領域。」

「你寧願餓肚子、睡在大石頭上，」暴毛低聲地問。「還是吃得飽飽地、睡在既溫暖又舒服的穀倉裡？我選大麥的穀倉。」

「我也是。」鼠掌喵聲說道。

「妳沒資格說話。」鴉掌回嘴。

鼠掌可不想被他壞了興致，於是跳起身，滿是期待地說：「那我們走吧！」

「等等，」羽尾趕在棘爪之前，先擋住那個衝動的見習生。「這裡有很多大老鼠，我們得小心點。」

「還有狗。」褐皮補上一句。

「哦，好吧！」

棘爪這才想到，鼠掌還沒參加過升上戰士前必經歷的高岩山之旅。事實上，這恐怕是她第一次離開四喬木以外的雷族領地；他得承認這位見習生到目前為止的表現還不錯。她很鎮定地穿過風族領地，也很清楚該避開風族的巡邏隊，以免他們發現鴉掌偷偷離營。或許他當初的擔心是多餘的，其實她絕對能勝任這次挑戰。

棘爪從籬笆裡鑽出來，帶頭穿過農場，往穀倉跑去。當他聽見狗吠聲時，身體不禁一僵，但那聲音聽起來很遠，飄來的氣味也很微弱。

「要走就快走啊！」鴉掌在他身後催促道。

穀倉離兩腳獸住的巢穴還有一段距離。穀倉的屋頂有個破洞，門板也有些凹陷。棘爪小心翼翼地靠近，低頭嗅聞門板底下的縫隙。到處都是老鼠的氣味，他忍不住流口水，只好提醒自己要更專心才能聞到幾乎被掩蓋的貓兒氣味。

一個熟悉的聲音從裡頭傳出。「我聞到雷族的氣味。進來吧，歡迎光臨。」

那是烏掌。棘爪從縫隙鑽進去，看見黑色的獨行貓就站在他前面，至於那隻和他同住在穀倉的黑白花貓大麥，則蹲在他身後只有兩三步遠的地方。當棘爪的同伴們也一個接一個地從門縫裡鑽進來時，大麥頓時瞪大眼睛，似乎很不自在。棘爪知道大麥一年前曾到森林裡幫忙對抗血族，之後恐怕就沒再見過這麼多貓了。

「烏掌，我想你說得對，」棘爪喵了一聲。「我之所以會作那場夢，是因為星族想要我去太陽沉沒之地。這幾位都是被星族挑中的貓，他們也要和我一起去。」

「應該說只有其中幾個吧！」鴉掌不快地說。

棘爪沒理他，直接跟烏掌和大麥介紹了同行的貓。年紀較長的獨行貓只是點點頭，打聲招呼，便悄悄地躲進穀倉的深處了。

「你們別理大麥，」烏掌喵了一聲。「這裡很少有這麼多訪客。所以這是鼠掌囉？」他繼續說，並和這個年輕見習生互搓鼻頭打招呼。「火星的女兒，對不對？我以前見過妳，妳那時候還是小貓，和沙暴待在育兒室裡，不過恐怕妳不記得了。我那時候就說妳長得好像妳父親，看來真的是這樣。」

鼠掌尷尬地刮著地面；棘爪想，在面對與雷族關係頗深的貓時，她也會說不出話來。

「火星怎麼說？」烏掌問棘爪。「我沒想到他肯讓還沒成為戰士的鼠掌一起去？」

棘爪和鼠掌不自然地交換一個眼神。「事情跟你想得不一樣，」棘爪不得不坦白。「我們沒跟他說一聲就走了。」

烏掌瞪大了眼睛，棘爪還以為他會開口要求他們回去。

沒想到烏掌只是搖搖頭。「可惜你們沒告訴他是怎麼回事。」他喵了一聲。「也許等你們吃飽了，可以多告訴我一些。你們都餓了嗎？」

「餓死了！」鼠掌大聲地說。

烏掌不禁大笑。「那你們就儘管去抓吧，」他很慷慨地說，「這裡多的是老鼠。」

沒多久，棘爪已經舒服地躺在乾草堆上，肚子裡裝滿了老鼠，幾乎快撐死了。烏掌和大麥每天都吃這麼飽，難怪看起來好壯。

他的同伴們也都在旁邊或躺或臥，各個都吃得很滿足。太陽準備下山了，紅色的光芒透過穀倉屋頂的破洞灑了進來，他們的睡意也愈來愈濃。如今他們只聽見乾草堆裡傳來窸窣聲和吱吱叫聲，彷彿這回的大狩獵絲毫沒有影響穀倉裡的老鼠的數量。

「我們今晚可以睡在這裡，明天一早出發嗎？」棘爪喵聲問道。

烏掌點點頭。「我明天和你們一起走到高岩山好了。」棘爪本來想跟他說不必了，但烏掌很快補上一句，「現在轟雷路附近的兩腳獸比以前還要多。我一直在注意牠們，所以知道怎麼走比較安全。」

棘爪謝過他，突然發覺鴉掌貼近他，低聲問道：「我們可以相信他嗎？」

烏掌的耳朵動了一下，顯然聽見他的話了。棘爪真想找個地洞鑽進去，鼠掌則是抬起頭，憤怒地對鴉掌嘶嘶叫。

「別生他的氣，」烏掌喵了一聲。「這樣想是對的，鴉掌。事實上，戰士都應該要這樣想才對。不管你去哪裡，要是沒有十足的把握，不要輕信任何東西或任何一隻貓。」

鴉掌低下頭，但顯然對獨行貓的讚美十分得意。

「但是你可以相信我，」烏掌繼續說道，「我也許對你們之後的旅程幫不上什麼忙，但至少可以先讓你們平安抵達高岩山。」

強風迎面吹來，棘爪的毛全都緊貼在身上，幾乎站都站不穩。他伸出爪子，一步一步地賣力前進，在光禿禿的岩石上留下一道又一道的爪痕。他和同伴們現在已經來到高岩山頂了，正低頭俯瞰眼前一望無際的未知領域。

黎明的第一道曙光一出現，他們便出發了，然後趕在日正當中前攀上這片石坡，一路都由烏掌帶路。現在他正站在棘爪旁邊，雙耳指著遠方。

「你們要避開那些轟雷路。」他喵聲說道，並用尾巴指指山下密密麻麻的灰色線條。「不過那裡也是風族當初被碎星趕走時的臨時避難所，有很多老鼠和垃圾。」

「我聽過那件事，」鼠掌插嘴。「灰紋告訴我，他和火星是怎麼把風族接回家的。」

「此外你們還必須通過許多小的轟雷路。」烏掌往下說，「以及兩腳獸的巢穴。我這樣走過幾回——雖然不是走得很遠，但也有一些經驗，至少知道那地方並不適合戰士前往。」

鼠掌緊張地看了烏掌一眼。「那裡沒有森林嗎？」她問。

「我是沒看到。」

「別擔心，」棘爪想安撫她。「我會照顧妳的。」

沒想到她竟猛地轉身，綠色眼裡充滿怒火。「我到底要告訴你多少遍，我不需要你照顧！」她啐了一口，「如果這一路上你都會像火星一樣囉嗦，我還不如待在家裡。」

「哈，我們也這麼想。」鴉掌翻了個白眼，低聲地說。

褐皮好奇地看了鼠掌一眼。「你就這樣讓見習生對你大呼小叫啊？」她質問她的弟弟。

棘爪聳聳肩。「不然妳自己去試試看。」

他姊姊抽了一下耳朵。「雷族貓喔。」

羽尾和暴毛互看一眼，羽尾起身走到鼠掌身邊。「我也一樣緊張啊，」她大方承認，「當我一想到得這麼接近那些兩腳獸，我就全身發抖；可是星族會保佑我們的。」

鼠掌點點頭，儘管她的眼神還是很不安。

「如果你們都說完了，」鴉掌大聲地說，「我們可以走了吧？」

「好吧。」棘爪轉向烏掌。「謝謝你幫了我們這麼多忙。」他喵了一聲。「謝謝你這麼體諒我們。」

獨行貓歪著頭。「沒什麼好謝的。祝你們好運，但願星族能為你們指出一條明路。」

他讓出一條路，於是六隻貓兒一個接一個地走下坡去。就在他們為這場漫長的旅程跨出第一步時，愈升愈高的太陽也在他們前方投下長長的藍色暗影。

第十四章

好不容易從高岩山下來，腳掌再度踏上鬆軟的草地時，棘爪才終於鬆了一口氣。他們這一小群貓如今置身在廣大未知的領域裡，接下來只能靠自己了。烏掌已經為他們指出一條穿過這片被兩腳獸用發亮的刺籬笆給分成好幾塊廣闊田野的小徑，雖然空氣中有許多兩腳獸和狗的氣味，但都是很久以前的氣味了。全身毛茸茸的羊瞪大了眼睛，看著他們悄悄穿過田野，每隻貓都壓低了頭，兩耳平貼，顯然很不習慣將自己曝露在曠野中。

「你們想，牠們是不是沒見過貓？」暴毛咕噥地說。

「也許真沒見過，」褐皮回答。「貓沒事不會來這兒。自從我們離開穀倉後，我連一隻獵物的氣味都沒聞到。」

「我也沒見過羊。」鼠掌說，而且乾脆往離她最近的那隻羊走過去。棘爪低調地緊跟在後，雖然他知道羊並不危險，但他也不願冒險。鼠掌停在離羊群只有一根尾巴遠的地方，然後深吸一口氣，頓時皺起鼻頭。「噁！這些像長了四隻腳的雲，聞起來怎麼這麼臭啊！」

褐皮打了個呵欠。「看在星族的份上，我們可不可以走了？」

「星族究竟為什麼要派我們到太陽沉沒之地呢？」羽尾邊說，邊側身避開正在吃草的羊。「祂們為什麼不乾脆在森林裡把話說清楚？反而要我們傾聽午夜的訊息？」

鴉掌哼了一聲。「誰知道？」他瞇起眼睛瞪著棘爪，「或許雷族戰士可以告訴我們。畢竟只有他看過那個地方——這也是他說的。」

棘爪咬著牙。「我知道的並不比你多，」他喵了一聲。「我們只能相信星族最後會告訴我們答案。」

「你說得倒簡單。」鴉掌回嘴。

「你別煩他了好不好！」鼠掌突然衝過來，擋在風族見習生面前。「又不是棘爪自己想作那個夢，是星族選了他，這能怪他嗎？」

「妳懂什麼啊？」鴉掌當場頂回去。「在風族，見習生都很清楚什麼時候該閉嘴。」

「喔，所以從現在起你就會安靜點了？」鼠掌故意說道，「很好！」

鴉掌雖然不甘心，但也沒回嘴，只是繞過鼠掌繼續往前走。

棘爪走到雷族同伴身邊。「謝謝妳幫我解圍。」他低聲說道。

鼠掌竟怒氣洶洶地瞪了他一眼。「我才不是在幫你！」她啐了一口。「我只是不想讓那隻笨貓以為風族比雷族了不起。」說完便很不耐煩地衝到剛剛曾經停下腳步、望著他們倆的羽尾和暴毛的前面。

「不要跑太遠！」棘爪在後面叫她，但她根本不理會。

棘爪追上去，心裡隱約知道，其他的貓都不肯幫他辯解，包括自己的姊姊褐皮在內；他們一定都很懷疑為什麼只有他作了那個夢？為什麼要他們去那個地方？就像羽尾剛剛說的一樣。棘爪覺得身上的負擔更沉重了，他知道將來要是有任何同伴受傷或喪命，都會是他的錯。也許星族這次真的錯了。也許說到底，光靠戰士的信心與勇氣，也不能保證他們可以平安無事。

剛過中午，他們就來到第一條轟雷路。這條轟雷路比他們熟悉的那條要窄，但因為彎道很大，所以得等到最後一秒才能確定有沒有怪獸逼近。道路的另一端長滿高高的樹籬，一直朝兩邊延伸過去。

鴉掌謹慎地靠近，沿著轟雷路黑色的邊緣嗅聞。「噁！」他大叫，皺著鼻子。「好臭。兩腳獸為什麼要到處鋪這種東西？」

「給牠們的怪獸用啊！」暴毛告訴他。

「我當然知道！」鴉掌啐了一聲。「那些怪獸也好臭。」

暴毛聳聳肩。「這就是兩腳獸啊！」

「我們要在這裡一直討論兩腳獸的習慣直到太陽下山？」褐皮打斷他們。「還是現在就穿過這條轟雷路？」

棘爪蹲伏在草地邊緣，豎直兩耳，仔細聆聽有無怪獸接近的聲音。「當我喊跑的時候，妳就跑。」他告訴蹲在旁邊的鼠掌。「不會有事的。」

鼠掌沒看他。自從剛才和鴉掌吵了一架之後，她就悶悶不樂。「我不會害怕，你又不是不知道。」她不滿地說。

「當然要害怕，」站在她另一邊的褐皮咕噥著說。「難道在穿越高岩山附近的轟雷路時，妳沒聽清楚我們告訴過妳的話嗎？簡單的說，這裡非常危險，就算經驗豐富的戰士也不一定應付得來。很多貓兒死在這種地方。」

鼠掌抬眼看她，點點頭，綠色的眼睛睜得老大。

「很好，」影族戰士喵了一聲。「所以一定要聽從棘爪的指揮，當他喊跑的時候，妳一定要用最快的速度衝過去。」

「在我們穿過這條路之前——」棘爪提高聲量，好讓每隻貓都能聽見他的聲音。「——我們應該先想好到了那裡之後，接下來該怎麼做。因為我們根本看不見樹籬後面有什麼，轟雷路也把那頭的氣味都蓋掉了。」

暴毛抬起頭，張嘴嗅聞空氣裡的味道。「我也聞不出來。」他贊同地說。「我建議我們一穿過轟雷路，就直接鑽過樹籬，在樹籬的另一邊會合。要是那裡真有什麼危險，有我們六個一起，應該能應付得來。」

棘爪很佩服暴毛的推論。「太好了。」他說，而包括鴉掌在內的其他貓也都應聲同意。

「棘爪，由你發號施令。」暴毛喵聲說道。

棘爪再度繃緊神經，豎起耳朵。遠方傳來的低鳴聲瞬間變成震耳欲聾的怒吼，一隻怪獸轉過彎道衝了出來，那一身看起來不怎麼自然的毛皮，在呼嘯而過時發出閃亮的光芒，一路揚起沙塵，害大夥兒被牠引起的濃煙嗆得不斷咳嗽。

另一隻怪獸幾乎也在同時間呼嘯而過，只不過是從另一個方向。周圍很快恢復了平靜，沒有半點聲響。棘爪豎起耳朵，什麼也沒聽見，只有遠處傳來的狗吠聲。

「跑！」他大喊。

棘爪縱身一跳，知道鼠掌就在他身邊，羽尾則在另一邊。他在堅硬的轟雷路上拔腿狂奔，很快就跑到另一頭狹長的草皮上，然後趕緊鑽進樹籬，身上毛髮被尖銳的枝椏給扯掉。

他費力地往前鑽，好不容易鑽了出來，進入空地，卻被眼前的景象給嚇住了。他看見不斷跳躍的火舌，嗆鼻的濃煙灌進他的喉嚨。這時傳來一陣尖銳的叫聲，一隻很小的兩腳獸向他跑來，只比狐狸高一點點，肥短的兩隻腿不穩地晃動。狗叫聲突然變得響亮。

「鼠掌，跟緊點！」他倒抽一口冷氣，但回頭卻沒見到暗薑黃色見習生的身影。

他聽見暴毛大喊：「不要分散，到那裡去！」

棘爪四處張望，卻看不到任何一個同伴，只好先往最近的避難所——冬青樹叢裡鑽。他貼緊地面，慢慢爬進去，突然發現自己碰到毛茸茸的東西。他聽見害怕的嗚咽聲，一片昏暗中，他隱約看見帶著斑點的銀灰色毛髮。原來是羽尾。

「是我啦。」他低聲說道。

「棘爪！」羽尾顫抖地說。「我還以為是狗。」

「妳有沒有看見其他同伴？」棘爪問她。「妳有看見鼠掌去哪兒了嗎？」

羽尾搖搖頭，藍色眼睛驚恐地睜大。

「別擔心，我想他們應該沒事。」他喵聲說道，舔舔她的耳朵安慰她。「我去看看外頭怎麼回事。」

他往前爬了幾步，直到可以偷窺外頭的動靜。這時他才明白，那場火只是在一堆乾草上燃燒而已，剛好離他衝出去的地點特別近。火堆旁有一隻成年的兩腳獸正把乾樹枝往火裡丟，小兩腳獸也跑過去站在旁邊。棘爪一直聽見狗吠聲，卻沒看到狗，而且因為濃煙的關係，他什麼也聞不到。最糟糕的是，其他的同伴都不見了。

他再度蠕動身體，爬回羽尾身邊，低聲地說：「走吧，跟我來。兩腳獸不會理我們的。」

「那狗呢？」

「我不知道牠在哪裡，但肯定不在附近。妳聽好，我們可以這麼做。」棘爪知道自己必須立刻想出一個點子，才能讓羽尾完全冷靜下來。他們躲藏的冬青樹叢離木籬笆很近，再過去一點就是一棵小樹，樹枝已經長進隔壁的花園。「妳看那裡。」他用耳朵指了指方向。「只要爬上那棵樹，就能跳上籬笆，到時去哪兒都可以。」

但他忍不住懷疑，萬一羽尾已經嚇到腳軟，根本走不動了，那他該怎麼辦。還好這隻灰色的母貓很篤定地點點頭。

「現在嗎？」她問道。

「對！我會跟在妳後面。」

羽尾一鑽出藏身處，便沿著籬笆底下往前衝，然後迅速跳到樹上。棘爪緊跟在後，又傳來小兩腳獸的喊叫聲。他趕緊攀上樹幹爬上去，直到抵達高處，再趕緊鑽進濃密的樹葉裡。他聞到羽尾的氣味，看到她睜大一雙藍色的眼睛，憂慮地看著他。

「棘爪，」她喵了一聲。「看來狗在那裡。」

她抽動鬍鬚，指指隔壁的花園。棘爪透過樹葉往那裡窺探，只見一頭體型龐大的棕色畜生不停地向上跳，還不時死命地刨著籬笆，想爬出來攻擊他們。棘爪低頭看牠時，牠便歇斯底里地狂叫起來。

「狐狸屎！」棘爪啐了一口。

他開始想，若要沿著籬笆頂端走過去，然後順利地逃離這裡，成功的機會有多大。這些籬笆看起來比雷族領地邊緣的那些籬笆還不牢靠，更何況那條狗正死命地搖晃它，任誰都很難在上頭保持平衡，難保不會失足掉進花園裡。棘爪不敢想被那畜生咬到腿或脖子的畫面，因此決定還是先等一等。

「這樣我們永遠也找不到他們了。」羽尾啜泣了起來。

這時候棘爪聽見兩腳獸的巢穴門戶被打開的聲音。一隻成年的兩腳獸站在門口，對著那隻狗大叫。可是那個畜生還是叫個不停，繼續搖晃籬笆。兩腳獸又喊了一次，隨即走進花園，一把抓起牠的項圈、一面咒罵一面把牠拖進巢穴裡。巢穴的門關上了，狗吠聲持續了一陣子，不久就完全消失了。

「看到了嗎？」棘爪對羽尾喵了一聲。「兩腳獸還是有點用的。」

羽尾點點頭，鬆了口氣。棘爪滑下樹幹，跳上籬笆，小心地平衡自己，然後沿著籬笆走到最靠近轟雷路的樹籬處。從這裡，他可以清楚看見兩邊的花園，但一切看起來都很平靜。

「我看不到其他貓，也聽不到他們的聲音。」羽尾跟了上來。

「我也是，不過這應該是好事情。」棘爪說。「如果兩腳獸抓到他們，一定會發出很大的聲響，我們肯定會聽見。」

其實他也不確定這麼說對不對，但似乎能讓羽尾稍微安心點。

「我們接下來該怎麼辦？」她問道。

「進去這些花園，一定很危險。」棘爪立刻做出決定。「最好還是待在靠近轟雷路的樹籬那一邊。只要我們沿著邊緣走，就不怕怪獸撞上我們。等走出兩腳獸的巢穴範圍，應該就沒問題了。」

「其他貓兒怎麼辦？」

棘爪其實也不知道該怎麼回答。這裡有狗，又有兩腳獸，根本不可能找回同伴。他一想到鼠掌獨自困在這種既恐怖又奇怪的地方，心裡就一陣驚慌。

「他們應該也會這麼做。」他喵了一聲，希望羽尾會相信他的解釋。「也許他們已經在前面等我們了：就算沒有，我也會等天黑之後、兩腳獸都回去巢穴去了，再回來這裡找他們。」

羽尾緊張地點點頭，於是兩隻貓兒從籬笆上跳下來，輕巧地落在草地上。他們鑽進樹籬，沿著轟雷路往前走，並與黑色平滑的路面保持一定距離。雖然不時有怪獸呼嘯而過，但因為棘爪太擔心其他失蹤的貓，所以根本沒留意到那震耳欲聾的怒吼聲，以及不時揚起的塵土。

他們終於走到樹籬的盡頭。這裡剛好是轟雷路的轉彎處，再過去一點便接上另一條轟雷路。兩條路之間是一片開闊的楔形空地，長滿糾結的山楂樹。轟雷路的另一側則是一望無際的田野。冷冽的寒風吹亂了棘爪身上的毛，他凝神眺望遠方的田野，也是太陽下沉的地方。

「感謝星族！」羽尾舒了一口氣。

棘爪領著她走進灌木叢，因為這裡比較安全，也許他們的朋友已經等在這裡了。他留羽尾在前方警戒，自己往深處走去，一路搜尋他們，低聲呼喚他們的名字，但沒有回答，也聞不到他們的氣味。

等他回到羽尾身邊，她已經圈起尾巴坐著等他了，旁邊還擺了一隻死老鼠。

「要不要一起吃？」她喵了一聲。「剛抓到的，但我現在吃不了這麼多。」

棘爪看到獵物，才發現自己餓壞了。早上他在烏掌的穀倉裡吃得很飽，但是到現在，他們已經走了好長一段路。

「妳確定？我可以自己去抓一隻。」

「沒關係，給你。」她伸出爪子，把老鼠撥到他前面。

「謝謝。」棘爪在她身邊蹲下來，咬了一口，溫熱的滋味頓時充滿他的口腔。「別太擔心。」他喵了一聲，羽尾這時也低下頭，心不在焉地咬了一口。「很快就會找到他們的。」

羽尾停了下來，焦慮地看了他一眼。「但願如此。沒有暴毛在身邊，總覺得好怪。我們從小就比其他也有兄弟姊妹的貓來得親密，不知道是不是因為父親住在別族的緣故。」

棘爪點點頭。小時候他和褐皮也很親密，尤其在他們得知自己的父親：虎星的惡行時。

「你應該也懂這種感覺。」羽尾動動自己的耳朵，請他多吃一點。

「我知道，」棘爪回答。他聳聳肩，「只不過我不像你們想念灰紋一樣，那麼想念我的父親。我好希望我能以他為榮，但我不能。」

「那種感覺一定很痛苦。」羽尾用鼻頭壓壓棘爪的肩膀。「至少我們還能在大集會的時候見到灰紋。他當上副族長時，我們都覺得好有面子。」

「他也很以你們為傲啊！」棘爪喵了一聲，心想總算可以避開自己父親這個話題了。

他一口吞下剛剛沒吃完的部分。羽尾也強迫自己把剩下的鼠肉吃完，棘爪開始計畫接下來該怎麼辦。他把頭探出灌木叢，只見沉落的夕陽耀眼奪目，璀璨的餘暉正灑向他們的未來之路。但他們現在不能繼續前進，除非找到其他同伴。

「他們不在這裡。」羽尾走到他身旁，在他耳邊輕聲地說。

「不行，我得回去找他們，妳留在這裡以防萬一——」

一陣摻雜著憤怒與驚恐的嘶叫聲打斷了他。是貓的聲音，從那一整排最後一座花園裡傳來。他立刻跳起身，望著一臉驚恐的羽尾。

「他們在那裡！」他緊張地說，「我想他們有麻煩了。」

第十五章

葉掌一睜開眼，便見到頭上的蕨葉叢在灰暗的天色下搖曳著。她突然想起今天是月半時分，所有巫醫和他們的見習生都要前往高岩山，在神祕的月亮石那裡和星族交流。她忍不住興奮地發抖。她以前去過那裡一次，為了在星族的見證下正式成為見習生，而那次的經驗已經叫她永生難忘了。

她從柔軟的青苔床鋪上跳起來，伸伸懶腰，打了個呵欠，將最後一絲睡意全部趕跑。她聽見煤皮在窩裡走來走去，不一會兒便見到那隻巫醫把頭探出洞穴，嗅聞空氣中的味道。

「不像會下雨的樣子。」她喵了一聲。「今天是個適合出門遠行的好日子。」

她沒再遲疑，立刻往營外走去。經過生鮮獵物堆時，葉掌嘴饞地看了一眼。但她們有個規定：在和星族會面之前，必須先禁食。

正在金雀花叢隧道口擔任警戒工作的灰毛，看到葉掌和她導師經過，馬上低頭以示敬意。葉掌有點不好意思，畢竟她只是個見習生，不太習慣接受戰士對巫醫的致意。

煤皮一跛一跛地往四喬木的方向走去，河谷和樹下依舊陰影重重，她和葉掌將從這裡進入風族的領地。矮樹叢裡隱約傳來窸窣聲，表示那裡一定藏著獵物，但這隻小動物現在不會有立即的生命威脅，鳥兒也因為看到兩隻貓兒經過而不時發出警告。

「妳要練習自己的嗅聞技巧。」煤皮走了好一陣子才對葉掌說。「如果妳可以找到有用的藥草，那麼我們回去時就可以順便摘一些。」

葉掌很聽話，她努力嗅聞，直到抵達河邊。她和煤皮蹲下來喝水，再沿著河岸走到有石頭可以過河的地方。葉掌看著她導師，擔心她那隻受過傷的腳不方便在這種地方行走，不過煤皮顯然很熟練，很快就跳過去了。

當她們爬上通往四喬木的斜坡時，葉掌開始聞到其他貓兒的氣味。「有影族，」她低聲地說，「應該是小雲。」

煤皮點點頭，「通常都是他先到。」

葉掌知道，煤皮曾在影族被疾病侵襲時，救過小雲一命，小雲也是因此才決定當個巫醫，而且和煤皮變成比其他巫醫更要好的朋友。

當他們來到山谷頂端，葉掌便看見影族的巫醫端坐在巨岩下方。這隻纖瘦但有威嚴的虎斑貓沒帶其他貓兒來，因為他還沒有收見習生。一看見她們，小雲便立刻跳起來，大聲和她們打招呼。這時，山谷遠處的灌木叢裡也出現沙沙聲響，原來是河族的泥毛帶著他的見習生蛾翅從裡頭鑽了出來，走進空地。

葉掌很高興見到河族的見習生。她跑下斜坡去和她打招呼，煤皮則和另外兩隻巫醫在空地中央會合，交換新聞。

「蛾翅！」她喵了一聲，「真高興見到妳。」

太陽已經高高掛在樹上了，蛾翅金色的毛髮如琥珀般閃亮，葉掌想她真的好漂亮。只不過葉掌沒有得到對方同樣友善的回應。

蛾翅只是冷冷地點個頭。「妳好。我還在想煤皮會不會帶她的見習生來。」

蛾翅說話的方式讓葉掌覺得自己很渺小，好像蛾翅高她一等似的。當然，蛾翅已經是戰士了，所以或許她認為見習生本來就該尊重她，而不是把她當朋友。葉掌像被針戳了一下，低頭失望地折了回去，跟著巫醫們往山谷邊緣走去，然後穿過邊界，進入風族領地。

當他們穿過荒野高地時，葉掌的心情又好起來了。早秋明媚的陽光，加上不斷掀起草浪的舒爽微風，都讓她覺得腳步好輕快、好有彈性。金雀花和石楠的味道跟雷族森林陰暗潮溼的氣味完全不同。她看見蛾翅也緊跟在導師後面，沒有加入巫醫們的談話，於是走過去找她聊天。

「妳怎麼會來這裡？」她喵了一聲，「我還以為泥毛已經帶妳去過慈母口了。」

蛾翅突然轉身，臉色大變地看著她，琥珀色的眼睛滿是怒火，彷彿葉掌說錯了什麼。葉掌嚇了一跳，「對不起……」她開始道歉。

蛾翅的表情緩和了下來，眼中敵意也消失了。「不，該對不起的是我。」她喵了一聲。「這也不是妳的錯。上次大集會時，妳一定有聽到泥毛說，等星族做出指示後，他就會讓我當上巫醫了。」

葉掌點點頭。

「可是什麼指示也沒有。」蛾翅停下來，開始用其中一隻前爪刨著地上的草。「什麼也沒有！我想那表示星族不同意我當巫醫吧——於是族裡的貓兒又開始說我的閒話。只因為我母親是無賴貓，而我又不是在部族裡出生的。」她一下子又露出凶惡的眼神。

「哦……我真的很抱歉！」葉掌難過地說，眼神充滿了同情。

ϟϟϟ

「泥毛要我多忍耐。」蛾翅緊咬著嘴脣。「他確實很能忍，但我辦不到。我試過了，但星族還是沒有做出指示。我本來打算離開河族，但鷹霜……妳還記得我哥哥鷹霜嗎？他要我別管其他的貓怎麼說，不必對那些妒嫉的貓證明我的忠心，我只要對得起星族就夠了。他相信星族最後一定會做出指示的。」

「他說得沒錯。」葉掌喵了一聲。「不然妳也不會來這裡了。」

「對啊，他的確沒說錯，」蛾翅眼裡閃過一絲安慰。「就在兩天前的黎明，泥毛走出洞穴，發現入口有蛾的翅膀。他把那個東西拿給豹星和其他貓，說這是再明顯不過的徵兆了。」

「那豹星……」葉掌才剛開口，便被遠處的叫聲給打斷。她抬起頭，只見三隻巫醫已經站在遠處的高地上，回頭看著她們兩個。

「妳們到底要不要來啊？」泥毛的聲音隨風傳了過來。

葉掌和蛾翅錯愕地看了對方一眼，不約而同地笑了起來。星族已經降下旨意，蛾翅再也沒什麼好再擔心的了。月亮石正等著她們，她們將一探戰士祖靈的奧祕。這時的葉掌，覺得沒有什麼比當巫醫見習生更棒的事情了。「走吧，」她興奮地對同伴說，「快點趕上他們！」

中午，他們在荒野高地的水源處附近，見到了風族的巫醫吠臉。儘管風族在下次大集會之前，都決定要到河族的領地喝水，讓兩族之間的關係有些緊張，但葉掌還是看見吠臉和泥毛友善地互相招呼。通常部族間的敵對狀況，不會影響巫醫間的情誼，因為他們效忠的對象是星族，而這已經超越了森林裡的疆界限制。

不久，葉掌發現煤皮跛得厲害，應該是舊傷的關係；但雷族巫醫一向好強，於是葉掌決定自己叫暫停。「我們能不能休息一下？」她請求道，然後一屁股坐在柔軟的石楠花上。「我真的好累哦。」

煤皮望了她一眼，彷彿猜出葉掌在打什麼主意，於是也出聲同意。

「見習生，」吠臉喃喃說道，「一點體力都沒有。」

「**他**又沒像我們走了那麼遠。」蛾翅在葉掌旁邊坐下時，低聲地說，「而且他也沒有見習生，又知道什麼了？」

「他也不是這麼難相處啦，」葉掌低聲回答，「只是故意說狠話而已。」她側躺下來，開始舔拭身體，希望能將自己最完美的一面呈現給星族。

蛾翅跟著她一起做，但又突然停了下來。「葉掌，妳考考我好不好？」她懇求地說。

「考妳──考什麼啊？」

「藥草啊！」蛾翅瞪大了眼睛，一副興致勃勃的樣子。「我想泥毛一定也希望我全學會了，我不想讓他失望。我們都是用金盞菊來預防感染，用蓍草的葉子來解毒，可是肚子痛要用什麼呢？我老記不住。」

「用杜松果或山蘿蔔的根。」葉掌回答，但是一臉疑惑。「為什麼要這麼緊張呢？妳隨時可以問自己的導師啊！他不會要妳一次記得那麼多的。」

「我總不能在見到星族時問他吧！」蛾翅說話的表情好像快哭出來一樣。「我一定要讓祂們知道我很適合當巫醫。要是我記不住所有該記住的事，我怕祂們就會不接受我。」

葉掌差點笑出來。「事情不像妳想的那樣啦，」她耐心地解釋，「星族不會問妳問題的。祂們……怎麼說呢？這很難解釋，可是我敢向妳保證，妳一點都不用擔心。」

「對妳來說當然很簡單。」葉掌意外地發現，蛾翅的語調裡竟然有一點酸溜溜的。「妳是森林裡出生的貓，而我如果想被族貓接受，就得做得比任何一隻貓都好才行。」

她的大眼睛裡看得見憤怒與堅持。葉掌能體會她的心情，於是用尾巴碰碰她的肩膀。

「對河族來說或許是這樣，」她回答。「但對星族來說卻不是。妳根本不必費盡心思去爭取星族的認同──祂們會選妳，是因為妳有天分。」

「唉，那祂們也可能沒賜給我那種天分。」蛾翅低聲地說。

葉掌訝異地看著她。她這麼強壯、這麼美麗，擁有戰士所需的一切技巧，還有這麼好的機會可以跟著巫醫學習，但她竟然還擔心自己得不到認同。

葉掌靠過去，溫柔地用鼻頭搓搓她的身側。「妳沒問題的。」她低聲地說。「妳看火星。他也沒在部族裡出生，但現在卻成了雷族的族長。」蛾翅還是猶豫地看著她，於是她補上一句：「相信我，等妳站在月亮石前面，妳就會明白了。」

當巫醫們走近高岩山時，太陽已經逐漸西沉。這裡沒有荒野上常見的綠草，只有陡峭光禿的坡地，以及叢生的石楠；裸露在地表上的岩石，也長滿了黃色的青苔。

在前頭帶路的吠臉，這時停在一塊平坦的岩石上，抬頭仰望；只見最高處的下方有一個黑色的洞，剛好就在半山腰的石拱門之下。

「這就是慈母口。」葉掌向蛾翅解釋，突然想到蛾翅在接受戰士訓練時，應該就以見習生的身分來過這裡了。「哦，對不起。」她趕緊說，「我想妳以前就來過這裡了。」

蛾翅抬頭望向那個缺口，瞪大了眼睛。「我最遠只到過這裡。」她回答，「那時我還沒有資格進去裡面。」

「我知道看起來有點可怕……不過也很奇妙哦。」葉掌向她再三保證。

蛾翅鼓起勇氣。「我不會怕的。」她的口氣很堅定。「我是戰士，我什麼都不怕。」

也不怕星族拒絕她嗎？但葉掌不敢說出口。當她靠著蛾翅坐下，一起等待黑夜降臨時，不禁注意到蛾翅的身體正在發抖。

半圓形的月亮終於爬上天空的最高處，泥毛起身厲聲地說：「時間到了。」

葉掌緊張地跟著她的導師爬上斜坡，走到石拱門底下。溼冷的空氣包圍著他們，彷彿有條黑漆漆的河正在流動，比夜色更黑更深，就在他們身邊。葉掌緊跟著蛾翅，走在隊伍的最後。隧道開始往下，彎彎曲曲、來來回回，連葉掌都搞不清楚方向。空氣裡溼氣很重，好像在水底，也好像在地底下。她什麼聲音都聽不見，包括前方蛾翅的腳步聲，不過倒是聽見了河族貓淺短的呼吸聲，也嗅到了她的恐懼。

葉掌終於感覺到，四周圍的冷空氣像是漣漪一樣圈住了他們，她興奮得全身微微顫抖；他們已經來到這座丘陵的心臟位置。當她走進這座巨大的洞穴時，彷彿來自天上的清新氣味令她一陣暈眩；耀眼的星光從上方的洞口灑下，照出稜角分明的石壁，而她腳下卻是光亮平滑的石地。洞穴中央立著一塊大石頭，大概有三根尾巴長那麼高，葉掌滿懷敬畏地看著眼前這片幽暗、而那塊大石彷彿在沉睡一般。

蛾翅的毛髮輕拂過葉掌。「我們現在在哪兒？」她輕聲地問，「發生什麼事了？」

「蛾翅，來見見這塊月亮石。」遠處的吠臉大聲說道，「現在我們必須耐心等候，直到與星族交流的時刻降臨。」他和其他巫醫都在離月亮石約一個狐狸身長的地方坐下。

葉掌聽見她的朋友嘆了口氣，聲音還有些顫抖，於是她搓搓河族見習生的肩膀，試圖安慰她。「我們也可以坐下來，沒關係的。」她在蛾翅的耳邊低語，然後也在煤皮身後約一根尾巴長的地方坐了下來。蛾翅遲疑了一會兒，也在她旁邊坐下。

黑暗中，時間顯得特別漫長，葉掌只覺得他們好像等了好幾個季節那麼久。這時一道明亮的白光直直射入，原來月亮已經出現在上方的洞口了。她聽見蛾翅倒抽一口氣。月亮石就這麼突然醒了過來，在月光下璀璨奪目，充滿生命力，彷彿銀毛星群降臨，瞬間化作美麗的水晶。

等到葉掌的眼睛逐漸習慣刺眼的光芒後，她才看見泥毛站起來，轉過身，緩步穿過洞穴，站在他的見習生前面。他沐浴在白光之下，彷彿披著一層冰雪。

「蛾翅，」他嚴肅地說，「妳希望以巫醫的身分一探星族的奧祕嗎？」

蛾翅沒有立刻回答。葉掌看見她吞了吞口水，開口說：「是的。」

「那就來吧。」

蛾翅跟著她的導師穿過洞穴，來到巨石面前。站在光芒下的蛾翅看起來美麗非凡，金色的毛髮熠熠生輝，眼裡有著一抹銀光——好像她也將化身為星族一員。葉掌打了個冷顫，這個想法太不吉利了！她趕緊揮開這個念頭，不願相信這可能是個惡兆。

「星族的戰士祖靈們！」泥毛開口。「請容我在此向祢們介紹眼前的見習生，她已經選擇巫醫這條路，請賜與她真正的智慧，讓她明白星族的想法，並在祢們的庇佑下，為族貓們療傷止痛。」

他揮動尾巴，對蛾翅說：「現在坐在這裡，用鼻子抵住石頭。」

蛾翅像在夢遊似地聽命行事。她才剛坐定，其他巫醫也紛紛起身，以同樣的姿態圍住月亮石。煤皮示意葉掌過來加入他們。葉掌滿心雀躍，毛髮直豎，她知道待會兒會發生什麼事。

「現在該是我們和星族分享舌頭的時候了。」吠臉喃喃說道。

「戰士祖靈們，請與我們交流！」小雲喵了一聲，「請告訴我們部族未來的命運。」

葉掌閉上眼睛，將自己的鼻子也抵住石頭，突然一股寒意像鷹爪般緊抓住她，又像是掉進幽黑的水裡。她看不見也聽不到任何聲音，也沒有腳踏實地的感覺；她好像浮在黑夜中，一點銀毛星群的光芒都沒有。

然後一連串畫面在她眼前瞬間閃過：她看見四喬木，但這些大樹都光禿禿的，枝椏上只剩零星的枯葉，其中一棵還搖搖晃晃的，像有什麼比強風還要猛烈的東西在搖晃它，其他的大樹則動也不動。突然間，畫面又換成轟雷路上急奔而過的怪獸，還有排成長長隊伍的貓兒，在雪地裡跋涉的畫面；遠遠望去，無邊無際的白色雪景裡只有一條細細黑黑的線，看不到樹，也沒有任何可以辨別是四個部族領地哪個地方的標示。

最後一個畫面是鼠掌。雖然她知道自己不能說出來，但還是忍不住發出欣喜的驚嘆聲。她的姊姊在一大片綠色田野中急奔而過，感覺上有其他貓兒陪在她身邊；畫面在這裡一下消失，將她再度打入黑暗之中。

腳下漸漸傳來石板冰涼的溫度，奇妙的星族夢境逐漸散去，只剩下秋夜裡的冷冽空氣。葉掌張開眼睛，不斷眨著眼，慢慢把鼻子從月亮石上移開，然後全身顫抖地站了起來。她覺得全身異常地舒暢，像是剛剛在媽媽懷裡睡過一覺的小貓一樣。星族終於又讓她感應到了鼠掌，就算她們離得這麼遠。

其他巫醫陸續站起身來，準備往洞外走去。蛾翅站在他們中間，從她的眼神中看得出來，她對星族所顯示的景象既驚訝又驕傲。葉掌突然鬆了口氣，因為這表示戰士祖靈們接受了蛾翅，以後不管河族對她有什麼意見，至少這位見習生都不會再質疑星族了。

泥毛用尾巴輕觸蛾翅的嘴，要她不許多話，然後領著大夥兒走出洞穴。葉掌這次還是跟在後頭，沿著蜿蜒的地底隧道緩步前行，最後終於走到外面的世界。

一抵達入口，蛾翅便飛快地跳上附近一塊突起的岩石上，揚起頭，發出勝利的號叫。

泥毛半是縱容地看著她，搖搖頭說，「這個經驗很棒吧？」蛾翅跳回他身邊，他又說：「妳現在是真正的巫醫了，感覺如何？」

「太棒了！」蛾翅回答。「我看見鷹霜帶著一支巡邏隊，還有——」她突然止住，因為葉掌正瞪大眼睛看著她，暗示她得等到巫醫們都想清楚那些夢境的含意，才能說出來。

葉掌走過去，與河族見習生互碰鼻頭。「恭喜妳，」她低聲地說。「看吧，我不是告訴過妳，不會有問題的。」

「沒錯，妳說得對。」蛾翅的眼睛閃閃發亮。「現在一切都沒問題了。河族會聽到星族接納我的消息，從現在起，他們也必須接受我了。」

她輕快地跳下斜坡，跟在後面的貓兒則是慢慢走下。葉掌疑惑地看著蛾翅。蛾翅究竟看見什麼了？星族又對煤皮說了什麼？雷族的巫醫看起來若有所思，但讀不出她的表情。

葉掌努力壓抑住顫抖的感覺，因為她又想到剛才的景象。究竟是什麼力量，能夠撼動四喬木的其中之一？為什麼貓兒們要在禿葉季冷冽的寒風裡遠行呢？如果是星族故意把未來的景象呈現給她看，那她該怎麼解釋這裡頭的含意呢？

雖然葉掌很茫然，但心中還是滿懷希望。鼠掌已經離開森林很遠了，但星族讓她知道她很平安。

快送她回來吧！葉掌跟在其他貓兒後面往山下跑，心中暗自祈禱著。**不管他們要去哪裡，**都請保佑他們平安回家。

第十六章

棘爪和羽尾一起衝回樹籬後頭，直覺告訴他得趕快回到花園裡，把其他的貓救出來：但之前穿越轟雷路的經驗仍記憶猶新，他提醒自己這次得更加小心。於是他費力地穿過灌木叢，偷偷往外窺探，不敢完全站出去。

眼前景象令他毛骨悚然。就在兩腳獸的巢穴附近，有兩隻體型頗大的小寵物狗，將暴毛和鴉掌給圍住了。只見風族見習生蹲伏在地上，雙耳平貼，下顎後縮，不斷嘶吼；暴毛則伸出一隻腳掌擋在前方，試圖用尖銳的爪子威脅這兩隻幼獸。棘爪很清楚，他們要想逃走，非得打上一架，但那裡無路可退，除非他們想直接穿過兩腳獸巢穴的那扇半開的門。

「星族啊！」羽尾嚇得喘不過氣來，「那兩隻小狗比戰士長得還要高大！」

棘爪不確定這是什麼問題，因為戰士不是靠大小或外表決定的。他相信他和同伴們絕對能贏，只是這兩隻小狗是在捍衛自己的地盤，兇狠的模樣很可能會讓他們受傷——萬一受了傷，那就麻煩了，因為他們還有很長的路要走。

他繃緊神經，準備隨時從後偷襲小狗，但就在他行動之前，一團火焰般的身影突然從籬笆裡快速竄出，穿過花園。

「別去，鼠掌！」棘爪大喊。

見習生根本不理會，棘爪也不確定她到底有沒有聽見。只見鼠掌直接衝進同伴當中，對準最近的那隻小寵物狗就是一掌。兩隻小狗一時沒反應過來，只敢低聲咆哮。

這時候棘爪趁機大喊：「暴毛、鴉掌，快過來這裡！」

鴉掌逮住機會，飛快穿過草坪，直衝進樹籬，差點撞上羽尾；但暴毛還待在原地，和身邊的鼠掌一起面對逐步進逼的小狗。就在這時，褐皮突然出現在隔壁花園的籬笆上，她縱身一跳，加入他們。

「滾開，狐狸屎！」鼠掌看兩隻小狗不斷逼進，氣得破口大罵。

離鼠掌最近的那隻小狗，伸出腳掌往前一揮，差點擊中她。這時兩腳獸巢穴的門突然打開，一隻母的兩腳獸出現了；她大聲叫喊，揮動手臂。小狗聞聲跑了過去，貓兒們則趁機衝進樹籬，躲了起來。兩腳獸往他們這兒看了看，這才又回去自己的巢穴，關上身後的大門。

「鼠掌！」見習生在樹籬裡及時煞住腳步，棘爪不滿地喊道：「妳剛剛在做什麼？那兩隻小狗可以扒掉妳一層皮了。」

鼠掌不以為然地聳聳肩。「誰說的，牠們才沒那麼厲害呢！還沒長大的寵物獸都很弱。」她喵了一聲。「而且暴毛和鴉掌也在那裡。」

「棘爪，你別罵她了。」暴毛那雙閃閃發亮的琥珀色眼睛正瞧著鼠掌。「這是我見過最英勇的行為。」

羽尾也出聲附和，讓棘爪很尷尬。褐皮也讚許地看著這隻年輕的母貓，只有鴉掌似乎不太高興，也許是自知鼠掌表現得比他好，或是後悔剛剛不該聽從棘爪的話，立刻逃開。

「我沒有說她不英勇，」棘爪急著為自己辯解。「只是她太衝動了，我們還有好長一段路得走，要是有誰受傷，那就麻煩了。」

「好了，我們現在不是都好好地坐在這裡了嗎？」褐皮指出。「我們該走了！」

棘爪帶著他們回到當初他和羽尾守候的地方。太陽已經快下山了，天空被染得一片豔紅，也照亮了眼前他們必須走的路。

「我們可以在這裡過夜，」羽尾提議，「這裡有地方可以躲，還有獵物可以抓。」

「但這裡離兩腳獸的巢穴太近了。」暴毛不同意。「如果我們能穿過那條轟雷路，去另一邊的田野，就能找到比較安全的地方。」

貓兒們顯然都同意。託星族的福，這次貓兒們很順利地穿過第二條轟雷路。他們在薄暮中穿越寬闊的田野，地面很崎嶇，不時出現大大小小的水塘，還有隆起的石塊，這裡好像曾經是兩腳獸的巢穴，但現在卻任其毀壞似的。

他們來到一大片頹圮的破牆邊。這時天色已經暗了，牆面縫隙長滿了蕨葉和雜草，塌倒的石塊上滿是青苔，很適合藏身。

「這裡看起來不錯。」暴毛喵聲說道，「我們在這裡休息吧。」

「好啊，就這裡，拜託啦！」鼠掌附和。「我好累哦，腳都快瘦死了。」

「我倒覺得可以再走遠一點，」鴉掌硬是要唱反調。棘爪不禁懷疑他是故意的。「這裡聞不到獵物的味道。」

「我們今天已經走得夠遠了。」棘爪喵了一聲。「如果再往前走，不是會遇上更多麻煩，就是可能得在空曠的地方過夜。不過小心起見，我們還是先查看一下這裡的環境，免得待會兒突然出現什麼可怕的東西；希望這附近沒有狐狸或獾。」

其他貓兒都同意，只有鴉掌發出不贊同的咕噥聲。鼠掌開始四處檢查，一路往牆後走去；棘爪緊跟在後，深怕她又遇見麻煩，沒想到卻看見她高興地繞著成排的石塊跳來跳去。

「這裡真棒！」她大聲說道，同時抖掉鬍鬚上的水珠。棘爪真搞不懂，她怎麼永遠都這麼有精神？「另一邊還有水塘，有很多水哦。」

「水？在哪裡？」褐皮喵了一聲，往鼠掌指的方向走去，「我快渴死了。」

不久她大步走回來，尾巴豎得筆直，很不高興地說：「妳玩笑開得太過分了吧！」

鼠掌疑惑地問：「玩笑？我不懂妳在說什麼。」

褐皮啐了一口。「那水難喝死了，裡面都是鹽巴還是什麼的。」

「才沒有呢，」鼠掌反駁，「我剛剛喝了很多，水很清涼。」

褐皮轉過身，生氣地咬了幾口多汁的青草。暴毛擔心地望了鼠掌一眼。「等我一下。」他說。不久他就回來了，鬍子上也掛著水滴。「不會啊，很好喝啊！」他這麼說。

「那為什麼我喝到的是鹹水？」褐皮喵聲說道。

棘爪打了個冷顫。「會不會是……」他欲言又止，來回看著兩隻貓，然後才吞吞口水說：「會不會是星族的旨意？想告訴我們做得很對，並且要我們儘快找到太陽沉沒之地？你們記不記得，我的夢也和鹹水有關。」

四隻被星族選中的貓看看彼此，瞪大了眼睛。他們的眼裡既有敬畏，也有恐懼，至少棘爪是這麼認為的。

「如果你說得沒錯。」羽尾喃喃說道，「那就表示星族無時無刻看著我們囉。」她四處張望，彷彿會在幽暗的田野中看見什麼發亮的東西朝他們走來。

棘爪用爪子刨著地上的土，他覺得有必要說點真實的事情來穩定大家的情緒。「這也是件好事。」他喵了一聲。

「可是為什麼不一次顯示給我們四個？」鴉掌質疑道，「為什麼只有你們兩個？」

「也許我們過一陣子也會遇到。」羽尾用尾巴輕刷鴉掌身上的毛髮。「或許這些指示會慢慢出現，無非是想告訴我們，我們做得很對。」

「也許吧。」鴉掌有些不高興地聳聳肩，兀自走到一處角落，蜷伏下來。

其他的貓也都各自找到一個角落安置自己。棘爪很懷念烏掌穀倉裡的老鼠滋味，但這裡根本聞不到一絲獵物的氣味；看來他們得餓著肚皮睡覺了。明天一定得找時間抓些獵物，才有體力走更遠的路。

第一批銀毛星群開始現身夜空。**星族的戰士祖靈啊！**昏昏欲睡的棘爪暗自祈禱：**求祢們在路上看顧和指引我們吧！**

如果我能和祢們說話，那我希望能請教祢們，我們到底做得對不對？為什麼我們必須長途跋涉？真希望祢們能直接告訴我們，森林裡究竟會發生什麼大災難。

星群的光芒更耀眼了，但一點回答也沒有。

第十七章

棘爪突然從睡夢中跳起來，因為有爪子在戳他。

鼠掌緊張地說，「棘爪，快起來！羽尾和鴉掌——不見了！」

棘爪坐起身來，眨眨眼睛。褐皮也站了起來，暴毛則從蕨葉叢底下的窩裡走出來。鼠掌說得沒錯，羽尾和鴉掌真的不見了。

他的頭還有點昏，好不容易才站起來。太陽已經升起了，掛在浮著朵朵白雲的藍天。強風把廣大的田野颳出一波又一波的草浪，卻完全沒有那兩隻貓的氣味。棘爪在想他們是不是回家了？他們始終沒從星族那兒得到和鹹水有關的指示。會不會因此就心灰意冷，覺得自己被判出局？要是羽尾和鴉掌真的回去了，單靠他和褐皮，能成功嗎？

然後他才想到自己真傻！鴉掌或許會這麼做，但羽尾怎麼可能？不管這兩隻貓到哪兒去了，他們必定是結伴同行；附近聞不到任何可疑的氣味，所以他們不太可能是被掠食者抓走的，而且那一定會發出聲響把其他的貓吵醒。

「去看看他們是不是去水池喝水了。」他對鼠掌說，但她只是用驚慌的綠眼睛瞪著他。

「我早就去看過了，」她喵了一聲。「我有那麼笨嗎？」

「那麼，好吧……」棘爪緊張地四處張望，努力地想該怎麼辦，然後就見到遠方出現一灰一黑的兩個身影，正慢慢穿過田野，朝他們走來。又吹來了一道強風，把對方的氣味也送到坍塌的牆面。「他們在那裡！」他大叫。

羽尾和鴉掌輕巧地跑上石堆，嘴裡叼著生鮮獵物，一臉得意。

「你們兩個去哪裡了？」棘爪盤問他們。「我們很擔心耶！」

「以後不可以像這樣沒說一聲就跑掉。」暴毛對妹妹說。

「我們的成績不錯吧！」鴉掌大聲說道，將叼在嘴裡的老鼠丟在地上。「你們睡得跟冬天裡的刺蝟一樣，所以我們決定先去狩獵。」

「那裡還有很多獵物，」羽尾用尾巴指指田野上的另一片灌木叢。「我們抓了很多，等一下還得回去把剩下的拿回來。」

「讓那些懶惰鬼自己去拿好了。」鴉掌喃喃說道。

「我們當然會幫你們拿。」棘爪喵了一聲。一聞到那些生肉味道，他就忍不住流口水了。

「你們實在太厲害了！你們在這裡吃，我們去把剩下的獵物拿回來。」

鴉掌已經坐下來，準備大快朵頤一番。「不要用導師的口氣說話好不好。」他抱怨地說。這傢伙就是喜歡和大家過不去，棘爪決定不理他。雖然這隻貓年輕氣盛，但棘爪還是忍不住充滿了信心。他們從兩腳獸的花園裡逃了出來、褐皮得到指示，顯示他們正依照星族的旨意前進：現在又可以大吃一頓來補充體力。棘爪帶頭往灌木叢走去，想著事情應該會漸入佳境。

「那些是什麼啊？」棘爪問。

自從兩腳獸花園裡的那場可怕遭遇後，已經又過了三天。這群長途跋涉的貓兒一路上穿過各種田野，盡量避開零星散布的兩腳獸巢穴，因此除了羊之外，都沒再遇到什麼可怕的事情。此刻的他們正蹲在沿著樹籬將兩邊農地隔開的溝渠裡。他們探頭窺視兩隻體型超大的動物。棘爪這輩子還沒見過這麼龐大的動物，牠們在田野間來回奔跑，發出粗重的喘息聲，還不斷地甩頭，巨大的步伐震得地面微微晃動。

「那是馬啦！」鴉掌驕傲地回答，眼裡閃過一絲勝利的光芒，彷彿很得意棘爪也有不如他的時候。「牠們有時候會跑來我們的領地，兩腳獸就騎在牠們背上。」

棘爪從沒聽過這麼離譜的事。「原來兩腳獸也有需要四條腿的時候啊。」他嘲弄地說。

鴉掌聳聳肩。

「我們可以走了嗎？」鼠掌埋怨道，「這裡面有水，把我的尾巴都弄溼了。」

「我想這些馬應該不怎麼危險。」暴毛說道。「我們曾在河族領地邊緣的農場裡見過牠們，牠們對我們不太感興趣。」

「就算踩到我們，也不是故意的。」羽尾補充說明。

棘爪並沒有覺得比較安心，光看那些像暴風雨般掃過的四條腿，被踩到肯定沒命。

「我們只要趁牠們跑到另一頭的時候，趕緊穿過去就行了。」褐皮指出。「我在想牠們應該不會跟過來。牠們看起來很笨，不然怎麼會讓兩腳獸騎在牠們背上。」

「那就這麼辦吧！」棘爪覺得這個點子不錯。「我們就直接穿過這片田野，鑽進對面的樹籬。但願星族保佑我們，這次不會再走散了。」

於是他們守在那兒，等馬兒全都跑到了另一邊。

「就趁現在！」棘爪喵了一聲。

他帶頭衝進曠野，風迎面灌進他的毛髮裡。他知道同伴們都跟在他後面。他好像聽見馬蹄重擊地面的聲音，但他不敢停下來看；他只能一直往前跑，直到抵達另一頭的樹籬，跳進樹籬前的溝渠，再一頭鑽進矮樹叢中。

他小心張望，其他貓兒也陸續安全抵達了。「太棒了，」他喵了一聲，「我想我們已經開始抓住訣竅了。」

「也該是時候了。」鴉掌哼了一聲。

接下來的田野也有大型動物駐足，但牠們全都站在樹蔭底下，揮打著尾巴，津津有味地嚼著青草。牠們是牛！棘爪在當見習生時，曾在前往高岩山時，在烏掌農場附近的路上見過牠們。牠們的毛皮黑白相間，大大的眼睛像兩池水汪汪的泥塘。

牛群似乎不怎麼注意這些貓，因此當他們走進空地時，全都放慢了腳步，緩緩穿過這一大片肥美高大的青草地，還不忘緊盯牛隻的一舉一動。幾乎日正當中了，棘爪好想停下來打個盹兒，但他知道他們必須繼續趕路。他一直在注意天空中的太陽，急著想知道它是從哪裡沉下去，這樣才能確定他們走的方向沒錯。那裡就是太陽碰到地平線、沉沒下去的地方。棘爪不敢想，萬一雲層遮住了太陽，他們該怎麼找路？他只希望天氣能繼續晴朗下去。

離開牛群後，他們來到一大片看不到邊際的田野。田野上沒有綠草，只有烏掌穀倉裡見得到的那種黃色麥梗，它們被剪得短短的，走起來又硬又刺，遠方還不時傳來怪獸的怒吼聲。

「牠在那裡！」鼠掌跳上樹籬旁的一棵大樹上。「田裡有一頭超大的怪獸！可是這裡離轟雷路不是很遠嗎？」

「什麼？怎麼可能？」棘爪也跳上樹，站在她旁邊。鼠掌說得一點都沒錯，一頭比在轟雷路上奔跑還要大的怪獸，正以緩慢的速度隆隆作響地穿過田野，四周圍繞著混濁的煙霧，空氣裡全是嗆鼻的黃色灰塵。

「滿意了吧？」鼠掌嘲諷地說。

「對不起。」棘爪跳下樹，回到同伴當中。「鼠掌說得沒錯，田裡有一頭大怪獸。」

「那我們最好趕快上路，免得被牠發現。」暴毛喵了一聲。

「牠們不是應該待在轟雷路上嗎？」羽尾抱怨道，「真奇怪！」

鴉掌謹慎地碰了一下田裡的粗麥梗。「這種東西踩得很不舒服。」他啐了一口。「如果這樣走過去，腳絕對會被磨破的。我看我們沿著邊緣走好了。」

他邊說邊怒目瞪視其他的貓，可能以為一定會有貓出聲反對，結果沒有，只有羽尾發出同意的呢喃。棘爪也贊同鴉掌的提議，只要他別老是那麼愛唱反調就好了。

風族見習生帶路，其他貓跟著他。他們故意走在樹籬旁邊，就算怪獸真的追來，他們也可以一溜煙地躲進樹籬裡。在樹籬和大片的黃色田野之間，有狹長的綠色走道，剛好夠貓兒們走成一列。

「那裡！」褐皮大喊。

她抽動耳朵，指著田間穀穗裡一隻正在啃滿地種子的老鼠。其他貓還來不及反應，鼠掌已經跳了上去，從清脆的麥梗上滾過去，然後叼著老鼠搖搖晃晃地站了起來。

「給妳，」她喵了一聲，把老鼠丟在褐皮面前。「是妳先看到的。」

「我自己會抓，謝了。」褐皮冷冰冰地說。

現在棘爪總算知道該找什麼了。這些麥梗裡藏了很多老鼠，牠們全在偷吃散落地上的種子，這無疑是星族賜給他們大快朵頤的好機會！於是等鼠掌吃飽後，他派她到樹上守衛，隨時回報怪獸有沒有改變方向、朝他們過來。

但怪獸一直待在很遠的地方。棘爪在捕食了許多獵物之後，又開始樂觀起來，體力也完全恢復了，而且西沉的太陽讓他可以確定自己的方向。他們走了好久，才離開那座奇怪的麥梗田，而後面的路也變得愈來愈好走。白天溫度很高，蜜蜂在草地上嗡嗡作響，一隻蝴蝶也飛來湊熱鬧；鼠掌伸出腳掌不斷揮牠，但又覺得昏昏欲睡，沒力氣趕牠。

褐皮在前面領路，帶著他們往草地邊緣走去，暴毛和鼠掌緊跟在後，然後是鴉掌和羽尾，棘爪則走在最後，提防來自後方的危險。

這裡沒有樹籬，但是有兩腳獸用某種發亮的細枝做成的籬笆，很像糾結的樹枝，只不過它交錯得很整齊。這些網洞太小了，他們根本過不去，幸好籬笆底下有縫隙，只要平貼地面就能通過。

棘爪從籬笆底下鑽了過去，只覺得有硬硬的東西不斷磨擦他的背。一旁的暴毛也學他穿過。但棘爪才鑽出來，便聽見旁邊傳來憤怒的吼叫聲。

「我被卡住了！」

那是鼠掌的聲音。棘爪嘆了口氣，沿著籬笆慢慢走向她，暴毛則跟在一旁。鴉掌和羽尾早已等在那裡，不一會兒，褐皮也來了。

「你們瞪著我看幹嘛？」鼠掌沒好氣地說。「還不快把我弄出來！」

這個暗薑色的見習生腹部平貼著地面，身體只過來了一半。原來這裡的籬笆已經有些鬆脫，網子的尖刺纏住了她的毛，她愈是掙扎，就痛得愈厲害。

「妳不要動！」棘爪命令她，轉身查看旁邊那根結實的木頭柱子。「這樣我們才知道該怎麼幫妳。也許我們可以把這根柱子挖出來，籬笆就會鬆開。」這個柱子雖然看起來很牢固，但有大家一起幫忙挖的話……

「咬斷籬笆的網，不是更快嗎？」暴毛一說完就張嘴咬住網子，但根本咬不動。「不行，太硬了。」

「我早料到了，」鴉掌喵了一聲。「最好的方法是把她的毛咬斷，就可以弄出來了。」

「不准你碰我的毛，你這個鼠腦袋！」鼠掌氣得大叫。

風族見習生咬牙切齒地吼她。「妳要是小心一點，就不會發生這種事。要是沒有辦法把妳弄出來，妳就自己待在這兒好了。」

「不行，不可以留她一個！」暴毛轉身說道。「就算你們都放棄了，我也不會拋下她。」

「好啊，」鴉掌聳聳肩。「你就留在這裡陪她，我們這四隻被選中的貓可要走了。」

暴毛豎起脖子上的毛，壓低身子，把重心放在後腿，暗灰色毛髮底下清楚可見鼓起的腿部肌肉，一副準備攻擊的樣子。看來這兩隻貓就要打起來了。棘爪很緊張，因為他發現已經有兩三隻羊走到附近好奇地張望，遠方也傳來尖銳的狗吠聲。他們得快點離開才行。

「夠了，」他喵了一聲，擋在這兩隻互看不順眼的貓兒中間。「沒有誰會被留下來，一定有辦法可以把鼠掌弄出來的。」

他轉過身，只見褐皮和羽尾都蹲在見習生旁邊，羽尾嘴裡正嚼著羊蹄葉。「老實說，」她把最後一口葉汁吐出來，生氣地瞪著棘爪，「你們這些公貓除了吵架，還會做什麼？」

「那是他們最擅長的事了。」褐皮喵了一聲，眼裡閃過一絲調侃的光芒。「好了，把羊蹄葉塗在她的毛上面，這樣子應該會比較滑。鼠掌，妳吸口氣，把肚子縮起來；妳肯定是吃太多老鼠了。」

棘爪看到羽尾把嚼過的羊蹄葉塗在鼠掌身上，再用前掌將它搓揉進那團和籬笆刺糾結成一團的毛髮裡。

「現在再試試看。」褐皮指揮道。

鼠掌死命地用兩隻前爪在地上扒，同時用後腿努力將身體往前推。「不行啦！」她上氣不接下氣地嚷道。

「可以的。」羽尾緊張地說，並用前爪按住鼠掌塗滿綠色黏液的肩膀。「再試一次。」

「快一點！」棘爪催促道。

狗吠聲又出現了，看熱鬧的羊兒則一哄而散。狗兒的氣味隨風飄來，而且愈來愈強烈。暴毛和鴉掌已經準備隨時跑開了。

鼠掌又努力試了一次，那團被纏住的薑黃色毛髮終於滑出刺網，只被扯下幾撮。她終於脫身了，於是起身甩了甩身體。「謝了！」她喵聲對羽尾和褐皮說。「這點子真不錯！」

她說得沒錯。棘爪真希望是他想到的，不過至少他們現在又可以繼續出發，朝太陽西沉的方向前進——而且一定要快，免得待會兒被狗兒追上。他帶著他們穿過另一片田野，信心滿滿地認定星族一定會在前方為他們領路。

第二天醒來，棘爪覺得很沮喪，因為整片天空都被雲層遮蓋住了。他頓時又對星族失去了信心。他最害怕的事情終於發生了。也許前幾天只是運氣好，才會一連碰上好幾個大晴天；如今太陽不見了，他怎麼知道該往哪個方向走呢？

棘爪爬起來，看見同伴們都還在睡覺。昨天晚上，他們找不到可以躲藏的地方，只好在田野裡幾棵稀疏的荊棘樹下方，找一個坑洞充當臥鋪。棘爪發現，頭上若是沒有大樹的遮掩，他就會變得很緊張。他從來不知道自己和族貓們有多依賴那些大樹，有了樹，他們才能找到獵物、找到遮風蔽雨的地方、找到藏身之處。他想起藍星的預言，覺得更焦慮了，好像獾陰森的利齒正逐漸逼近他的脖子一樣。

他急著想出發，於是爬上坑洞向四處張望。天空還是灰濛濛的，空氣顯得潮溼，像快要下雨了。遠方有一片樹林，再過去可以看見許多兩腳獸巢穴的牆壁。棘爪只希望這一路上不會再遇見兩腳獸了。

「棘爪！棘爪！」

有隻貓兒正興奮地呼喚他。棘爪回過頭，發現是羽尾跑了上來。

「我也夢到了！」她興奮地大叫。

「夢到什麼？」

「有關鹹水的指示啊！」羽尾發出快樂的呼嚕聲。「我夢到我沿著長長的石子路走，水花不斷沖刷過來，於是我彎腰想喝口水，結果那水是鹹的，我就醒過來了。」

「太好了，羽尾。」棘爪覺得沒那麼焦慮了，星族畢竟是守護著他們的。

「那不就表示只剩下鴉掌還沒收到星族的指示？」羽尾往坑洞下方那團灰黑色的身影看了一眼。鴉掌正背對著他們，睡在草叢裡。

「我們先別告訴他妳作夢的事好不好？」他不安地建議。

「不可以！」羽尾很震驚。「他遲早會發現的，到時他會以為我們故意騙他，不行！」她想了想，又說：「我跟他說好了。我會等他心情好的時候再說。」

棘爪哼地一聲。「那妳有得等了。」

羽尾輕嘆一口氣。「唉，棘爪，鴉掌其實不壞，他也很難受，畢竟他是被迫離開森林的，他本來可以在那裡成為戰士。我想他是太孤單了——我有暴毛，你有褐皮和鼠掌。我們以前就都認識了，但鴉掌卻孤伶伶的。」

棘爪從沒這樣想過。這的確值得他好好深思，只可惜這對他忍受鴉掌故意唱反調這件事，一點幫助也沒有。

「我們一向效忠自己的部族，」他喵了一聲。「也誓言捍衛森林和戰士守則，鴉掌當然不例外。只不過他還是見習生，如果不是老愛搶著當老大，其實本性並不壞。」

羽尾還是很擔心。「就算你是對的，要是他發現只有自己還沒有收到星族指示，恐怕會更難受。」

棘爪輕輕地和羽尾互碰口鼻。「還是由妳去告訴他吧，交給妳了。」他看看四周，又補充道：「我們最好現在叫他們起床上路；如果我們能找對方向的話。」

「往那裡。」羽尾的尾巴指向遠方那片樹林，很有信心地說，「昨晚太陽是從那裡下山的。」

那以後呢？棘爪在心裡問。要是看不見太陽，那他們該怎麼走？星族會再降下旨意，幫助他們找到太陽沉沒之地嗎？當他走下坑洞，打算叫醒同伴時，忍不住向戰士祖靈祈禱。

請指引我們方向；不管遇到什麼險阻，都請祢守護我們。

第十八章

「我們的白屈菜快用完了！」煤皮從窩裡探出頭來。「我幾乎全用來治療長尾的眼疾了。可不可以請妳去幫我摘一些回來？」

葉掌正忙著把雛菊葉嚼成泥，她抬頭喵了一聲，把最後一口葉泥吐出來。「這些快好了，要我順道拿去給斑尾嗎？」

「不用了，我待會兒會去看看她。自從天氣變得溼冷之後，她的關節就疼得厲害，」煤皮從洞裡走出來，一聞到那些嚼爛的葉子，不禁發出讚許的呼嚕聲。「做得很好。妳先去吧——找個戰士陪妳一起，因為最好的白屈菜都長在四喬木附近，就是靠近河族邊界那裡。河族對風族跑去他們那裡喝水很不高興。」

葉掌很驚訝。「現在還去嗎？都下過大雨了，他們應該有水了啊！」

煤皮聳聳肩。「去跟風族說吧。」

葉掌把這件事拋開，穿過蕨葉叢隧道走上空地。那兩族的紛爭根本不關雷族的事，現在她只關心鼠掌和棘爪。自從上次目送他們離開以後，太陽已經升起四次了。她可以感應到姊姊現在還活得好好的，至於他們現在在什麼地方，或正在做什麼，她則一點頭緒也沒有。

她早上還沒吃過東西，於是走到生鮮獵物堆那裡，巧遇在吃田鼠的栗尾。

「嗨！」年輕的玳瑁戰士輕彈尾巴，和正在挑選老鼠，打算坐下來吃的葉掌打了聲招呼。葉掌也跟她打招呼。「栗尾，妳今天有事嗎？」她問。

「沒有。」栗尾吞下最後一口田鼠肉，坐起身來，伸出舌頭舔舔嘴巴。「有什麼事嗎？」

「煤皮要我到四喬木、靠近河族邊界的地方摘一些白屈菜回來。她要我找戰士同行。」

「好啊！」栗尾跳起來，琥珀色的眼睛一亮。「以防那些不小心溜進我們領土的風族貓，對吧？看我們怎麼對付他們！」

葉掌笑了起來，並趕緊把剩下的鼠肉吃完。「好了，我吃完了。走吧！」

接近金雀花叢隧道的出口時，火星出現了，後頭跟著蕨毛和雨鬚。葉掌一見到她父親，心裡便糾成一團。火星低著頭，尾巴垂在地上，就連原本閃亮的火焰色毛髮也變得黯淡無光。

「沒找到嗎？」栗尾小聲地問。聽得出來栗尾知道自己的族長忙什麼去了。

火星搖搖頭。「一點蹤影也沒有。沒有氣味，沒有足跡，什麼都沒有。他們已經走了。」

「他們一定離開領地好幾天了，」蕨毛難過地說。「我想已經沒必要再加派巡邏隊去找他們了。」

「你說得對，蕨毛。」火星重重嘆了一口氣。「如今只能把他們交給星族了。」

葉掌用鼻頭抵住火星的身體。火星捲起尾巴，輕撫她的耳朵，然後才慢慢走向空地。葉掌看見沙暴在高聳岩下方等他，兩隻貓一起走回了窩裡。

葉掌覺得很愧疚，因為她知道自己隱瞞了很多事情——最重要的是，她沒告訴他們鼠掌現在很平安，而且已經離開雷族的領地——她的每根毛髮都豎起來了。實在很難想像當她跟著栗尾走出營地時，這副模樣不會引起其他貓的注意。

⚡⚡⚡

太陽愈升愈高，晨霧終於散去，儘管樹梢的葉子已經開始變紅，預告了落葉季的降臨，但這一天肯定會很熱。葉掌和栗尾往四喬木的方向走去。巫醫見習生看著栗尾在她前方檢查灌木叢與穴坑，忍不住發出快樂的呼嚕聲。曾經是阻礙栗尾升上戰士的肩傷，如今已經完全看不出來了，那時她花了比一般見習生多兩倍的時間，才得到戰士的名字，她卻從沒埋怨過。而且，雖然她的年紀比葉掌還大，卻像小貓一樣精力無窮。

當她們接近河族邊界時，葉掌聽見潺潺的流水聲，也看見河水穿過樹林間矮樹叢時所折射回來的波光。突然她發現一大叢白屈菜，於是蹲下來用牙齒咬斷莖梗，想多帶一點回去。

「我也可以幫妳帶一些回去。」栗尾提議，但走過來時仍不時回頭張望。「呃……好像有河族的味道，讓我覺得很不舒服。」

她站在那裡盯著斜坡看，而斜坡下方就是河流。葉掌忙著她的採收工作，等到她快結束時，突然聽見同伴在叫她。

「快過來這裡看看！」

葉掌跳到栗尾身邊，俯瞰著斜坡，只見一大群風族貓聚在河邊喝水，當中有高星，還有火星的朋友一鬚。

「他們到現在還來河邊喝水啊。」她很驚訝地說。

「妳再瞧瞧那邊。」栗尾用尾巴指著另一個地方，只見一支河族的巡邏隊正穿過兩腳獸橋。

「我說啊，要有好戲看了。」

霧足是那支巡邏隊的隊長，她帶了新任戰士鷹霜以及另一隻葉掌並不認識的老戰士，是一隻黑色公貓。他們往斜坡下方慢慢走去，直到離風族貓只剩幾個狐狸身長的距離，才停下腳步。霧足拉高聲量說了幾句話，但是葉掌離得太遠，根本聽不見她說了什麼。

栗尾抽動尾巴，「真希望能靠近他們一點。」

「我看我們還是不要穿過邊界比較好。」葉掌緊張地說。

「我知道，我只是想看好戲而已。」她無奈地說，好像很想幫河族解決邊界爭端似的。

這時，霧足憤慨到全身毛髮直豎，尾巴好像膨脹了兩倍。只見高星離開同伴，走上前去和她說話；鷹霜則是緊張地向河族副族長說了什麼，但對方搖頭沒有採納，於是鷹霜不悅地退後一步。

最後，高星轉身走向已經喝完水的同伴，準備回家。他們看起來很從容，葉掌覺得那種大搖大擺的姿態，好像在說他們是因為喝完水才離開，不是因為霧足下逐客令的關係。有幾隻風族貓在經過河族巡邏隊時，還故意發出挑釁的嘶聲；葉掌看得出來，霧足正極力制止她的同伴上前理論。雙方數量差距太大——葉掌可以想見，霧足對於無法正當捍衛自己的領地有多懊惱，而這全是拜上次大集會的協定所賜。

等風族貓消失在四喬木的方向後，霧足才帶著她的巡邏隊走到河邊。葉掌突然很衝動地喊了霧足的名字，只見河族副族長轉頭看見她，猶豫了一會兒，然後才走上斜坡，與她和栗尾在邊界會合。

「嗨，」她喵了一聲。「狩獵順利嗎？」

「很順利，謝謝妳。」葉掌回答，順便用眼神示意栗尾，要她千萬別提到她們剛剛看見的事。「河族也都好嗎？」

霧足低下頭。「很好，一切都很好，除了……」她停了一會兒，才又繼續說道，「妳們有沒有看見暴毛和羽尾？他們四天前從我們的領地裡失蹤了。從此再也沒有貓見過他們。」

「我們一直追蹤到四喬木那裡，可是沒辦法進入別族的領地繼續追蹤。」剛走過來的鷹霜聽見副族長的談話，馬上補上一句。黑色戰士則待在原地，不斷監看河邊的動靜。

鷹霜很有禮貌地向葉掌和栗尾點頭示意。他是隻看上去很強壯的虎斑貓，深色的毛髮閃閃發亮。葉掌突然覺得他似曾相識——可是這森林裡並沒有其他貓像他一樣，擁有這樣一雙銳利冰冷的藍眼睛。

「你是什麼意思？」她問道，「羽尾和暴毛離開河族了嗎？」

「沒錯。」霧足的眼神顯得很不安。「我們還以為他們決定投效雷族，和他們的父親住在一起。」

葉掌搖搖頭。「我們沒看見他們。」

「我們也有貓不見了，」栗尾大聲地說，緊張地揮打著自己的尾巴。「而且……也是在四天前。」

「什麼？」霧足不敢置信。「誰不見了？」

「棘爪和鼠掌。」葉掌回答，臉部表情有些僵硬。她真希望栗尾沒提到這件事；她本來不想讓其他部族知道他們失蹤的事情，可惜已經來不及了。

「是不是被抓走了？」霧足像在喃喃自語。「是掠食者嗎？」她的聲音顫抖。「我記得那些狗……」

「不可能，我確定不是被抓走的。」葉掌要她放心，但又不想把她自己知道的祕密洩露出去。「如果是狐狸或獾，一定會留下什麼足跡、氣味、糞便……之類的。」

河族副族長還是一臉懷疑，但栗尾的眼睛卻亮了起來。

「如果他們都決定離開森林，也許他們是一起走的。」她這麼推測。

霧足看起來更困惑了。「我知道羽尾和暴毛有時候會覺得被排擠，因為他們的父親在雷族。」她喵了一聲。「棘爪則因為他的父親是虎星。可是鼠掌呢……她有什麼理由要離開自己的家？」

因為那個火和老虎的預言，葉掌想，但又突然想到鼠掌根本不知道那個預言——純粹是因為父親對她不夠公平的批評，以及棘爪的夢，才把鼠掌送上了這段旅程。可是，她現在兩個預言都不能說。

「也許其他部族也有貓兒失蹤，」鷹霜喵了一聲。「我們該想辦法問清楚，搞不好他們知道得比我們多。」

「沒錯，」霧足同意。她冷峻地回望了一眼風族剛剛喝水的地方，又說：「要找風族談並不難，但要找影族，恐怕得等到下次大集會了。」

「就快到了。」葉掌說道。

「妳確定你們可以和風族好好談嗎？」栗尾大膽地補上一句，好像是在逼霧足承認，風族到現在還在河族領地裡喝水的事情。

霧足後退一步，一身毛髮突然膨起，眼神也一瞬間變得冰冷銳利。她不再憂慮地和葉掌交換意見，而是變回了河族的副族長，顯然很不高興自己部族的弱點竟被拿出來談。「我想妳們大概有看到剛才發生的事，」她不悅地說。「高星違反了他和豹星的承諾。豹星之所以允許他們到河邊喝水，是同情他們的領地缺水，高星應該很清楚這一點。」

「應該把他們全部趕走！」鷹霜低吼，淡藍色的眼睛冷漠地望向風族貓消失的方向。

「你知道豹星不會允許我們這麼做的。」聽起來霧足之前就爭辯過這件事。「她說過，不管高星做了什麼，她都一定謹守自己的承諾。」

鷹霜低頭表示聽命，但葉掌卻注意到他伸出又縮回的爪子，彷彿急著想教訓那幾隻膽敢入侵河族領地的貓。她心想，不管他是不是在森林裡出生的，最後還是會成為一位傑出的戰士，就像他的妹妹蛾翅一樣。

「幫我向蛾翅問好。」她對他說，然後念頭一轉，突然想到那些白屈菜。她趕緊叼起一些她剛咬斷的菜莖，跑回來丟在鷹霜腳下。「她可能會需要這些藥草。」她告訴他，「煤皮都是用它來治療貓兒的眼疾，而且我覺得我們這邊的白屈菜長得比較好。」

「謝謝妳。」鷹霜點頭表示感激。

「我們得走了，」霧足喵了一聲。「葉掌，麻煩妳把暴毛和羽尾的事告訴妳父親，要是他知道消息，請他通知我們一聲。」

「好的，霧足，我會的。」

葉掌目送河族巡邏隊往上游走去，心中再度浮現某種罪惡感。她覺得自己身上的擔子好重，因為只有她同時知道兩個預言——其中一個預言讓棘爪和鼠掌踏上那場不知道終點在哪裡的旅程；另一個預言則害得火星相信他們會聯手毀掉他的部族——只可惜她知道的不夠多，星族並沒告訴她，這座森林未來的命運究竟是什麼。她甚至不認為在下次滿月的大集會上，能一次解開這些疑問。

ϟϟϟ

等到葉掌和栗尾回到營地，將白屈菜全都放好，已經快中午了。

「我們最好去跟火星報告。」當她們把藥草拿給煤皮後，栗尾這麼說。「河族也有貓失蹤的事，應該讓他知道。」

葉掌點點頭，帶頭往她父親位於高聳岩下方的族長窩走去。空地上有許多貓正在享受落葉季初的溫暖陽光。蛛掌和白掌正伸長四肢，趴在見習生窩前的蕨葉叢下；雲尾和亮心則在有陽光的角落閒聊；蕨雲坐在育兒室外頭，塵皮陪在她身邊，一起看著玩得正起勁的小貓們。

葉掌突然覺得悲哀起來。棘爪和鼠掌似乎再也不可能像從前一樣，當個平凡的雷族族貓；他們就像被大水吞沒，永遠不見了。

等到她走近火星的窩前，開口呼喊火星時，這種難過的感覺才稍稍消失。葉掌聽見火星在裡頭叫她們進來，於是她們穿過地衣簾幕，看見他蜷伏在自己窩裡，灰紋坐在他身邊。葉掌從他們都一臉苦惱的樣子，就知道他們還在煩惱棘爪和她姊姊的事。

「我們剛聽到新的消息。」栗尾迫不及待地開口，將霧足告訴她們、羽尾和暴毛也失蹤的事情全說了出來。

火星和灰紋的眼睛一下瞇了起來，副族長更是忍不住跳起來，似乎隨時想衝出去找他失蹤的孩子。

「如果是狐狸抓走他們，我一定要找到牠，活剝牠的皮！」他咆哮道。

火星仍坐在自己窩裡，卻伸出爪子，彷彿想一爪戳死那些抓走他女兒的豺狼虎豹。「不會是那群野狗又回來了吧？」他喃喃自語道。「難道我們註定要和這群畜生糾纏不清嗎？」

「不會的，根本沒有跡象顯示是野狗做的，」葉掌向他保證。「羽尾和暴毛一定是和棘爪、鼠掌一起走的……這表示他們一定是因為某種原因，才會結伴離開。」她絞盡腦汁，心想該怎麼說才不會洩露太多她不該說的話。到目前為止，她都還沒向她的導師提到她在月亮石見到貓兒遠行的影像。但她知道現在非說不可。她告訴自己，這不算打破她對鼠掌的承諾，因為她不會把棘爪和鼠掌在森林裡告訴她的事情也說出來。

「火星……」她欲言又止。「你知道我和鼠掌的感情一直很好。其實有時候我可以感應到她在做什麼，就算她離我很遠，我也可以感覺得到。」

火星驚訝地睜大眼睛。「這怎麼可能？」他倒抽一口氣。「我知道妳們兩個是很要好，可是這種事……」

「真的，我沒騙你。上次我去月亮石的時候，星族讓我感應到她了。」葉掌繼續往下說。「她沒事，還有其他的貓陪在她身邊。」她看到她父親著急的目光；他希望他能相信她。「鼠掌還活著。」她最後說。「其他貓應該是和她在一起。有四隻貓同行，總比只有兩隻好。」

火星眨眨眼睛，一臉疑惑。「但願妳說的是真的。」

灰紋琥珀色的眼睛仍然充滿恐懼與無助。「就算這是真的，他們為什麼不告訴我們要去哪裡，就這樣不告而別？」他喵了一聲。「如果暴毛和羽尾有什麼問題，為什麼不先來找我？」

「我想別的部族應該也有貓兒失蹤吧，」栗尾喵了一聲。「我們應該問問他們。」

火星和灰紋互看一眼。「或許吧。」火星說。葉掌看得出來，他很努力地想要裝出族長該有的果決態度，而非一個憂心忡忡的父親。「再過幾天就是大集會了。」

「星族一定會保佑他們平安的。」灰紋急切地說。

葉掌忍不住懷疑，灰紋是否真的相信星族會保佑他們？因為他自己很清楚，森林以外的地方有多危險。當葉掌離開父親的窩時，只覺得肩上的責任更沉重了。她是森林裡頭唯一聽過兩個預言的貓，並知道它們的內容是什麼。

可是我只是個見習生，她焦慮地告訴自己，我都是不小心知道的，根本不是戰士祖靈親自告訴我的。星族究竟希望我怎麼做呢？

那晚，葉掌躺在蕨葉床鋪上輾轉難眠，夜空裡的銀毛星仍兀自發出冷冽的光芒。她好想知道那群遠行的貓現在如何，但卻一點辦法也沒有。

等到她終於昏沉沉地睡去，卻發現自己處在一片幽暗中，驚慌失措地在黑暗的森林裡拔足狂奔。

「鼠掌！鼠掌！」她上氣不接下氣地大叫。

但回答她的卻只有貓頭鷹的嗚嗚聲和狐狸的吠叫。死亡在她腳下喘息，隨著腳步聲逐漸逼近，不管自己怎麼掙扎怎麼轉身，葉掌都知道已經無路可逃了。

第十九章

棘爪驚恐地在樹林裡奔跑，瘋狂地前後竄逃想要逃脫。他聽見身後傳來洪亮的狗叫聲，牠是在他和同伴們進入樹林時突然從灌木叢裡跳出來的。棘爪回過頭，只見那條瘦削的黑狗衝過蕨葉叢，伸出長長的舌頭；他幾乎可以感覺得到那一嘴尖銳的白牙就要咬上來了。

「星族，快救救我們！」羽尾衝到他身邊，上氣不接下氣地說。

其他貓兒都跑在他們前面，不過這時棘爪卻聽到前面傳來恐怖的叫聲。

「躲起來！」他大喊。「試著逃走！」

狗又開始狂吠，而遠方也出現兩腳獸的叫喊聲。他沒看見追來的狗，於是鬆了口氣，放慢腳步。那隻狗大概回兩腳獸那兒去了。

就在這時，他又聽見狗吸鼻的聲音。牠突然從一棵半倒的樹幹後頭冒了出來，棘爪剛好與牠四目相望，清楚看見牠眼裡的兩團火焰。他趕緊轉身，拔腿就跑，狗吠聲再度響起。

恐懼讓棘爪慌了手腳，他只記得火星和雷族的其他貓兒曾設下圈套，誘引野狗群盲目地穿過森林，最後掉進峽谷裡淹死。但這裡他根本不熟，他們該用什麼方法才能把狗引開？

「快點爬上樹！」他大叫一聲，儘管狗叫得刺耳，他仍希望同伴們有聽見他的聲音。

他邊跑邊抬頭張望，但這裡的樹幹好像太平滑了，完全沒有低一點的枝椏讓他攀爬。他不敢停下來，只能邊跑邊找，因為那隻狗隨時可能追上來；還是牠已經逮住他的同伴之一？會不會有同伴像當初的亮心一樣受了重傷，甚至一命嗚呼？

他大口喘氣，奔逃的速度就像腳底著了火一樣。他知道自己撐不了多久。這時突然有個聲音從上方響起，「快從這裡爬上來，快！」

棘爪在一棵爬滿常春藤的大樹前緊急剎車，樹上有一雙眼睛正看著他。就在那一瞬間，狗突然衝過他身後的荊棘叢，棘爪嚇得大叫，連忙用爪子抓住常春藤的粗莖；沒想到常春藤負荷不了他的重量，鬆了開來，他無助地吊在半空中，下頭的狗兒還在拚命地往上跳，棘爪都能清楚聽見那一嘴利牙張張合合的聲音，甚至感覺得到牠身上的溫度。

棘爪趕緊將爪子戳進比較結實的藤莖裡，死命地往上爬。這時鼠掌突然出現在他底下，她輕巧地閃過身，沒被那隻狗的鼻頭碰上，然後也伸出爪子拚命地往樹上爬。她趕上棘爪，攀住樹枝，蹲在那裡不停發抖。棘爪爬過來蹲在她旁邊。

他看見暴毛和褐皮緊緊攀住另一根樹枝，就在他頭頂上，而鴉掌也從樹幹的另一側一路爬上來。

「羽尾！」棘爪倒抽一口氣。「羽尾在哪裡？」

狗乾脆在樹底下坐了下來，離樹上的棘爪不到一個狐狸身長的距離。牠一邊狂吠，一邊使勁兒地用爪子刮著藤莖，口水都噴了出來。兩腳獸的叫喊再度響起，但還是很遙遠。

棘爪突然瞥見羽尾就蹲在狗後面的荊棘叢裡，驚慌地向外窺探。如果這時要她爬到樹上，肯定會被這隻狗半路攔截；但要是不爬上樹，恐怕再沒多久，她的氣味就會被狗給聞到。

他突然聽見鴉掌大吼一聲：「我受夠這個狐狸屎了！」風族見習生說完便往下一跳，落在牠身後的地上。狗一下子轉過身，踩著枯樹葉大步地朝鴉掌追去。狗被引開了，羽尾也有機會衝出荊棘叢，穿過空地，跳上細細的樹枝，而她的重量也讓樹枝難以承受地上下搖晃。

「鴉掌！」棘爪大喊。

可是那隻灰黑色的公貓已經消失在灌木叢裡了，棘爪只聽見狗的衝撞聲和狂吠聲，兩腳獸的喊叫聲也愈來愈近。然後鴉掌又出現了，他壓低身體打算一口氣跳上樹幹，而那條狗正上氣不接下氣地緊跟在鴉掌後頭。棘爪緊張地閉上眼睛，再睜開時，正好看見鴉掌奮力一跳，爪子牢牢戳進常春藤蔓裡。

就在這時，兩腳獸走進空地，彎下腰想拎住狗兒的項圈。牠漲紅了臉對著狗大吼大叫，狗側身想閃開，但還是被兩腳獸給逮住了，並在牠的項圈上勾住一條皮帶，把牠強行拖走，狗叫聲瞬間變成了嗚咽，一直想用爪子攀住地上的青草和腐葉，很不甘願就這樣放棄自己的獵物。

「謝謝你，鴉掌！」羽尾氣喘吁吁，仍攀在那根上下擺盪的樹枝上。「你救了我一命。」

「沒錯，」棘爪喵了一聲。「你真是太勇敢了！」

鴉掌往上爬，直到爬上棘爪和鼠掌旁邊的樹枝。「那隻大笨狗！」他低聲地說，似乎有些不好意思，「竟然會被自己的爪子給絆倒。」

羽尾飽受驚嚇的藍色大眼睛緊盯著鴉掌。「如果不是你下來幫我，我早就被牠抓到了。」她低聲說道。

棘爪不再那麼害怕了，這才想起第一次叫他爬樹的那個聲音。那不是同伴的聲音。他抬起頭，只見頭頂上茂密的葉叢裡，藏著一雙閃閃發亮的眼睛。葉子窸窣作響，一隻陌生的貓走了出來。

那是一隻公虎斑貓，又老又胖，毛髮凌亂，好像從沒費心整理過。當他從上面爬下來加入他們時，動作顯得緩慢但謹慎。

「嘿，」他嘶啞著嗓子說，「你們這群傢伙有沒有搞錯啊？難道不知道那條狗早上會被放出來嗎？」

「我們怎麼會知道？」褐皮沒好氣地說。「我們又沒來過這裡。」

公貓一臉驚訝地望著她。「別這麼不高興，下次就知道了啊！到時就知道要躲啦。」

「沒有下一次了。」暴毛喵了一聲。「我們只是路過這裡。」

「謝謝你的幫忙，」棘爪補上一句，「我還以為自己死定了。」

公貓沒理會他。「只是路過這裡啊？」他自顧自地說。「我敢打賭你們一定有什麼精采的故事，要不要在這裡待上一會兒，說來聽聽？」他站起身，準備跳回空地上。

「你要下去？」鼠掌緊張地說，「要是那條狗又回來了怎麼辦？」

「不會的。牠現在已經回去了。來吧。」

老貓攀著樹幹上的常春藤慢慢爬下去，但就在只離地面一個狐狸身長的時候，突然笨拙地掉了下去。他張嘴打了個大呵欠。「要不要一起來啊？」

棘爪跟在他後面跳下來。他心想，不管對方是長老還是寵物貓，都不能讓他看輕我們戰士。他的同伴也紛紛跳下來，並肩而立，猶豫地看著眼前這隻陌生的貓。

「你究竟是誰？」暴毛問道，「你是寵物貓嗎？」

老公貓一臉茫然。「寵物貓？」

「就是和兩腳獸住在一起啊。」鼠掌不耐煩地說。「兩腳獸，懂不懂？」

「算了，我們走吧，」鴉掌不屑地抽動耳朵。「他的腦袋有問題，不懂我們在說什麼。」

「小子，你說誰腦袋有問題？」公虎斑貓聲音變得低沉，爪子也伸了出來，戳進枯葉裡。

「對不起。」棘爪連忙說道，回頭瞪了鴉掌一眼。這個見習生的膽子也許夠大，但個性就是很討人厭。棘爪轉身向老貓解釋，「兩腳獸就是剛剛過來帶走那隻狗的動物。」

「哦，你是說直行獸啊。怎麼不早說？沒有啦，我不和直行獸住在一起，以前試過一次，不過都是陳年往事了。」他坐在樹下，望著遠方，好像想到年輕時的自己。「躺在暖暖的火堆旁，還有吃不完的食物。」

棘爪不知道該不該認同他的說法。火星常說，寵物貓的食物，滋味根本比不上剛捕捉到的新鮮獵物。至於睡在火堆旁……棘爪只記得雷族營地曾被大火燒過，一想到這個，便忍不住打了個寒顫。

「說到食物，」鴉掌大聲地說，「我們得抓獵物去了。樹林裡應該有獵物吧！你這裡……」他邊說邊伸出爪子戳戳那隻快睡著的老貓。「附近有什麼獵物？」

虎斑貓勉強睜開一隻琥珀色的眼睛。「小貓，」他呢喃著，「總是毛毛躁躁的。這裡根本不必自己去抓老鼠，我是說如果你們知道哪裡有好吃的話。」

「我們是不知道。」鼠掌不耐煩地壓低耳朵。

「可不可以請你告訴我們？」羽尾請教老貓。「我們對這裡不熟，所以根本搞不清楚。我們已經走了很久，全都餓了。」

她那溫柔的語調與誠懇的藍眼睛，似乎打動了老貓。「我或許會告訴妳。」他回答，並抬起後腿很有精神地搔搔耳朵。

「你真好心。」暴毛補上一句，走到他妹妹身旁。

老貓看了他們一遍，最後目光落在棘爪身上。「你們有六隻貓。」他喵了一聲。「要餵飽這麼多貓，需要不少分量。可是你們到底是誰啊？為什麼不跟著自己的直行獸呢？」

「我們是戰士，」棘爪解釋道，並逐一介紹同伴和他自己。「我想你應該是個獨行貓。」他最後說，「因為你沒有和兩腳獸住在一起……哦，我的意思是直行獸。」他盡量學羽尾謙恭的語調，隨即又補充道，「不知道你的名字是？」

「名字？誰說我一定要有名字。直行獸雖然拿東西給我吃，但我可不屑和牠們住在一起。牠們給我取的名字可多著了……我哪全部記得啊。」

「你一開始總有個名字吧？」鼠掌緊咬問題不放，還望了棘爪一眼。

「沒錯，你最初和……和那個有火堆的直行獸住在一起時，叫什麼名字？」羽尾問。

老貓搔起另一隻耳朵。「這個嘛……那是很久以前的事了。」他突然長嘆一聲。「好久好久以前囉……那段時光真美好啊！我在直行獸的巢穴裡所抓到的老鼠，恐怕比你們這幾個小夥子一輩子見過的老鼠還要多。」

「那個地方如果那麼棒，當初為什麼要離開？」褐皮問。棘爪從她不斷抽動尾巴的模樣，知道她的耐性快用光了。

「我的直行獸死了。」虎斑貓甩甩頭，像是要把黏在身上的東西給甩開似的。「從此就再也沒有食物了……沒有溫暖的火堆，也不能躺在牠膝蓋上睡覺……後來這裡出現了更多直行獸，牠們設陷阱想抓我，但我太聰明了，根本抓不到。」

「那你到底叫什麼名字？」鼠掌咬著牙、恨恨地問，「當初那個直行獸叫你什麼名字？」

「名字……哦，對，我的名字……波弟……沒錯，牠叫我波弟。」

「總算問出來了！」鼠掌喃喃地抱怨。

「那我們就叫你波弟好了。」棘爪喵了一聲，用尾尖點了一下鼠掌的鼻子。

老虎斑貓撐著站了起來。「隨便你們。好了，你們到底要不要吃東西啊？」

他緩步穿過樹林。棘爪和同伴們懷疑地互看一眼。「我們該不該相信他？」

「別傻了，」鴉掌立刻開口。「他是寵物貓，戰士怎麼可以相信寵物貓。」

褐皮也出聲表示同意，但羽尾卻喵了一聲。「我們都餓了，而且對這片樹林也不熟；相信一次應該沒關係吧？」

「我餓了！」鼠掌也說，不耐煩地伸出自己的爪子。

「星族知道我們也會需要一些幫助。」暴毛喵了一聲。「雖然我也不贊同，但只要我們保持警覺……」

「好吧，」棘爪做出決定。「我們就冒一次險。」

他走在前面，加快腳步穿過矮樹叢，好趕上前面的老貓。老貓倒是慢慢走，好像並不在意他們要不要跟來。但棘爪沒想到的是，波弟並沒有告訴他們樹林子哪裡可以捕到獵物，反而直接往遠方位在樹林和兩腳獸巢穴間的狹長草地走去。波弟毫不掩飾地穿過草地，走向最近的籬笆，根本不先探查附近有沒有危險。

「嘿，」鴉掌停在樹林邊緣。「他要帶我們去哪裡？我可不去兩腳獸的巢穴！」

棘爪也停下腳步，這是他生平第一次同意鴉掌的想法。「等一下，波弟！」他喊道。「我們是戰士，不去有直行獸的地方。」

老貓停在籬笆下方，回頭看著他們，神情裡沒有取笑的味道。「你們怕了是不是？」

鴉掌跨出一步，繃緊腿部的肌肉，脖子上的毛髮也豎了起來。「你再說一次看看！」他嘶聲說道。

怎知波弟根本不理鴉掌。不過棘爪相信，鴉掌可以輕易就打贏他。

「他也太敏感了吧！」老貓喵了一聲。「小子，沒什麼好擔心的，這時候這裡不會有直行獸，但花園裡卻有好吃的東西。」

棘爪看看其他同伴。「你們認為呢？」

「我認為值得一試。」暴毛喵了一聲。「畢竟我們需要吃東西。」

「沒錯，那我們就繼續走吧！」褐皮低聲說道。

羽尾熱切地點點頭，鼠掌也興奮地跳了起來；只有鴉掌沒有附和，他只是盯著遠方，根本不吭聲。

「那我們走吧。」棘爪說。

他先謹慎地查看左右兩邊，然後才穿過草地去和波弟會合；其他的貓也陸續跟上，連鴉掌也不例外，但棘爪看得出來鴉掌刻意走在最後，眼睛只看著地上。

「鴉掌已經知道我作過鹹水的夢了。」羽尾在棘爪耳邊悄悄地說。「那時他剛醒來，心情好像很好，所以我就告訴他了；但那是狗還沒追來之前。我想他現在的心情應該很不好。」

「我想他得往前看。」棘爪的耐心已經快用光了，他已經受夠了做什麼事都得先考慮鴉掌的自尊。

羽尾有些懷疑地搖搖頭，但因為這時已經趕上老貓，所以不好再多說什麼。

等他們全部到齊了，老虎斑貓馬上穿過籬笆縫隙，帶著他們走進兩腳獸的花園。棘爪因為聞到陌生氣味而皺起了鼻子。這裡至少有兩隻兩腳獸，還有一頭怪獸的嗆鼻臭味，幸好這些味道都不怎麼新鮮。另外也有一堆陌生植物的氣味，它們頭上都頂著毛茸茸的大花，把植物壓得垂下頭來。鼠掌跑過去聞其中一朵，結果被突然掉在身上的大片花瓣給嚇得跳起來。

波弟緩步穿過草地，坐在中央，揮揮尾巴要他們過來。棘爪走過去坐在他身邊，只見眼前有一池被兩腳獸用堅硬的東西圍成的水塘，水面浮著白花和綠葉，水底下還突然閃過的金色光影；他以為是太陽出來了，於是抬起頭，可是天空仍堆滿了大片的雲朵。

「是魚！」羽尾開心地大叫。「金魚耶！」

「亂講，世界上哪有金色的魚？」鴉掌不耐煩地說。

「的確沒有，但這些明明是啊！」暴毛坐在他妹妹旁邊，專注地盯著水面。「我從來沒見過這種魚，河裡沒有。」

「這種魚可以吃嗎？」褐皮問。

「可以！很好吃呢！」波弟告訴她。

「那我要試試看！」鼠掌試著用爪子拍擊水面。

「不能那樣抓！」暴毛喵了一聲。「這樣只會把牠們嚇得躲進水底。我和羽尾示範給妳看好了。」

於是兩隻河族貓坐在水塘邊，專心地注視水面。羽尾突然閃電似地伸爪一拍，一隻鮮豔的金魚瞬間彈出水面，晶亮的水珠畫出優美的弧線，最後掉在地上扭動掙扎著。

「趁牠還沒跳回水裡之前，先把牠抓住吧！」暴毛指揮道。離魚最近的鼠掌連忙跳上去，一口咬住。「很好吃耶！」她大聲地說，吞了一口魚肉。

這時暴毛也抓到另一條魚，沒多久，羽尾又抓到第三條，於是褐皮和棘爪也大快朵頤起來。棘爪本來很懷疑魚好不好吃，但一口咬下去，才知道魚肉竟然這麼多汁鮮美，三兩下就把魚吃得精光。

暴毛又抓到一隻，他拍過去給鴉掌。「吃吧……沒問題的。」

鴉掌不屑地看了那條魚一眼。「我們應該早點上路，別再和兩腳獸的東西耗在一起。早知道去太陽沉沒之地得花這麼久時間，我就不來了。我比較喜歡和導師一起上課。」

「可是你在這裡也可以學到很多戰士技巧啊。」

「你過來，」羽尾勸他。「我教你怎麼抓魚。」

「也教教我好不好？」鼠掌熱切地懇求道。

鴉掌不屑地看看雷族見習生，然後緩步踱向羽尾，和她一起坐在水池邊。

「像這樣，」她喵了一聲，「最重要的是，千萬別讓自己的影子出現在水面上。等你看見魚游上來的時候，再很快地把牠一掌撈上來，別讓牠溜走。」

鴉掌彎身靠近水面，爪子半開，不久後便突然伸進水裡，快速撈出一條魚。不過那條魚在空中轉了一圈又掉進水裡，潑得鴉掌一身是水。鼠掌忍不住竊笑，棘爪瞪了她一眼。

「第一次抓魚就有這種成績，已經很不錯了。」羽尾好言安慰生氣的見習生。「再試一次好了。」

但鴉掌卻離開水邊，打算低頭舔乾身上的水，但馬上停了下來，嫌惡地說：「這是什麼水啊？怎麼是鹹的？」

「不會啊，沒有鹹啊！」暴毛訝異地說。

這時突然傳來一陣撞擊聲和兩腳獸的叫喊聲。棘爪抬頭一看，只見有隻兩腳獸站在巢穴的入口，手裡抓著什麼東西，朝他們這邊丟過來，剛好飛過波弟頭上，掉在毛茸茸的花叢裡。

「大事不妙，」老虎斑貓喵了一聲。「我們該走了。」

他笨重地移動腳步，往籬笆縫隙走去，棘爪和暴毛跟在後面，褐皮和鼠掌則一溜煙地搶在前頭，穿過籬笆；羽尾也緊跟在後，最後是鴉掌。當鴉掌走出花園，穿過草地，跑回陰暗的樹林裡時，已經是一臉怒氣了。

「你為什麼要帶我們去那種地方？」他轉身質問波弟。「我們根本不該相信你。你是想讓兩腳獸抓到我們啊？根本不值得為了吃那些噁心的魚白白送死。」

「鴉掌，不要這樣嘛。」羽尾將叼在嘴裡的魚丟在地上，懇求地說。「不管是魚還是水都沒有問題。」

「那水明明是鹹的。」鴉掌啐了一口。

棘爪本來打算打斷他們——畢竟已經浪費太多時間；一開始是為了躲那條狗，現在又陷入爭執——但他卻看見羽尾的眼睛一亮。

「你知道為什麼你嚐到的水是鹹的，其他的貓則不覺得嗎？」她平靜地說，將自己的尾尖放在他身上。「那是賜給你的鹹水指示，鴉掌，你終於得到它了！」

灰黑色的貓張口想說話，卻什麼也說不出來。他看看地上的魚，又看看羽尾。「妳確定嗎？」他驚愕地說。

「當然是啊，你這個笨毛球！」羽尾開心地說。棘爪想，這世上恐怕只有羽尾敢當面叫鴉掌笨毛球，卻不會被他的利爪攻擊。「兩腳獸池塘裡的水怎麼可能會是鹹的？這分明是星族要告訴我們沒有走錯路。」

鴉掌眨眨眼，背上的毛髮頓時服貼下來。

「你們說的指示和鹹水是什麼意思啊？」波弟大著嗓門說。

「我們正在做一趟重要的旅行！」鼠掌興奮地說。「星族派我們去找貓族需要的東西。」

「旅行……從哪裡出發？什麼貓族？」

棘爪嘆了口氣。就算他急著趕路，但這隻老虎斑貓似乎很寂寞，要是不告訴他他們為何會出現在這個地方，轉頭便走，似乎太不厚道了。畢竟他救過他們一命，還帶他們去吃金魚。

「到蕨葉叢這邊來，」他喵了一聲。「這裡比較隱密，我們可以告訴你發生了什麼事。」所有的貓都跟了過去，連鴉掌也乖乖聽話。暴毛和羽尾一起分食那條魚，褐皮擔任警戒工作，鼠掌則負責說故事，棘爪隨時補充鼠掌遺漏的地方，或幫忙解釋波弟沒聽懂的部分。

「星族？」當鼠掌告訴他棘爪被託夢的事時，老公貓懷疑地說，「在夢裡和你說話？這我倒沒聽過。」

年輕的見習生瞪大綠色的眼睛，不敢相信地瞪著他：怎麼可能有貓沒聽過星族的大名呢？

「妳就繼續說吧。」棘爪告訴她，因為他不想浪費時間再多作解釋。

鼠掌看看他，沒抗議就繼續說下去。等到全部說完，老獨行貓反而沉默了下來——棘爪還以為他是不是又睡著了？突然他伸直身子，張大黃色的眼睛，眼裡出現從未見過的熱情。「我知道那個太陽沉沒之地，」他出乎意料地冒出這一句。「我和去過那個地方的貓說過話，聽說離這裡不遠。」

「在哪裡？」鼠掌立刻跳起來。「離這裡有多遠？」

「大概還要走兩、三天吧。」波弟回答，眼睛閃閃發亮。「這樣好了，我和你們一起去，順道幫你們帶路。」

只是他興奮的表情瞬間轉為失望，因為他們都沒吭聲。反倒是鴉掌代表棘爪，說出心裡的話。「不行，你太慢了。」

「我們又沒拜託你一起去。」褐皮咕噥著。

「可是如果他知道正確的方向……」暴毛喵了一聲，「也許我們應該讓他同行。」

「他應該知道怎麼安全穿過兩腳獸的地盤。」羽尾也說，並用尾巴指指那擋住了地平線、一排排紅澄澄的兩腳獸巢穴。

這倒是真的，棘爪想，他到現在還記得上次在兩腳獸地盤裡遇到的麻煩。如果波弟真的知道太陽沉沒之地該怎麼走，就算帶他同行，速度會比較慢，但或許還有機會早點抵達；或許就是因為他的禱告成功了，星族才派波弟來當他們的嚮導：老貓雖然看起來不怎麼像偉大的救星，但一定也有一般貓兒沒有的勇氣。

「好吧。」他喵了一聲，沒想到大夥兒正看著他，似乎在等他作決定。「我覺得應該要讓他去。」

第二十章

波弟領著這群來自森林的貓，沿著樹林外緣前進。幾乎被狗追到，已經是昨天的事了，但是到現在為止，棘爪還在想讓老貓同行的決定究竟正不正確。他知道鴉掌和褐皮很不高興，但似乎也別無選擇，因為眼前有數不清的兩腳獸巢穴，天空也依舊布滿積雲，根本沒有太陽可以指引方向。

「還有沒有機會再吃點東西？」當他們離開身後的樹林，轉進一處開滿鮮花的草地時，他開口問波弟。「昨天吃的魚根本不夠，而且鴉掌到現在都還沒吃東西。」

「沒問題，我帶你們去一個地方。」波弟回答，順便瞪了鴉掌一眼，因為只有鴉掌老是跟他作對，絲毫不肯相信他。

老貓帶著他們走到草地的另一頭，那邊又是一排兩腳獸的巢穴。棘爪不安地看著老貓貼緊地面，費力地想鑽過一道柵門底下；好不容易穿過之後，就在柵門的另一頭很精神地抖抖身體。

「又是兩腳獸？」鴉掌嘶嘶叫。「我才不進去咧！」

「隨便你。」波弟喵了一聲，開始緩步往通往大門的小徑走去，尾巴高高豎起。

「我們最好一起走，」棘爪低聲說：「別忘了上次的教訓。」

鴉掌哼了一聲，但沒說話，其他的貓也沒有異議，一個接著一個地鑽過柵門，跟著波弟走上小徑。鴉掌走在最後，很謹慎地往後張望。

波弟坐在兩腳獸巢穴半開的大門前等著。這時裡頭突然出現刺眼的光線，還有棘爪從未見過和聞過的怪異身影與氣味。

「要到裡面去？」他問波弟：「你要我們進去直行獸的巢穴？」

波弟不耐煩地抽動尾巴。「裡面有食物啊，這裡我很熟，我常來。」

「根本是在浪費時間。」褐皮喵了一聲。棘爪知道他的姊姊很害怕，因為她不安地在小徑上伸出自己的爪子。「我們不能進去，我們不是寵物貓，吃寵物貓的食物有違戰士守則。」

「喔，來嘛！」暴毛用尾巴友善地輕彈褐皮的耳朵。「進去一下也沒什麼損失。我們正在做長途旅行，如果能輕鬆地找到食物，就能節省狩獵時間，用來做更重要的事情。我相信星族會諒解的。」

褐皮搖搖頭，還是不為所動，但羽尾聽見她哥哥的分析，竟也覺得挺有道理的。於是兩隻河族貓冒險走了進去。

「這就對了。」波弟鼓勵地說。「看到沒，那個碗裡面有食物，全是為我們準備的。」

棘爪的肚子咕嚕嚕地叫。之前吃的魚實在太小了，而且那也是很久以前的事了。「好吧，」他喵了一聲。「我覺得暴毛說得對，我們進去吧！但動作要快。」

鼠掌根本不等他說完，便急忙跟著波弟的腳步衝進去。棘爪緊跟在後，但鴉掌和褐皮卻留在屋外。

「我們在外面警戒好了！」褐皮在他身後喊道。

暴毛和羽尾早已蹲在碗邊大吃起來。棘爪懷疑地看看食物：硬梆梆的，圓圓的，很像兔子大便，但聞起來還不錯。棘爪想，吃下去應該沒問題。

鼠掌把嘴伸進另一只碗裡，她抬起頭，嘴邊的毛都被一種白色的東西給黏成一團，但綠色的眼睛一亮。「好好喝！」她大聲地說，「波弟，這是什麼？」

「牛奶，」波弟回答。「有點像是妳從自己媽媽身上吸的奶。」

「寵物貓每天都喝這個啊？」鼠掌很驚訝。「哇，當寵物貓也不錯！」於是又把嘴伸進碗裡。

棘爪也蹲到她旁邊，舔了幾口那種白色液體。鼠掌說得沒錯——真好喝！又濃又香，幾乎聞不到兩腳獸的味道。他乾脆坐下來，大口喝了起來。

他第一次警覺到可能有麻煩，是因為聽見門被打開的聲音，然後是兩腳獸在他頭上尖聲大叫。棘爪嚇得跳了起來，卻見一隻幼小的兩腳獸穿門而入，一把抱起羽尾。

受到驚嚇的羽尾尖叫起來，掙扎著想要脫身，但小兩腳獸卻把她抓得更緊。暴毛伸出前爪想救他的妹妹，但兩腳獸根本不理他。棘爪驚慌失措地看著。羽尾！他四下張望想要找波弟，沒想到那隻老貓只是慢步走向門邊另一隻成年的兩腳獸身旁，而且還歡迎地揮動尾巴。

鴉掌這時像黑色旋風般地從花園裡衝進來，瞪著一雙琥珀色的眼睛：「你看吧！」他氣憤地對棘爪說。「都是你的錯！你為什麼要讓那隻老癩皮鬼帶我們來這裡？」

棘爪沒辦法反駁他，但鴉掌根本不等他答話便轉過身去，直接向小兩腳獸挑戰；他縮起下巴，發出低沉的咆哮。「放開她，否則我就把你撕成碎片。」他啐了一口。

但小兩腳獸卻開心地摸著羽尾，發出響亮的吱喳聲，理都不理鴉掌，更聽不懂他在說什麼。黑色的見習生正準備撲上去，鼠掌趕緊鑽到他面前。「你這個鼠腦袋，先等一等，牠只是一隻小獸，要這樣做才對。」

鼠掌走到兩腳獸面前，抬起綠色的眼睛懇切地望著小獸，嘴裡發出快樂的呼嚕聲，並用自己的身體去揉搓小兩腳獸的腿。

「好主意！」暴毛大喊，也擠到小兩腳獸腳邊喵喵叫。

小兩腳獸眼睛一亮，發出快樂的叫聲，馬上彎下腰想去摸鼠掌，就在這時，羽尾感覺到小兩腳獸的手鬆了，趕緊跳回地面。

「快跑！」棘爪大喊。

所有貓兒瞬間衝出門外，一路往柵門奔逃。當棘爪壓低身體想鑽出柵門時，仍聽見小兩腳獸的叫喊聲，但他根本沒空去聽。「走這邊！」他帶頭往矮樹叢跑去。

鑽進茂盛的矮樹叢後，發現同伴一個也不少，棘爪才鬆了一口氣。不久，他突然聽見氣喘吁吁和費力鑽爬的聲音，原來是波弟回來了。

「你馬上給我滾開！」鴉掌很不客氣地對著老貓咆哮。「都是你帶我們來這裡，害我們差點兒被兩腳獸抓到。」然後又把矛頭對準棘爪，「要是你早聽我的話，就不會發生這種事了！」

波弟抽動耳朵，一點有沒有要離開的意思。「真搞不懂你們在擔心什麼，牠們是很正直的直行獸，不會傷害任何一隻貓。」

「卻會挾持她。」褐皮咆哮回去。「誰都看得出來，那隻小兩腳獸想把羽尾變成牠的寵物貓。」

「其實也沒那麼危險啦，」羽尾老實地說。「我本來可以自己掙脫的，只是不想抓傷那隻小兩腳獸。」她很感激地對雷族見習生眨眨眼。「不過鼠掌的主意最棒了。」

鼠掌低下頭，顯得很不好意思。「我們回去之後，要是有你們哪一個敢把我曾經跟兩腳獸撒嬌的事說出去，」她咬著牙說，「我就把他拿去餵烏鴉！我可是說到做到。」

⚡⚡⚡

雖然鴉掌不斷抗議，但貓兒們還是決定跟著波弟走。一整天下來，老虎斑貓都帶著他們走在兩腳獸常走的堅硬路面上，害他們的腳掌都快燙傷了，只好一路緊靠牆邊的陰影而行，或者快速通過不時有怪獸呼嘯而過的轟雷路。

等到一天快結束時，棘爪已經精疲力竭，根本沒有力氣走在隊伍的最前面。他的同伴也都好不到哪兒去。鼠掌跛著腳，鴉掌無精打采。棘爪突然想到，這隻黑色的見習生到現在還沒吃過東西，不知道兩腳獸地盤附近有沒有什麼獵物可抓。

「波弟！」他勉強自己加快腳步，趕上那隻老貓。「有沒有什麼安全的地方可以讓我們過夜跟找到食物？但不是寵物貓的食物哦。」他補上一句。「我們得找地方狩獵。」

波弟一屁股坐在兩條轟雷路會合的轉彎處。他抬起後腿，搔了搔耳朵。「我不知道有什麼獵物，」他粗啞地說，「不過前面倒是有可以過夜的地方。」

「還有多遠？」褐皮很不悅地說：「我走得腳快斷了。」

「不遠！」波弟站了起來，棘爪不得不承認，這隻老貓耐力驚人，完全出乎他的意料。「一點也不遠！」

棘爪只得提起精神再度出發。這時他突然瞧見轟雷路上映照著淡淡的紅色光暈，他轉頭一看，簡直嚇傻了。地平線上的雲層正逐漸消散，就在兩棟兩腳獸的巢穴之間，西沉的夕陽清晰可見，卻是在他們的背後。他們根本走錯方向了。

「波弟！」他的聲音好像卡住了一樣。「你看！」

老貓瞇起眼睛，望向染紅的天際。「看起來明天天氣會很好。」

「天氣很好？」褐皮氣得嘶嘶叫。「他根本帶我們走錯方向了。」

鼠掌索性在硬梆梆的路上直接趴了下來，把頭枕在腳上。

「我們應該往夕陽的方向前進。」棘爪指出這點。「波弟，你真的知道太陽沉沒之地在哪裡嗎？」

「我當然知道。」波弟為自己辯解，一身凌亂的毛髮全豎了起來。「只不過……我們得先通過直行獸的地盤嘛，就算你們自己找路，還不是一樣繞路。」

「他根本不知道。」褐皮斷然說道。

「他當然不知道。」鴉掌嘲諷地說。「他連自己的尾巴都找不到了，我看我們乾脆在這裡和他分道揚鑣算了。」

另一頭怪獸隆隆經過，離轟雷路最近的暴毛被路上瞬間揚起的灰塵給嚇得彈了進來。

「聽我說，」他喵了一聲，「我也認為波弟帶我們走錯了方向，但我們現在不能離開他，因為單靠我們自己，是不可能走出兩腳獸地盤的。」

羽尾憂愁地點點頭，走來幫她哥哥舔掉身上的塵土。

棘爪知道他們說得沒錯，只好強壓下沮喪的心情，不去想他們白白浪費了多少時間。

「好吧，」他喵了一聲。「波弟，你先帶我們到可以過夜的地方，其他的事明天早上再說。」

棘爪沒理會鴉掌不滿的聲音，直接跟在老貓後頭，再度上路。

ϟϟϟ

等他們抵達波弟口中可以過夜的地方時，天色已經暗了，但路上卻見到兩腳獸製造的許多強光，一顆顆像極了恐怖的小太陽。老虎斑貓帶他們走進長有灌木叢和青草地的大片空地，四周盡是尖銳的籬笆，但籬笆卻有足夠的空隙讓貓兒輕鬆進出。這裡有可以藏身的地方，還有淺淺的水塘，甚至聞得到獵物的氣味。

「就是這兒囉！」波弟喵了一聲，滿意地抽動自己的鬍鬚。「這地方還不錯吧！」

是不錯！棘爪想，但仍忍不住懷疑，這真的是波弟原本要帶他們來的地方嗎？還是根本誤打誤撞碰上的？雖然他們已經很累了，但仍沒忘記先捕獵物再說。他們捉到的老鼠都很瘦小，還帶著兩腳獸的嗆鼻氣味；儘管如此，對於這群來自森林、早已餓壞的貓來說，卻像肥田鼠一樣甜美。

鼠掌吃完自己的份之後，開始四處張望，心想還會不會有多餘的，最後卻嘆了口氣。「為什麼我喝不到寵物貓的牛奶呢？開玩笑的啦！」她立刻補上一句，但鴉掌卻對著她撇撇嘴，一副很不屑的樣子。「你輕鬆一點好不好？」她說。

鴉掌轉過身，累得根本不想和她吵。

沒多久，棘爪的同伴們都進入了夢鄉。他鬆了口氣，蜷伏在矮樹叢下，好像回到以前的戰士窩裡。他透過樹葉縫隙望著夜空。銀毛星群的光芒被兩腳獸的強光不斷蓋過，現在就連星族也離他們很遙遠。

第二天，他們還是硬著頭皮跟在波弟後面。棘爪覺得自己像隻老貓一樣慢吞吞地走著，他們走在兩腳獸的高牆底下，那面牆壁就像太陽沉沒之處的懸崖一樣陡峭。現在他更確定這隻老虎斑貓根本是亂走一通，完全不管方向對不對；但他們又沒辦法靠自己走出兩腳獸的地盤。雲層再度遮蔽太陽，眼看希望愈來愈渺茫，天空竟又下起雨來。

「我看我們永遠也走不出這裡了。」當他們排隊準備穿越另一條轟雷路時，褐皮竟說出了棘爪的心聲。

「可以不要抱怨嗎？」暴毛回嘴。「這又於事無補！」

棘爪沒想到，連一向溫和的河族戰士也會惡言相向。顯然他們都累了，雖然昨天曾有過一夜好眠，但眼前的希望正一點一滴地流逝。褐皮不甘示弱地瞪了回去，脖子上的毛豎得筆直。棘爪趕忙站到她面前。「你們兩個都冷靜點。」他喵了一聲。

他才說完，暴毛突然轉身衝過轟雷路，差點被一頭急奔而來的怪獸給撞上。羽尾嚇得發出尖叫，連忙跳著跟過去。

「不要冒不必要的險！」棘爪在他們身後大叫。

但河族戰士根本不理他。棘爪聳聳肩，轉身回到鼠掌身邊，她正蹲在轟雷路邊，準備伺機通過。「我會告訴妳什麼時候可以通過的。」他說。

「我自己會看！」鼠掌馬上頂回來。「你可不可以不要像我父親一樣跟我說話啊。」她跳上轟雷路堅硬的地面，還好沒有怪獸衝過來。

棘爪緊跟在鼠掌後面，當她抵達對面時，棘爪正好趕上。他俯身與她四目相望，嘶聲說道，「妳要是再敢做這麼愚蠢的事，看我會怎麼**像**妳父親一樣教訓妳！」

「我現在還真希望我父親在這裡哩！」她反脣相譏。「火星一定知道我們該怎麼走。」

棘爪無話可說。她說得沒錯——偉大的雷族族長絕對不會把這趟旅程搞成這樣。**可是星族為什麼要挑他？為什麼？**

他轉身望向老虎斑貓，只見他悠然自得地穿過轟雷路，好像時間很多似的。「波弟，這裡離兩腳獸的領地邊界到底還有多遠？」

「呃，不遠了，一點也不遠。」波弟發出愉悅的呼嚕聲。「你們這些小子真是沒耐心。」

鴉掌低吼一聲，他上前一步，直接面對他們的嚮導。「至少我們沒有老糊塗。」他啐了一口。「快點走啊！」

波弟瞇起眼睛看看他。「耐心點。」然後他停下來，嗅聞空氣裡的味道，接著毅然轉身，沿著轟雷路走。「走這邊。」

「他根本不知道要走哪裡。」鴉掌惡意地說，但還是乖乖跟在後頭。因為對這群來自森林裡的貓來說，這不再是信心或勇氣的問題，而是他們沒有別的選擇。

⚡⚡⚡

這一天似乎過得特別漫長，等到天色再度昏暗時，他們正一跛一跛地走在兩腳獸高聳的籬笆牆下。在石頭上走了這麼久，棘爪覺得自己的腳八成磨破了。他好希望能踩在一些沁涼舒爽的草地上。

他才開口，想要波弟找個地方讓他們休息時，便聞到一股強烈的陌生氣味。他停下來辨識，褐皮則匆忙趕了上來。

「棘爪，你有沒有聞到那股氣味？很像是影族領地邊緣的腐臭味。我們最好小心點，可能會有很多大老鼠。」

棘爪點點頭。幸好有他姊姊提醒，他現在已能從兩腳獸垃圾的腐臭味裡，清楚分辨出大老鼠特有的氣味。他轉頭看看後面，只見同伴們零零散散地走著，大夥兒因為恐懼與前程未卜而顯得疲累不堪。

「走快點！」他大喊。「不要分散了！」

一陣刺耳的吱吱叫聲打斷了他。他猛地轉身，只見三隻巨大的老鼠從前方籬笆洞口鑽擠出來，光禿禿的尾巴高高捲起，三角形的臉表情邪惡；棘爪一眼便瞧見牠們嘴裡陰森森的牙。

帶頭的大老鼠突然就撲上來，棘爪也靈巧地往後一彈，但仍感覺得到剛剛那一嘴利牙跟他的腿只差了一點點。他立刻伸出爪子，往對方的腦袋揮去，大老鼠倒在地上，吱吱叫個不停，但另一隻大老鼠馬上就出現了。愈來愈多的大老鼠從籬笆洞裡蜂擁而出，彷若一條吱吱作響的邪惡河流；棘爪瞥見褐皮被一隻大老鼠咬住肩膀，發出哀號，接著兩三隻大老鼠就突然撲向他，將他壓倒在地。

棘爪差點沒辦法呼吸，老鼠嗆鼻的臭味讓他喘不過氣來。他用力地踢著後腿，爪子深深戳進對方的肉裡，有一隻痛得吱吱大叫，壓在他身上的重量頓時減輕了；他趁機跳起來，一掌揮過去，把另一隻正想咬他耳朵的老鼠給打開。

附近的鼠掌正和一隻與她差不多大的老鼠奮戰。棘爪本打算過去幫忙，鼠掌卻已經甩掉那隻老鼠，反守為攻；她壓下耳朵、張開下顎，發出吼聲。那隻被甩掉的老鼠見情況不妙，趕緊開溜。鼠掌沒追上去，反而迅速轉身，伸出爪子對付另一隻緊纏著羽尾背部不放的大老鼠，立刻把牠打得血流不止。

棘爪回頭再度加入戰局。鴉掌在他旁邊，張嘴狠狠咬住一隻大老鼠的腿不放，把牠一路拖著走；棘爪揮掌打死那隻老鼠，又轉身面對另一波攻勢；暴毛和羽尾在籬笆下並肩作戰；一邊肩膀不停流血的褐皮揮掌掃過一隻老鼠的尾巴，將牠甩在地上，然後狠狠咬住老鼠的喉嚨；波弟也加入作戰，衝進老鼠堆裡，不停地揮甩前掌，一路橫掃，老鼠們於是被打得四下奔逃。

這場架來得快也去得快。僥倖沒死的老鼠趕緊鑽回籬笆裡，鴉掌追上去想打死後面落單的老鼠，牠的尾巴卻一下子便消失在洞口。

棘爪氣喘吁吁，只覺得尾巴和其中一隻後腿有些刺痛，他看著散落一地的老鼠屍體，有些還在垂死扭動。也算讓他們抓到一些獵物了，他疲累地想，卻沒有力氣去收齊眼前的獵物。同伴們全緊靠在他身邊，餘悸猶存地互望著，恐懼讓他們忘了吵架的事。

「波弟，」精疲力竭的棘爪開口說道，「我們得找地方休息。那裡可以嗎？」

他用尾巴指指轟雷路對面的牆縫，那裡離這邊鼠輩聚集的腐臭地盤有一段距離。遠遠看過去，那個地方很幽暗，雖然聞得到兩腳獸的氣味，但不是很新鮮。

波弟瞇起眼睛。「可以啊。」

這次變成棘爪領著他們穿越轟雷路。每隻貓都累壞了，要是這時有怪獸衝出來，一定會把他們全給壓扁，但多虧星族保佑，路上靜悄悄的。鴉掌、暴毛和羽尾拖著死老鼠穿過路面，鼠掌則扶著褐皮慢慢前進，他們一面走，一面留下從褐皮肩膀上滴落的血跡。

牆縫後面是一處封閉的暗處，剛好就在兩腳獸廢棄巢穴的後方。地面上滿是粗糙的石塊，還有一些沾滿油汙的小水塘。鴉掌低頭喝了一口，馬上發出嫌惡聲，卻沒有力氣大聲咒罵。

這裡沒有什麼東西可以用來當床鋪，貓兒們全都擠在角落裡，除了鼠掌之外。她在牆面四周嗅聞，回來時腳上纏著一些蜘蛛絲。她把它塗在褐皮的傷口上。

「真希望我記得葉掌是用什麼藥草來治療大老鼠咬到的傷口。」她喵了一聲。「這裡找不到藥草的，」褐皮低聲說道，臉上有些抽搐。「謝謝妳的幫忙，鼠掌。」

「我們最好保持警戒。」棘爪大聲地說，「那些大老鼠隨時可能再回來，就由我先守夜好了。」他說，心想不知道他們會不會又有意見。「你們先睡一會兒，如果有傷口，記得先把它舔乾淨。」

包括鴉掌在內的所有同伴都沒有異議。棘爪心想八成是因為他們真的被嚇到了，所以這次才會乖乖這麼聽命。

他緩緩走到牆縫邊，在陰影裡坐下，往外凝視轟雷路對面、剛才老鼠出現的地方。四周靜悄悄的，棘爪無事可做，只能胡思亂想。他在想，好好的一場旅程，怎會變成現在這樣？尤其是褐皮！雖然這場貓鼠大戰讓大家都受了點傷，但他姊姊的傷卻是最嚴重的。那傷口看起來很糟，他知道在各種咬傷裡，大老鼠是貓族最擔心的一種。要是被感染了，他們該怎麼辦？萬一褐皮不能繼續走下去，又該怎麼辦？

他突然發覺身邊有動靜，連忙跳起來；原來是鼠掌。她暗薑色的毛髮豎得筆直，鼻頭有流血的抓傷，但眼睛仍一如往常地明亮。棘爪想，她大概又要來挑他毛病，或發表什麼了不起的感想，沒想到她只是異常溫柔地說：「褐皮睡著了。」

「那就好。」棘爪喵了一聲。「妳……妳今天表現得很好，要是塵皮在的話，一定很以妳為榮。」他嘆了一口氣，既疲倦又茫然。

令他意外的是，鼠掌這時竟用鼻頭輕觸他的毛髮。「別擔心，」她喵了一聲。「不會有事的，星族會保佑我們。」

棘爪嗅聞著她柔軟溫熱的氣味，多希望自己能相信她的話。

第二十一章

葉掌突然從煤皮窩外的蕨葉墊上跳了起來。太陽才剛升起，綠葉上顫抖著滴落的水珠，在陽光下顯得更晶瑩剔透。空氣涼颼颼的，葉掌不禁想到，再過不久，落葉季就要過去，禿葉季就要來了。

一開始她還不確定自己是因為什麼而驚醒。除了微風吹過樹梢，以及遠方空地上傳來的戰士低語聲外，四周都靜悄悄的。煤皮沒有叫她起床，可是葉掌的毛髮卻自己豎了起來，好像有什麼事非她來做不可。

她起床走到煤皮的窩前，往岩縫裡探看，並輕聲問道，「煤皮，妳醒了嗎？」

「現在醒了。」巫醫的聲音很慵懶。「有事嗎？是影族攻過來了，還是星族找我們？」

「沒有啦，煤皮。」葉掌不安地玩著自己爪子。「我只是想問一下，我們還有沒有牛蒡根？」

「牛蒡根？」葉掌聽見導師急忙站起來的

聲音，過了一會兒，煤皮探出頭來。「妳要那個做什麼？對了，葉掌，妳知道牛蒡根的用途嗎？」

「是用來治療被大老鼠咬到的傷口。」葉掌喵了一聲。她坐下來，用尾巴圈住自己的腳，希望減緩那難以理解的急促心跳，彷彿她剛從四喬木跑回來一樣。「對治療感染特別有效。」

「沒錯！」煤皮從窩裡鑽出來，很快在空地上轉了一圈，然後用爪子戳戳蕨葉叢。「我就想嘛，這裡根本沒有大老鼠。」她這麼說。

「我知道這裡沒有大老鼠，」葉掌無奈地說。「我只想確定我們還有沒有牛蒡根，沒別的意思。」

煤皮瞇起眼睛。「妳剛作夢了嗎？」

「沒有啊，我——」葉掌突然停住。「好像真的有。但是我不知道那個夢是什麼意思；我甚至記不得夢到什麼。」

煤皮的藍色眼睛盯著她好一會兒。「也許是來自星族的指示。」她終於說出口。

「那妳可不可以告訴我它是什麼意思？」葉掌懇求道。「拜託！」

沒想到煤皮只是搖搖頭。

「所謂的指示——就算真的是指示——也是給妳的。」巫醫解釋道。「妳也知道星族從來不把話直接說出來，祂們的訊息總是出現在一些最不起眼的地方……譬如感覺毛髮豎立、爪子有被拖拉的感覺——」

「感覺到某件事情是對的——或是錯的。」葉掌把話補完。

「沒錯。」煤皮點點頭。「巫醫的功課之一，就是學會用直覺詮釋那些訊息……而我們也知道要做到百分之百確定是很難的。這就是妳現在必須要學的功課。」

「我也不知道自己該怎麼解釋。」葉掌很迷惑，只好用前腳磨蹭地面。「要是我說錯了怎麼辦？」

「難道妳以為我說的就是對的嗎？」煤皮的目光突然變得熱切。「妳必須信任自己的判斷力。相信我，葉掌，將來妳一定會成為很棒的巫醫——甚至與斑葉相提並論。」

葉掌一下子瞪大了眼睛。斑葉是隻天賦異稟的年輕巫醫，她聽過許多有關斑葉的傳奇故事，但從沒想過自己或許有一天也可以像她一樣。「煤皮，妳在開玩笑吧？」

「我是說真的。」煤皮冷冷地回答。「我不會拿它來開玩笑。對了，說到牛蒡，妳可以在訓練沙坑附近找到。這樣吧，妳就過去挖一點回來——萬一日後有需要用到，就不缺了。」

葉掌急忙走出營地，試圖記起剛剛的夢境，但除了一間昏暗的兩腳獸巢穴，以及轟雷路上刺眼的強光，她什麼也記不得。她懷疑這不是來自星族的指示，而是她和鼠掌之間的感應，只是她們離得太遠，感應力也變弱許多。葉掌沒在夢中看見她姊姊和其他同伴，但不知怎麼搞的，她直覺一定是鼠掌被大老鼠咬傷了。

要是我當初和她一起去就好了，她無奈地想。**他們一定很需要巫醫。天啊，鼠掌，妳究竟在哪裡？**

鼠毛和刺爪正在沙坑裡訓練見習生。葉掌停下來看了一會兒，但就是提不起興趣，只覺得陽光彷彿吸乾了她身上所有元氣，連抬腿都很吃力。

牛蒡的莖很長，所以很容易找到。葉掌鑽進陰暗嗆鼻的葉叢底下，開始挖掘它的根。她把根上的泥土清理乾淨，再帶回煤皮的窩裡，整齊地擺在其他藥草旁邊。

今夜又要召開大集會了。本來煤皮說她可以去參加大集會時，她很開心，因為又能見到蛾翅，但現在卻興趣缺缺。只要能確定姊姊平安無事，她情願從現在起一直到死為止，都放棄去四喬木的機會。

⚡⚡⚡

等到雷族抵達大集會現場時，葉掌的心情已經好多了。中午過後，她睡了一覺，鼻子老是聞到自己身上的牛蒡味，醒來時覺得精神百倍。

當她從四喬木空地上的灌木叢裡出現時，就見到蛾翅朝她這邊走來。

「嗨，」葉掌喵了一聲，「最近好嗎？」

蛾翅頓了一下。「還好啦，只不過要學的東西很多，有時候總覺得好像沒有比去慈母口之前更進步呢。」

葉掌故作幽默地發出嘆息的呼嚕聲。「還不都一樣。我想森林裡的每隻巫醫，都難免有這種感覺吧。」

蛾翅琥珀色的大眼睛露出困惑的神情。「我還以為成為巫醫之後，就會變得很有智慧；我以為只要我和星族更密切地交流，就會知道很多事情的答案。」

她看上去有些沮喪，於是葉掌傾身舔舔她的耳朵，想安慰她。「妳會成功的，因為我們每天都在向星族學習啊。」可是蛾翅還是很不安，於是她又說道，「蛾翅，妳是不是在煩惱什麼事情？」

蛾翅有些吃驚。「哦，沒有啦！」她搖搖金黃色的頭說：「沒有什麼事啦，只是……」

葉掌沒機會知道她想說什麼，因為站在巨岩頂上的高星發出如雷的吼聲，要大家安靜下來，也一下吞沒了蛾翅的聲音。豹星站在他身邊，火星和影族族長黑星則站在他們身後。

豹星第一個發言。「高星，」她開口，「自從上次大集會以來，已經下過很多場雨了，風族領地裡的河流應該不缺水了吧？」

高星向她點點頭。「是的，豹星。」

「那麼我要收回原先答應你們可以進入河族領地喝水的承諾。從現在起，只要我的戰士發現任何一隻風族貓敢侵入河族領地，就會驅趕他們。」

她沒提到風族在水源充足後，仍繼續侵入河族領地喝水的事。但她的語氣很嚴厲，葉掌聽得出來她不大高興。

高星眼睛眨也不眨地看著河族族長。「豹星，風族很感激妳這次的大力幫助，我們一定照辦。」

河族族長嚴肅地點點頭，便退到後面。突然空地裡的貓群起了一陣騷動，一隻毛色光滑，肩膀厚實的虎斑貓站起身來；原來是蛾翅的哥哥鷹霜。

「豹星，請允許我發言。」他說。

葉掌很驚訝，因為年輕戰士通常不會在大集會裡主動要求發言。

「什麼事？」豹星問。

鷹霜有些猶豫，他用爪子輕刨地面，好像有點不好意思，不過葉掌也注意到他那雙淡藍色的眼睛正四處掃視，彷彿在確定是不是所有貓兒都在看他。「我不知道自己該不該說，只是……呃，風族貓在河邊不只是喝水而已，我還看見他們偷抓河裡的魚。」

「你說什麼？」高星跳到巨岩邊緣，壓低身子，彷彿隨時準備撲向河族戰士。「你在胡說什麼？風族貓才不會偷捕獵物呢！」

葉掌知道他說謊，因為她記得鼠掌曾說，她在雷族領地裡逮到風族巡邏隊偷抓田鼠。

「有別的貓看見嗎？」豹星問鷹霜。

「沒有。」鷹霜愧疚地回答，「只有我看見。」

豹星的目光掃過全場，但貓兒們都沒說話。葉掌想自己是不是應該跳出來說話，可是那不是她親眼看到的，而且鼠掌和棘爪都不在，塵皮這次又沒來，所以她還是選擇保持沉默。

高星轉向河族族長。「我對星族起誓，風族除了喝水，絕沒有從水裡偷抓任何東西。難道妳要因為一個戰士無憑無據的話，就認定我們是小偷嗎？」

豹星豎起脖子上的毛。「你說是我的戰士說謊囉？」

「那妳要說我們風族是小偷嗎？」高星縮起下顎，低聲露齒咆哮，伸出了利爪。

空地上的河族和風族貓也各自發出抗議。葉掌看見這些戰士們開始彼此對峙，衝突一觸即發；她毛髮直豎，擔心大集會的神聖協定就要被破壞了。

「為什麼鷹霜一定要說呢？」她喃喃自語。

「不然他要怎麼做？」蛾翅高聲為自己的哥哥辯護。「妳別出聲，看風族怎麼收拾善後？其實河族的每隻貓都知道，他們背著我們做了什麼好事。」她那雙琥珀色的眼睛好像在噴火，擺好姿勢，像是隨時準備加入戰局。

但她的導師泥毛卻在這時對她生氣地斥責，提醒她巫醫必須嚴守中立。蛾翅看了他一眼，眼神中夾雜著憤怒與羞愧。

「等一等！」山谷裡傳出清亮的聲音，葉掌看見火星走上前，站在巨岩邊。「星族發怒了——抬頭看月亮！」

葉掌和所有貓兒一起抬起頭，只見高掛在樹梢上的月亮，與不遠處一片朝它飄來的雲朵，可是空地上一點風也沒有。她不禁全身顫抖。如果星族真的氣到要把月亮遮住，大集會就得被迫終止。

戰士們全都乖乖地蹲伏在地上，原本劍拔弩張的氣氛逐漸被恐懼給取代。

火星的聲音再度出現。「豹星，高星，難道你們要為了戰士的一句話而開戰嗎？鷹霜，有沒有可能是你看錯了？」

鷹霜猶豫了一會兒，他瞇起眼睛看看雷族族長。「我說的是實話，」他終於開口回答，「但我也有可能看錯，因為陽光太強或是其他什麼的。」

「那就讓河族和風族握手言和吧！」火星說道，「高星已經承諾不再到河族領地喝水了。」

「我會信守承諾的。」高星啐了一口。「但也請豹星好好管教自己的年輕戰士，請他懂得尊重別族的貓。」

「這不需要你來告訴我。」豹星的語氣仍舊憤怒，但葉掌知道危機已經過去了。雲彩正逐漸遠離樹梢的明月，就好像星族的怒氣已消。

「請記得我們現在所擁有的和平生活。」火星力勸兩位族長。「獵物很多，水源也很充裕，我們已經做好一切準備，隨時迎接落葉季和禿葉季的到來，所以根本沒有必要侵犯彼此的領地。」他瞄了黑星一眼，對方一副心領神會的模樣，又有點像在隔岸觀火。「但這並不表示我們會鬆懈巡邏領地邊界的工作。」火星故意強調這一點。

「河族也一樣。」豹星嚴厲地說，卻刻意退後一步，彷彿決定結束這場爭執。

高星也同樣往後退了一步，只留下火星獨自站在最前方。葉掌知道接下來她父親要說什麼。火星停了一會兒，才開始說話。她知道他是在斟酌自己的用詞，不想讓其他部族認為是他把自己族裡的貓給趕跑的。

「前幾天，」他開口說道，「我們的戰士棘爪和見習生鼠掌離開了雷族。我們不知道他們去了哪裡，但根據我們的判斷，應該不是單獨離開。」他轉身面向其他族長，繼續說道，「你們也有戰士失蹤嗎？」

豹星倒是很主動地開口了，葉掌想，霧足應該已經把暴毛和羽尾失蹤的事向她報告過了。「我們也有兩個戰士離開河族——暴毛和羽尾——就在月半時分之前。火星，本來我們還以為他們是穿過河流邊界，投靠你們去了，畢竟他們的父親在雷族。」她的語氣像是對手下帶有外族血統的戰士很不為然。「可見他們應該是一起走了。」

現場出現短暫的沉默，接著高星清清喉嚨，輕聲地說，「風族也有一名見習生失蹤，是鴉掌，大概也在同樣的時間。」他補充說，「我還以為他是被狐狸或獾給抓走了，看來有可能和他們在一起。」

空地上傳來不安的騷動聲，有隻貓大聲地說：「你怎麼知道？搞不好森林裡真的有什麼東西正在偷襲我們。」

騷動聲更大了，一隻站在外圍的貓發出驚慌的叫聲，葉掌看見貓兒們互換驚恐的眼神，有的甚至站起身來，隨時準備逃跑。

「會不會是野狗？」另一個聲音響起。「也許那群狗又回來了。」

火星來到巨岩邊緣往下俯視。他盯了葉掌好一會兒。葉掌開始發抖，心想他該不會想把她和鼠掌之間的感應，在大集會上公開吧！

還好他沒說，讓她鬆了一口氣。「我們也想過這個問題。」他喵了一聲。「可沒有跡象顯示森林裡有狗群出沒——請相信我，因為如果那群野狗回來了，雷族一定會知道。我們認為這些貓是自己離開的。」

他冷靜的語氣似乎讓大家冷靜了下來，儘管有些貓兒還是惶惶不安，但本來已經起身的貓則紛紛坐下。

「那影族呢？」火星轉身面向黑星。「你們有貓失蹤嗎？」

影族族長猶豫了好一會兒。這個部族向來喜歡隱藏消息，而且惜字如金。

「是褐皮。」他終於開口。「我還以為她回雷族找她弟弟去了。」

空地裡又興起一股騷動，貓兒們都想弄清楚這是怎麼回事。

「所以每個部族至少都有一隻貓失蹤。」蛾翅大聲地說。「這代表什麼？」她沮喪地補上一句，「為什麼星族不先告訴我這種事呢？」

葉掌很想告訴她，鼠掌和棘爪離開森林前對她說的事情。她在想煤皮會不會把她在燃燒的蕨葉叢裡所見到的預兆說出來——火和老虎一起出現，似乎代表森林會遇上很大的麻煩。但她卻看到雷族的巫醫和小雲一起蹲在巨岩底下，頭垂得低低的，沒有打算發言的意思。

「火星，你有什麼建議嗎？」高星問道。

「我們能做什麼？」豹星搶在火星之前發言。「他們都走了，誰知道他們去了哪裡。」

高星一臉憂慮。「我不懂他們為什麼要一起走，他們一定有什麼苦衷，因為我相信鴉掌對風族一向忠心耿耿。」

火星點點頭。「他們都很忠誠。」葉掌知道，他一定是想到他之前和棘爪與鼠掌間的口角，還有那則預言。

「我們應該想點辦法。」高星堅持。「我們不能假裝這件事沒發生啊！」

「高星，看到你對失蹤的貓這麼關心，我真的很感動。」火星喵了一聲。「可是我同意豹星的說法，我們真的不能做什麼，現在只能把他們交給星族，願星族保佑他們平安回來。」

本來都沒開口的黑星，這時卻嘲諷道：「交給星族，當然什麼事也不必做了。我是覺得希望渺茫啦。」

這時葉掌身後有隻貓突然低聲地說：「他說得沒錯，外面很危險。」

葉掌只覺得彷彿有隻利爪猛然揪住了她的心。她再次為鼠掌擔心起來。她記得她夢到鼠掌被大老鼠咬傷的事情。**鼠掌**，她對自己說，**一定有什麼方法可以幫妳。**

葉掌根本沒辦法專心聽黑星報告兩腳獸在轟雷路附近活動的事情，哪怕對方提到有新的怪獸正聚集在貓兒們從未去過的沼澤地附近，她也無心聆聽。

這很重要嗎？她心亂如麻地想，**我才懶得管兩腳獸做什麼呢？**

大集會一結束，她和蛾翅道過再會後，便立刻去找煤皮。她剛剛想到一個辦法，所以想趕快回營地試試看。

回雷族的路上，她故意放慢腳步跟在煤皮身邊，直到整個隊伍只剩她們師徒倆落在最後。

「四個部族都有貓兒失縱，是吧？」煤皮若有所思地說。她停了一會兒，抬頭看看天上的月亮，這時月亮已經沉到樹梢底下了。「葉掌，妳很擔心鼠掌吧？妳知道她現在在哪裡嗎？」

這麼直接的問題實在讓葉掌吃了一驚。她猶豫了好一會兒，不知該怎麼回答。

「少來了，葉掌，」煤皮瞇起眼睛，「別騙我說妳什麼都不知道。」

葉掌停下腳步，看著她導師，心中倒是挺感激有這個機會可以說出來。「我知道她還活著，而且是和那些失蹤的貓在一起，但我不知道他們在哪裡，也不知道他們要做什麼；他們應該已經走得很遠了……比森林裡的任何一隻貓去過的地方還要遠。」

煤皮點點頭。葉掌忍不住懷疑，星族是否曾告訴煤皮和這趟旅行有關的事？但就算有，巫醫也沒再說什麼。

「也許妳應該把這件事告訴妳父親。」她喵了一聲，「好讓他放心。」

「我知道，我會的。」

她們終於抵達峽谷。當葉掌跟著她的導師穿過金雀花叢隧道，往營地走去時，只覺得腳彷佛有千斤重。

「煤皮，」她喵了一聲，「如果我沒事吃一點牛蒡根，會不會傷害到自己身體？」

「如果妳吃太多的話，可能會肚子痛。」煤皮回答。「為什麼這麼問？」

「這只是我想到的一個方法。」**如果我能感應到鼠掌在想什麼**，她對自己說，**或許她也能感應到我想告訴她的事情**。她知道要從這麼遠和姊姊彼此感應，似乎很不聰明，但無論如何，她一定得試試看。

煤皮溫暖地看著她，沒再繼續追問，反而走回自己的床鋪。葉掌開始啃起儲藏在洞穴裡的牛蒡根。過了一會兒，葉掌帶著一嘴的苦味躺下來，準備進入夢鄉。

牛蒡根、牛蒡根，她喃喃地說，**鼠掌，妳聽到我嗎？牛蒡根可以治療大老鼠的咬傷。**

第二十二章

棘爪蹲在灌木叢裡，望著懸在藍色夜空裡的滿月。四喬木這時候應該在舉辦四大部族的大集會了吧，一想到空地裡擠滿了貓，大家一起聊天、交換消息，棘爪就感到一陣前所未有的孤單。

又是另一個永無止盡的白晝，他們沿著轟雷路前進，途中穿過籬笆、攀過矮牆，但怎麼走也走不出兩腳獸的地盤。還好他們已經走完最難走的硬石路，現在的轟雷路旁都是美麗的綠草，兩腳獸巢穴四周也有花園；到了晚上，他們躲進矮樹叢裡過夜，甚至還能抓到一些獵物。儘管如此，棘爪仍然焦慮得睡不著覺。

他到現在還是搞不清楚他們走的方向到底對不對。雖然帶路的波弟信心滿滿，但他在兩腳獸的地盤裡繞來繞去，完全不理太陽西下的方向，棘爪只覺得他們好像離太陽沉沒之地愈來愈遠了。

「我們好像離目的地愈來愈遠了。」鴉掌

在睡前曾不甘心地說。

但最令棘爪擔心的，還是褐皮的肩傷。

儘管他的姊姊硬是不肯承認傷口很痛，但等到他們準備停下來過夜時，他發現她幾乎已經不能走了。傷口雖然不再流血，但肩膀卻腫了起來，毛皮被咬掉的地方紅成一片。不用巫醫，他也知道那個傷口已經嚴重感染。雖然鼠掌和羽尾會趁褐皮躺下休息時輪流幫她舔傷口，但大家都知道，光靠這個方法是沒用的。

棘爪聽見灌木叢附近有聲音，趕忙跳起身，見到是暴毛才鬆了口氣。

「交給我好了。」灰色戰士喵了一聲。

「謝謝你。」棘爪弓起背，將爪子戳進土裡，伸了個懶腰。「但我不確定自己睡不睡得著。」

「盡量睡一會兒，」暴毛建議他。「這樣明天才有體力。」

「我知道。」他又抬頭看看月亮，接著說：「真希望我們能在四喬木那裡。」

沒想到暴毛竟同情地看著他說：「別擔心，我們很快就可以回去了。就算我們在這裡，星族也一樣守護著我們，就像守護大集會裡的所有貓兒一樣。」

棘爪嘆了一大口氣。他實在很難想像，星族的戰士祖靈們也守護著被困在兩腳獸地盤裡的他們。他看了月亮最後一眼，才蜷伏起身子，閉上眼睛，沉沉睡去，狗吠聲驚醒了棘爪。他立刻跳起來，渾身發抖，好一會兒才搞清楚聲音從很遠的地方傳來，沒什麼好擔心的，而且這附近也沒有狗的氣味，於是鬆了口氣。灰暗的光線探進灌木叢裡，葉子在溼冷的風吹拂下窸窣作響，好像馬上就要下雨了。

除了不在視線內的暴毛之外，棘爪周圍的同伴都還在睡夢中。棘爪勉強自己爬起來，打算叫醒他們繼續上路。這時鴉掌抬起頭，俐落地爬了起來，甩掉身上的落葉。

「聽我說，棘爪，」他喵了一聲，語氣沒像過去那樣不客氣。「我們今天一定要走出這裡。如果能找到一片森林甚至田野，形勢就會對我們比較有利。到時候我們就可以停下來，讓褐皮好好休息一會兒。在兩腳獸的地盤裡，我們什麼事也不能做。」

棘爪很訝異，這隻年輕的貓能做出如此理性的分析，而且還十分關心褐皮。他只希望自己沒露出太驚訝的表情。「你說的對，」他同意道，「但我也沒把握。我們只能跟著波弟走，沒有其他選擇。」

「早知道就不要答應他加入我們。」鴉掌生氣地吼了一聲。他走到波弟睡覺的地方，老貓的毛髮凌亂，正躺在地上打呼，還不時扭動身體。鴉掌伸出爪子用力戳他的肋骨。「起床！」

「喂，你做什麼？」波弟瞇著眼睛，努力想爬起來，好不容易才讓自己坐好。「急什麼啊？」

「我們得趕快上路。」鴉掌的語氣又開始變得很不客氣。「難道你忘了嗎？」

疲倦的棘爪根本不想管他們之間的爭執，乾脆把波弟丟給鴉掌，自己去叫醒其他同伴。他一直等到最後才去叫褐皮起床，而且還彎下腰嗅聞她的傷口，很仔細地檢查一遍。

「傷口還是一樣。」羽尾在他旁邊低聲說道，「我擔心她今天還是不能走很遠。」

褐皮剛好睜開眼睛。「棘爪，我們要走了嗎？」她費力地想爬起來，但棘爪看得出來她的腿根本沒力氣。

「先躺一會兒好了。」羽尾告訴她。「我再幫妳清理傷口。」

她蹲下來伸出舌頭，有節奏地輕舔那腫脹的地方。褐皮再度垂下頭，擱在自己腳上。棘爪正看得出神，沒想到暴毛叼了一隻老鼠過來，把老鼠放在褐皮面前。

「給妳吃。」他喵了一聲。「剛抓到的。」

褐皮瞇著眼睛抬頭看他。「哦，暴毛……謝謝你，我應該自己去抓的。」

棘爪的心幾乎糾成一團，她現在這個樣子，哪有力氣自己抓啊！

暴毛用鼻子輕觸她的耳朵。「妳快吃吧，」他低聲地說，「妳需要體力，我晚一點還可以再抓。」

褐皮感激地點點頭，開始吃東西。棘爪故意不去理波弟和鴉掌，逕自走到鼠掌那兒，看她在做什麼。

暗薑色的見習生仍坐在昨晚鋪的葉墊上，嘴裡喃喃低語著，還不時用舌頭舔舔嘴，彷彿嚐到什麼噁心的味道。

「妳在做什麼啊？」棘爪問，然後故意開玩笑地補上一句，「妳在吃自己的毛嗎？」

一開始鼠掌沒有反應。「不是，」她回答，仍自顧自地舔著舌頭。「有種很奇怪的味道，我應該想得出來那是什麼味道。」

「但願不是鹽巴吧？」棘爪故作輕鬆地說。他從來不曉得自己也會懷念鼠掌以前伶牙利嘴的模樣。她現在嚴肅得讓他有些擔心。

「不是……是別的東西。讓我再想想，我一定可以想起來的，我感覺得到這個東西非常重要。」

他們又再度出發，波弟還是在前面帶路。一夜好眠似乎對褐皮頗有幫助，她打起精神，一拐一拐地走著，試圖跟上波弟從容的步伐。棘爪一直很注意她，心想如果姊姊需要休息，他一定要馬上停下來。

老虎斑貓帶著他們穿過更多的兩腳獸花園，最後走到一條狹窄的轟雷路上，路的這邊是木籬笆，另一邊則是高牆。有兩三頭怪獸蹲在轟雷路邊，斗大的眼睛一閃一閃地。棘爪和同伴經過牠們身邊時，不免緊張地盯著怪獸瞧，心想只要牠們一有動作，就要馬上拔腿狂奔。

轟雷路在這裡轉了個大彎，波弟繞過彎繼續往前走。棘爪看到羽尾停了下來，瞪著前方，一臉的不可置信。

「不會吧！」她平常很少發怒的，但這次卻一副氣急敗壞的模樣。「我再也受不了了，我們不能走這裡，你這個大毛球！」

像是回應她的質疑似地，突然有狗吠聲從高牆後方響起。棘爪警覺地張望著，沒見到狗。他緊張地跳到羽尾身邊，才明白她為什麼這麼沮喪。在他們前方約幾個狐狸身長的地方，轟雷路被高牆完全擋住了，而那座牆也是用紅色石頭整齊地堆砌起來，和他們這一路上見到的牆沒什麼兩樣。也就是說，前面根本沒路了。棘爪一想到他們又得折回舊路，簡直快要發瘋了。

波弟停下腳步回頭看，一副受傷的表情。「沒必要叫那麼大聲吧！」

「你根本就迷路了，對不對？」羽尾高聲質疑道。她壓下身體、平貼地面，棘爪不確定她是在藏東西還是準備攻擊。要是她撲過去，該不該擋下來呢？「我們已經有一隻貓受傷了，不可能再整天跟著你在這種……這種鳥不拉屎的地方到處亂走！」

「冷靜點。」鴉掌跑過來，俯身舔舔羽尾的耳朵。「別理這個老笨蛋，我們自己想辦法走出去。」

羽尾齜牙咧嘴地對他說道，「我們要怎麼走出去？我們又不知道自己在哪裡。」

牆後狂吠的狗兒突然幾近瘋狂地發出尖銳的怒吼聲。棘爪繃緊神經，打算一瞧見狗兒衝出來就跑。他身後的暴毛正在轉彎處跳來跳去，四處檢查，直到確定狗兒沒辦法出來，才走到他妹妹身邊。接著鼠掌也跟在褐皮身邊走了過來。

「發生什麼事了？」雷族見習生問道：「咦，波弟呢？」

棘爪這才發現那隻老貓不見了，他不知道究竟該慶幸還是該生氣？

「總算擺脫他了。」鴉掌憤怒地說。

話才說完，波弟竟然從牆邊縫隙探出頭來，棘爪之前根本沒發覺。

「唉！」老貓喵了一聲：「你們到底要不要過來啊？」

他又把頭縮進去，棘爪爬上一道破舊的籬笆，往外張望。他原本以為會看到更多兩腳獸的巢穴，沒想到景象完全出乎他意料，害他一時連話都說不出話來。眼前是一條灰撲撲的小徑，只要穿過它，就會抵達一處點綴著金雀花叢的綠草斜坡；再過去就是一片森林。棘爪望著那片森林，沒看到任何兩腳獸的巢穴。

「你看到什麼？」鼠掌在下頭很不耐煩地問。

「有森林！」棘爪像小貓一樣興奮激動地說。「我終於看到真正的森林了！我們快走吧！」

他穿過牆縫，站在波弟旁邊。老虎斑貓得意地看著他。「滿意了吧？」他喵嗚說道。「你們不是想走出來嗎？我可是把你們帶出來囉。」

「呃……對，謝謝你，波弟，這真是太棒了。」

「看來我不再是鼠腦袋了吧？」波弟意有所指地看著正從縫裡鑽出來的鴉掌。

棘爪和鴉掌互望一眼。不過棘爪還是有點懷疑，這會不會是波弟誤打誤撞找到的？就算是，這隻老貓也不會承認吧。他們終於走出兩腳獸的地盤，又可以開始尋找太陽沉沒之地。

他們穿過小徑，爬上斜坡。腳下踏踏實實踩到草地讓棘爪開心極了，森林的氣味正順著風飄過來，他們終於來到樹蔭底下，感覺像回到了家一樣。

「這才像話嘛！」暴毛喵了一聲，看著四周的蕨葉叢和柔軟的綠草。「我提議今天就到此為止，我們留在這裡過夜。褐皮需要好好休息，我們也可以在這附近狩獵。」

棘爪本來想反對的，時間不斷流逝，他想盡快找到太陽沉沒之地；但他也知道，休息才能使他們恢復體力，走得更快。

其他貓兒都喵聲同意，除了褐皮。「你們不必為了我停下來。」

「鼠腦袋，這不只是為了妳而已，」鼠掌用鼻子親膩地搓搓影族貓兒。「我們也都需要好好休息、吃東西啊！」

他們慢慢往森林深處走去，一起行動，保持警戒，尋找適當的休息地點。棘爪每走幾步便抬頭聞聞空氣，還好沒有狐狸、獾，或是其他貓兒的氣味；換句話說，這裡應該不會遇上什麼麻煩。而且空氣裡還滿是獵物的氣味，一想到肥美的老鼠，甚至是兔子，他不禁流起口水。

他們不久便找到合適的休憩點，就在濃密的山楂樹叢下，附近還有潺潺的溪水。

「沒有比這裡更好的地方了，」鴉掌喵了一聲。「有水，有藏身的地方，就算有掠食者也很難偷襲我們。」

褐皮跛得很厲害，她蹣跚地爬下斜坡，拖著疲累的身體爬進長滿青苔的樹根交錯處。她綠色的眼睛充滿痛苦，似乎精疲力竭。羽尾在她身邊坐下，又開始幫忙舔傷口。波弟也一屁股坐在她旁邊，但是蜷起身子，開始呼呼大睡。

「好吧，你們三個留在這裡。」鴉掌喵了一聲。「其他的負責狩獵。」

棘爪正想開口質疑他憑什麼在這裡發號施令，但想想還是算了；偶爾能有別的貓代他做決定、下命令，其實也不賴。於是他走到鼠掌身邊，「想和我一起狩獵嗎？」他問道。

鼠掌只是點點頭，顯然有些心不在焉。

她跟著棘爪往小溪上游走去，直到臨時營地消失在視線之外。這時棘爪瞄到水邊草叢有隻老鼠，他立刻伏下身，來到狩獵位置，猛地一跳，瞬間撲殺了眼前的獵物。他回頭向鼠掌展示獵物，卻見她站在那兒，頭抬得老高，下顎張開，正在嗅聞森林裡的氣味。

「鼠掌，妳還好吧？」

見習生跳起來。「你說什麼？哦，很好，我很好，謝謝你的關心，我只是想不透……」她愈說愈小聲，又開始舔起自己的嘴巴。

棘爪想，反正也搞不懂她在想什麼，乾脆先把獵物拖到安全的地方，等一下再一次收齊，於是繼續往森林深處走去。這裡到處都是獵物，而且牠們好像不知道什麼是掠食者，所以這簡直是棘爪有生以來最輕鬆的一次狩獵行動。

鼠掌也來幫忙，但依舊是心不在焉。她一向是個厲害的狩獵者，今天卻因為猶豫太久，白白讓一隻黑鳥飛掉，甚至連離她只有幾隻狐狸身長的距離、正專心吃東西的松鼠，也沒抓到。

就在棘爪悄悄逼近一隻兔子時，她竟然大喊道：「就是它，就在那裡！」草叢裡的兔子警覺地站起來，接下來棘爪只看見牠白色的尾巴忽上忽下地消失在草叢裡。

「嘿！」他生氣地大喊。「妳為什麼要這樣？」

鼠掌根本沒理他，只是往水邊衝去，那裡長滿深綠色的高大植物。棘爪一頭霧水地看著她，只見鼠掌在植物下方用力挖了起來。

「鼠掌，妳在做什麼？」他問道。

見習生停下手邊動作，得意地看了他一眼。「牛蒡根！」她上氣不接下氣地說，然後繼續往下挖。「可以用來治療褐皮被大老鼠咬到的傷口。過來幫我把這些根挖出來。」

「妳怎麼會知道？」棘爪邊挖邊問。

「還記得我跟你說的那股味道嗎？我想了一整個早上，這一定是葉掌和我們道別時提到過的東西。」

棘爪停下來看著她。沒錯，葉掌是告訴過他們一些路上可能用到的藥草，但他不記得有提到牛蒡根。他聳聳肩，繼續用力地挖。應該是葉掌提過吧！否則鼠掌不可能知道這些事情。

等他們挖出三、四支牛蒡根，鼠掌便趕忙將它們推進水裡，把附著在上面的泥土沖乾淨，然後用牙齒咬回休息地；棘爪則忙著收齊所有獵物，再慢慢拖回去。

等他回到臨時休息地時，鼠掌已嚼好一些牛蒡根，再將那些泥輕輕塗在褐皮的傷口上；影族戰士只是躺著觀察鼠掌。當汁液滲入傷口時，她不禁鬆了一口氣，發出一聲嘆息。

「感覺好多了，」褐皮喵了一聲。「有麻麻的感覺，不再覺得痛了。」

「太好了！」棘爪回答。

「我看妳搞不好是個地下巫醫。」褐皮對鼠掌說，並在青苔墊上挪了一個最舒服的臥姿。

「搞不好妳和妳妹妹一樣有天分哦。」她瞇起眼睛，昏昏欲睡，最後終於沉入夢鄉。

鼠掌睜大眼睛看著褐皮，而棘爪只是覺得毛髮都豎了起來。葉掌在和他們道別時，真的有提過牛蒡根嗎？還是她和她姊姊之間有什麼神祕的感應？

他又轉回森林裡去收剩下的獵物。等他回來時，暴毛和鴉掌也帶了許多獵物回來。這是他們這麼多天來第一次可以愛吃多飽就吃多飽。波弟醒來後也開始大啖獵物，似乎發現這種食物遠比寵物貓吃的要好。

他們睡了一場飽覺。棘爪醒來時，發現天上的積雲已經散去，太陽落在樹梢間，將整座森林染得通紅。他連忙跳起身，盡量往高處走，直到能遠眺溪流以外的地方，然後才透過枝椏看見太陽西沉的那條地平線。

「我們應該走那條路。」暴毛也爬上斜坡，站在他身旁。他的聲音冷靜而果斷，彷彿也是被星族選中的貓。「那裡就是我們可以聆聽午夜訊息的地方了。」

棘爪多麼想立刻奔向太陽西沉的地方，彷彿確定藍星一定正等在那裡，打算告訴他如何解救整座森林。但他也知道，最好還是照原訂計畫，先在這座森林裡過夜。於是他仔細遠眺日後該走的方向，才回到河邊的同伴身邊。

這時褐皮正在大啖一隻兔子，她停下來和走過來的棘爪打招呼。「我好餓哦！」她說，「而且覺得肩膀好多了。鼠掌，妳剛剛說妳幫我塗了什麼？」

「牛蒡根。」棘爪發現鼠掌並不想解釋她是怎麼知道這種解藥的，也許她自己也想不透。

她又開始嚼起牛蒡根，這時褐皮已經吃完眼前的食物，於是鼠掌又在她身上塗抹更多牛蒡根泥。棘爪注意到傷口已經開始消腫，原本發炎的地方也和緩了許多。他默默感謝星族——也感謝葉掌——救了他姊姊一命。

等到他們隔天早上飽餐一頓，準備再度出發時，褐皮已經恢復以往的活力，幾乎不再跛著腳走路，眼睛也炯炯有神。

還不到正午，他們便走到了森林邊緣，放眼望去盡是一片開闊的荒野；丘陵層層起伏，涼風拂過如茵的綠草，草地上點綴著蔓生的車軸草和野生的百里香，似乎不難走。空氣裡瀰漫著舒爽清新的味道。

「好像老家哦！」鴉掌喃喃說道，顯然是想起風族那片開闊的荒野高地。

棘爪的心情就跟風族見習生不同了。他捨不得離開這片森林，畢竟他比較喜歡頭上有樹遮蔽的感覺。但這裡的食物和休憩所已經讓他們恢復了體力，他當然還是希望趕快走到終點。

但就在他們準備離開森林時，波弟卻意外地和他們說再見。「我不習慣走在那麼空曠的地方。」他這麼說，剛好跟棘爪想得一樣。「我想是因為我被太多直行獸追過，所以比較喜歡有可以藏身的地方；何況你們也不需要我了。不管是星族還是什麼東西，反正祂們本來就沒打算告訴**我**什麼午夜的訊息，不是嗎？」他說，眼神閃了一下。

「也許吧。」棘爪喵了一聲，「無論如何還是要謝謝你，我們不會忘記你的。」他突然覺得自己說的是真話，雖然這隻老貓曾讓他們很頭痛，但還是覺得有些依依不捨。「要是你來到我們的森林，雷族一定歡迎你。」

他剛說完，便聽到鴉掌在褐皮耳邊低語：「妳弟弟會想念他，我可不會。」

棘爪縮起下顎，像在警告風族貓，幸好波弟沒聽見見習生在嘟囔什麼。「我會在這裡等你們個兩、三天，」他答應棘爪，「以免回去時少了嚮導。」

棘爪看了鴉掌一眼，剛好瞧見他向羽尾翻了個白眼，羽尾則聳聳肩，沒有說話。

「我想你們應該回得來！」波弟抬起尾巴，慢慢走開，嘴裡則繼續說道，「要不然也不會在離太陽沉沒這麼近的地方遇上我。所以別擔心會掉進水裡淹死！」

「沒錯！」鼠掌在棘爪耳邊低語。「我們要有信心！」

可是當那天的白晝快要結束時，棘爪的希望再度落空。太陽的高溫吸乾了他所有的力氣，層層起伏的丘陵上根本找不到水源，他的嘴乾得就像訓練沙坑一樣。他的同伴們也好不到哪兒去，全都低著頭，拖著尾巴，褐皮又開始跛著腳，但又不肯讓同伴檢查她的傷口。棘爪發現她的傷口又腫起來了，開始擔心她還能撐多久。而這裡根本沒有牛蒡根。

前方的太陽在鮮紅的餘暉下緩緩下沉，四射的舌焰點亮了半座天空。

「至少我們沒走錯路。」羽尾喃喃自語。

「我知道，可是我們究竟還要走多久？」棘爪本來不願意說出自己擔心的事，但他真的受不了了。「也許還得走上好幾天，才能到達太陽沉沒之地。」

「我早就說過這是個爛點子！」鴉掌插上一句，只是他的體力已經耗盡了，聽起來才沒那麼不屑。

「好吧，我們打算繼續走多遠？」暴毛問道。這時所有貓兒都停下腳步、回頭看他。於是他繼續說：「如果找不到那個地方，我們遲早都得作個決定……是要放棄？還是要繼續走下去？」

棘爪知道他說得一點也沒錯。他們一定會在某個時間點上承認失敗；萬一真的得違背星族的旨意，放棄希望往回走，對他們的部族又會造成什麼影響？

這時一直迎風嗅聞的鼠掌突然興奮地跳到他們面前，興奮地兩眼發亮。

「棘爪！」她憋不住地說，「我聞到鹹鹹的味道了！」

第二十三章

棘爪張大了眼睛瞪著見習生，然後才連忙張開嘴，大口吸入空氣，品嚐它的味道。鼠掌說得沒錯，的確有鹹鹹的味道，就像那個夢，以及將他包圍的那片鹹水。

「**是**鹽的味道沒錯！」他喵了一聲。「我們一定很接近了，來吧！」

他衝進風裡，而陽光令他眼花撩亂；他邊跑邊回頭張望，只見同伴們都跟在後面，就連褐皮也加快原本蹣跚的腳步。棘爪覺得自己突然精神百倍，可以一直這麼跑下去，就像剛剛他們頭上劃過天空的白鳥一樣衝向天際。

只是他沒飛上天，反而驚險萬分地在懸崖邊緣煞住腳步。他的前腳只離陡峭的邊坡不到一隻老鼠身長的距離。

懸崖下方有不斷翻騰的浪花，正前方則是無邊無際的藍色水域。此刻的太陽正緩緩沉入水平線，閃亮的餘暉令棘爪不得不瞇起眼睛，而火紅的光芒在水面上灑出一道有如血水漫延的道路，一直延伸到崖底。

所有貓兒都看呆了，不知如何是好。這時候棘爪抖抖身子。「我們得快一點，」他說，「趁天黑前找到有利齒的洞穴。」

「然後就在那裡等午夜降臨。」暴毛也說。

棘爪左右張望，卻看不出來有哪條路可走。他隨便挑了個方向，帶大夥兒沿著懸崖一路往前走，還不時停下來查看懸崖下方有沒有他們在找的洞穴。棘爪將利爪戳進地面上粗硬的草叢裡，因為要是不小心滑下去，就會掉進可怕的波濤裡。

地勢緩緩往下，最後離水面竟然不到一棵樹的高度。這裡的懸崖向外突出，根本看不到底，表面也因為雨水的長年刻蝕而變得陡峭不已。等他們走到不那麼陡的地方，才敢慢慢往下爬，靠近水面一點，近到有時候會被浪花打到。這裡的岩石常有被水長期刻蝕的裂縫，有的寬到連貓兒都必須用跳的才能過得去。這些坑洞幾乎都寸草不生，只有一些矮灌木依附在貧瘠的土壤上。

「就算我們一時間找不到洞穴，這裡也有很多地方可以暫時過一晚。」暴毛說。

棘爪也開始在想，是不是該找個地方休息了，因為儘管天色依然一片通紅，但太陽早已沉到水面以下，迎面而來風也愈吹愈冷。他想，至少得讓褐皮躺下來歇一會兒，其他的貓則可以繼續尋找。

他的姊姊落後他們好長一段路。棘爪索性回過頭，想跳回她那兒去。他原本想避開其中一道裂縫，沒想到竟失足滑了一下，接著便無助地落進縫裡；他死命想抓住裂縫裡稀疏的沙土，但它們卻不斷從他的爪間掉落，灑得他一頭一臉。他還在繼續往下滑，昏暗中他根本看不見底下有什麼，不由得驚惶地大叫起來。

「棘爪！」暴毛趕緊跳到裂縫邊，想用爪子勾住棘爪的肩膀，但棘爪只覺得沙土愈掉愈多，他們兩個都在往下掉，甚至掉得更快；突然一大把沙土落在棘爪臉上，刺痛他的眼睛，嗆得他好難過。突然他聽見頭頂上傳來很大的嘶吼聲，原來鼠掌也跑來了，就在他的正上方。

「不要過來——快離開！」他邊咳邊喊，嘴裡全是沙土。

接著滑動的沙土竟全部塌了下去，棘爪踩不到東西，他大叫一聲，咻地就掉下去，剛好落在一堆溼淋淋的小石頭上。

有一會兒他只是躺著不能動。然後他聽見隆隆的回聲，覺得整個世界好像都在打轉。他睜開眼睛，驚魂未定地看見長著利齒的洞就在眼前，外緣襯著被染紅的天空。他正打算爬起來，腳下卻突然湧來大水；他大叫一聲，鹹水瞬間漫過他的嘴邊，將他淹沒，那味道和夢境裡一模一樣。

棘爪用盡了力氣，但崖底深處的浪潮還是無情地將他推向利齒，然後又拋了回來。他不知道自己在什麼地方，也不知道該往哪裡游。鹹水灌進他的眼睛、耳朵，在他的四周怒吼。他想要喘口氣，卻喝進更多鹹水。

他已經快沒力氣掙扎了，令人窒息的冰冷波濤淹沒了他。他突然覺得肩膀一陣刺痛，全身被往下拖的感覺不見了，他又能呼吸了。他費力地把水咳出來，轉過頭去，剛好瞧見鼠掌正盯著他，用牙齒緊咬住他的毛。

「不要！」他喘著氣說：「妳不可以——妳會淹死的……」

鼠掌怕一鬆開嘴，棘爪又會沉下去，只好拚命地在水中踢腿。棘爪的腳終於踩得到底下的小石子，但波浪再度襲來，把他們拍向那些利齒。

棘爪在水中用盡最後一絲力氣，就怕自己和鼠掌撞上那些尖銳的岩石。水再度湧了上來，把他們推得好高。他突然瞥見身旁出現溼淋淋的暗灰色身影——原來是暴毛——接著波浪就將他們全部打上堅硬的地面。

棘爪大口喘氣，在不停滾動的小石子上費力爬行。一波又一波沖上來的淺淺水花，似乎想把他再拖回去。這時仍緊咬他肩膀不放的鼠掌將他一把拉了起來，他同時也感覺到身後有另一隻貓兒正死命地推著他。最後他整個癱倒在大石頭上，一動也不動，任憑整個世界在他眼前漸漸消失。

有隻爪子在戳他的肚子，他一下子驚醒過來。

「棘爪？」是鼠掌焦急的聲音。「棘爪，你還好嗎？」

棘爪張嘴發出呻吟。他溼透了，渾身冰冷。覺得自己累到完全不能動，身上的每一吋肌肉都在痛，肚子裡滿滿都是他之前吞進去的水。但至少他還活著。

他費力地抬起頭。「我沒事。」他啞著嗓子說。

「哦，棘爪，我還以為你死了！」

等他視線不再那麼模糊後，才發現是鼠掌在彎腰看他。他從來沒見過她這麼難過的樣子，就連那時她被父親責罵，也沒這麼難受過。棘爪不忍心看到她這麼悲傷，只好努力坐起身子，沒想到卻開始吐了好多鹹水。

「我沒死。」他邊咳邊說。「謝謝妳，妳真的太厲害了，鼠掌。」

「她冒著生命危險。」身旁傳來暴毛的聲音，這位灰色戰士就站在棘爪旁邊。他的毛溼淋淋的黏在身上，看起來比平常小了許多。暴毛的語氣有些不滿，但看著鼠掌的眼睛卻炯炯發亮。「不過真的很勇敢。」

「而且很笨。」棘爪被這個聲音嚇了一跳，原來褐皮也來了。她就站在水邊，浪花一直拍打她的腳。她瞇起眼睛，一臉慍色。「要是你們兩個都淹死了，那該怎麼辦？」

「妳看我們不是好好的嗎？」鼠掌頂了回去。

「我本來可以幫得上忙的。」

「妳都受傷了，怎麼幫啊？」暴毛用鼻子輕觸褐皮。「星族也知道妳能走到這裡，已經很了不起了。」

「我是掉下來的，和你們一樣。」褐皮幽默地說。當她看著鼠掌時，變得輕鬆了一點。「真對不起。」她喵了一聲，「妳**的確**很勇敢，只是我自己受傷，幫不上忙。我和妳一樣……以為我們會失去棘爪。」

現在棘爪已經覺得好多了。他環顧四周，發現這個洞穴和他夢裡的一模一樣。原來他已經進來了。前面就是長著利齒的洞口，潮水以一種奇怪、而且永無休止的節奏不斷地前後沖刷，一會兒怒吼地衝進來，一會兒又靜悄悄地退出去，地上的小石子也隨之滾動。裡頭的岩壁很圓滑，地勢從這裡一路緩緩上升到後面的洞穴深處；光線只能透過前面的洞口和上方的裂縫照進來，而此刻羽尾和鴉掌正站在上方的裂縫，緊張地朝底下探看。

「你們都沒事吧！」羽尾喊道。

「我沒事。」棘爪蹣跚地站起身。「我想我們已經找到了。」

「你們等一下，我們馬上下來。」鴉掌喵了一聲。

棘爪本來想叫他們待在原地——不過鴉掌不見得會聽他的——但是他仔細一看，原來岩壁上有一階階突起的石塊和凹縫，可以讓他們慢慢爬下來。羽尾和鴉掌謹慎地下到洞裡，然後瞇著眼睛到處張望。

「我們要在這裡等到半夜嗎？」鼠掌本來忙著舔身上溼透的毛髮，這時卻停下來，抬起頭問道。她聲音在岩壁間迴盪著。

「我想——」棘爪正打算開口，卻突然停住，繃緊全身的肌肉。

洞穴深處傳來某種用力的搔抓聲，一股強烈的臭味灌進他鼻孔。他見到有影子在動，但不完全是黑影，其中還帶了點斑駁的白色。接著，昏暗的光線下出現一個可怕又熟悉的身影：那是貓的致命剋星之一。

是獾！

第二十四章

棘爪驚慌地轉頭看看後面，根本沒有退路，除非跳進水裡，要不然就是爬回上方的裂縫，但那恐怕已經來不及了。罪惡感像冰冷的波濤一樣撲來，幾乎淹沒了他。他的夢境、他的自以為是，害他的同伴如今身陷險境。他們沒在這裡找到星族的隻字片語，更沒找到任何指示，只是突然間遇上可怕的死神。現在就算有足夠的信心和勇氣又如何呢？他們就像掉進洞裡的兔子一樣，哪裡都不能跑。

鴉掌壓低身子，露出牙齒低聲嘶吼，慢慢匍匐前進；暴毛繞著獾移動身體，想從側面攻擊；絕望的棘爪知道他們兩個只是去送死，就算他們六隻貓連手，也不可能打得過一隻獾；更何況他們才走完這麼一大段路，還好不容易從水裡逃過一劫，既餓又累。他們現在就像被大浪襲捲一樣，只能坐著等死；很快地，他們就要一個接著一個地死在獾的利爪和尖嘴裡。

獾停在洞穴後方的陰暗邊緣。牠弓起厚厚

的肩膀，爪子在石頭上來回摩蹭，頭不斷前後擺動，身上的白色條紋隱隱發亮，好像正在思考應該先攻擊哪隻貓。

但是牠突然開口說話了。

「午夜到了。」

棘爪嚇得張大嘴巴，以為自己還在作夢。這隻獾會說話！而且說的還是他能聽懂的語言，每一個字都非常清楚……他嚇呆了，心臟狂跳。

「我就是午夜。」獾的聲音很低沉、很刺耳，很像小石子在波浪裡滾動的聲響。「我得和你們談一談。」

「老鼠屎！」鴉掌啐了一口。風族見習生仍然貼緊地面，準備隨時撲上去。「你敢動一下，我就把你的眼睛挖出來。」

「別衝動，鴉掌，等一下——」

但是獾嘶啞的笑聲打斷了棘爪。「他可真是兇啊，對不對？星族的眼光真不錯。但今天我們不打架，只說話。」

棘爪和他的同伴們疑惑地對望，尾巴豎得筆直。鴉掌一開口便說出他們心裡的話，「我們要相信牠嗎？」

「不然我們能怎麼辦？」羽尾眨眼說道。

棘爪再次打量眼前這隻獾。牠的體型比蛇岩見到的那隻要小——或許牠是母的——但也一樣危險。如果要他相信獾說的話，便等於完全推翻他從小到大所學的知識。可是到目前為止，她並沒有攻擊他們的打算，眼裡甚至流露出一抹幽默。

他又看看自己的同伴。鴉掌、暴毛和羽尾或許還有力氣作戰，但他和鼠掌剛剛差點被淹死，根本沒有力氣，至於褐皮也因為嚴重的肩傷而躺在地上，似乎已經開始意識不清了。

「跟我來吧！」獾粗聲說道，「我們總不能在這裡耗上一整晚吧！」

棘爪相信這不是一隻普通的獾。他從來沒聽過獾會說話——而且她剛剛還提到星族，彷彿比任何一隻貓都還清楚他們心裡在想什麼。

「羽尾說得沒錯。」他小聲地說：「我們沒有其他選擇。她如果要殺我們，早就動手了。她一定就是藍星託夢給我時提到的午夜訊息；而且藍星並沒有說午夜指的是**時間**。」他轉過頭對獾大聲說道：「妳就是午夜嗎？妳要傳達星族的訊息給我們嗎？」

獾點點頭。「我就叫午夜。我知道我會在這裡遇見你們……不過應該是四隻貓，不是六隻。」

「那我們就聽聽妳要說什麼，」棘爪告訴她。「妳說得沒錯，只有四隻貓被選上，但我們卻來了六隻，但絕對都夠資格。」

「要是妳敢輕舉妄動……」鴉掌威脅她。

「哦，閉嘴吧，鼠腦袋！」鼠掌吼道。「你難道看不出來，這就是我們來這裡的目的嗎？『傾聽午夜的訊息』。**她**就是午夜。」

身在暗處的鴉掌瞪著她，但沒說話。

午夜只是轉過頭，簡單地說了一句「跟我來！」便往洞穴深處走去。棘爪只見到通道口漆黑一片，只能深吸一口氣說：「好吧，我們走。」

暴毛走在最前面，鴉掌緊跟在後，棘爪只希望這個見習生能有足夠的耐心聽完獾要說什麼，別總是急著打架。羽尾輕輕推了褐皮一下，要她起來，然後好心地撐扶著褐皮，一同慢慢前進。棘爪看了鼠掌一眼，沒想到她雖然精疲力竭，全身溼答答的，眼神卻依舊明亮，充滿了興奮。

「等我們回去，就有好多故事可以說了。」她立刻站起身，緊跟在羽尾身後，往坑道走去。

棘爪也起身，然後往身後的利齒洞口及不斷起伏的波浪看了最後一眼。沉沒的太陽在天際留下最後一道血似的光輝，剎時間，棘爪彷彿看見一條沒有盡頭的血河正朝他流了過來，耳邊還傳來垂死貓兒的驚恐叫聲。

「棘爪？」鼠掌的聲音劃破棘爪耳邊的恐怖聲響。「你到底走不走啊？」

眼前的影像一下消失無蹤，棘爪發現自己仍站在波浪起伏的洞口。天色正迅速地變暗，一個星族的戰士祖靈閃亮地俯視他。棘爪忍不住打了個冷顫，於是連忙轉過身，跟上同伴和午夜的腳步。

坑道緩緩向上，棘爪只覺得四周黑漆漆的，什麼也看不到，但感覺得出來腳下踩的是沙土，不再是小石子或大石頭。除了聞得到同伴身上的氣味外，也聞到獾身上傳來的強烈臭味。

這時他已經進入另一個洞穴，清爽的空氣流過他的身體，遠方有個洞口可以通到外頭；銀白色的柔和光芒透過洞口灑了進來，棘爪知道外面的夜空一定是明月高掛。透過皎潔的月光，他看得出來這洞穴是從地上往下挖出來的，因為洞穴頂端是糾結的樹根，地上則鋪滿厚厚的一層蕨葉。羽尾正忙著把褐皮安置在柔軟的蕨葉墊上，然後在她身旁坐下，開始幫忙舔傷口。

「妳受傷了？」午夜詢問這位影族戰士。「怎麼會受傷呢？」

「被大老鼠咬的。」褐皮忍痛說道。

獾發出不屑的咕噥聲。「真糟糕，妳等我一下。」說完便消失在洞穴的陰暗處；過了一會兒，她嘴裡叼著某種植物的根慢慢走了回來。

「牛蒡根！」鼠掌興奮地大叫，很得意地看了棘爪一眼。「妳也會用它啊？」

「這最適合治療咬傷，也可以治療被感染的腳爪，反正各種疼痛都適用。」獾用力地嚼著牛蒡根，然後把嚼成泥的牛蒡根塗在褐皮的傷口上，就像鼠掌在森林裡做的那樣。「現在就只有等它發揮功效了。」她做完之後，又補上一句。

她耐心地等候著，直到每隻貓都在蕨葉墊上坐好。棘爪開始有些興奮了，他終於明白這趟旅程已經來到尾聲，他們已經找到星族要他們去的地方，現在就要聆聽午夜的訊息了。

「妳為什麼會說我們的話？」他好奇地問。

「我去過很遠的地方，學過很多語言。」午夜告訴他。「我也學過其他貓語，他們的說話方式和你們的有點不一樣，甚至學過狐狸語和兔子的語言。」她喃喃說著，「不過牠們說話的內容沒什麼意思。狐狸愛談獵殺，兔子則沒什麼腦袋。」

鼠掌發出快樂的呼嚕聲。棘爪看見她的毛髮又變得滑順，耳朵也豎了起來。「好吧，那妳要告訴我們什麼呢？」她說。

「很多很多，如果來得及的話。」獾回答。「但在我說之前，先聊聊你們的旅程好了。你們為什麼會從自己的聚落裡跑出來？」

暴毛一臉疑惑地問：「聚落？」

午夜急忙搖頭。「我的腦袋也糊塗了，竟然忘了是在和哪一支貓族說話。你們比較習慣說部族，對不對？」

「沒錯。」棘爪回答。他突然覺得很怪，原來這世上還有其他貓跟他們一樣，過著跟獨行貓不同的團體生活。不過這一路上並沒遇見他們——也許他們住在很遠的地方。

在大家的協助下，他開始把這趟旅程從頭到尾地說一遍，從他們四隻貓共同被託夢開始，一直說到他自己後來又夢到太陽沉沒之地，以及他們是怎麼決定離開森林的。午夜聽得很仔細，當她聽到他們因為波弟而遇上各種倒楣事時，也忍不住低聲笑了起來；而當他們提到四隻貓是如何得到和鹹水有關的指示時，也能理解地點頭。

「所以我們就來到這裡了。」棘爪終於說完。「我們現在已經準備好了，可以聆聽星族的訊息了。」

「為什麼一定要我們來這裡？」鴉掌插了進來。「為什麼星族不能在森林裡告訴我們？」他的語氣還是充滿敵意，彷彿無法接受午夜不是敵人這件事。但是獾並不在意。羽尾輕彈尾巴，要鴉掌冷靜下來，風族見習生才稍微放鬆了一點。

「小戰士，你仔細想想看。」午夜回答他的問題。「你們一開始是四隻貓，然後變成六隻，因為你們的朋友堅持陪你們同行。結果現在你們已經是一體的了。」她的聲音愈來愈低沉，棘爪總覺得好像是什麼不祥的預兆。「未來所有部族也要合為一體，因為如果不這麼做，就會被災難全部毀滅。」

棘爪覺得毛骨悚然。但這股冷顫不是因為他的身體還是溼的。「究竟**是**什麼災難？」他低聲地問。

午夜猶豫了一會兒，用她深幽的目光來回瞧著每隻貓兒。「你們一定得離開森林。」她終於開口。「每一隻貓都要。」

「妳說什麼？」暴毛跳了起來。「妳是鼠腦袋嗎？森林是我們的家耶！」

獾發出一聲長嘆。「很快就不是了。」

「為什麼？」羽尾問道，爪子緊張地搓著蕨葉墊。

「兩腳獸。」午夜又嘆了口氣。「反正都是兩腳獸惹的禍，牠們很快就會帶著機器……哦，就是你們所說的怪獸，進入森林。大樹將被它們連根拔起，大石頭也會被碾碎，整片大地都將被它們撕裂，寸草不留。如果你們繼續留在那裡，就算怪獸不毀了你們，你們也會因為捕不到獵物而餓死。」

月光下，洞穴陷入一片沉默。棘爪開始想像獾所說的可怕畫面。他可以想像全身發亮、色彩怪異的怪獸在他老家的營地裡呼嘯而過。他彷彿又聽見從利齒洞口那兒傳來的尖叫聲，只是這一次全變成了他的族民們在驚慌奔逃時所發出的慘叫聲。他聽到的訊息完全超出他的想像，但他不能告訴午夜他不相信她，因為她說的話一定是事實。

「妳怎麼會知道這些事？」暴毛平靜地問，語氣裡有些質疑，但他也是急著想知道答案。

「我的老家就遇到這種事。那是好幾個季節之前了。我什麼事都見過，所以我可以預見未來會是如何。就像星族曾託夢給你們，祂們也找上了我。你們必須知道的事情，我已經全說出來了，只要你們瞭解了，就一點也不難懂。」

「以後再也沒有陽光岩了嗎？」鼠掌小聲地問，害怕的口氣就像是小貓失去了媽媽。「再也沒有訓練沙坑？也沒有四喬木了嗎？」

午夜搖搖頭，兩粒小眼睛在昏暗中就像兩顆亮澄澄的小漿果。

「可是兩腳獸為什麼要這麼做？」棘爪質疑道。「我們又沒惹牠們。」

「的確沒有，」午夜回答。「兩腳獸根本不知道你們在森林裡，牠們只是為了建造新的轟雷路——好讓它能通往更多更遠的地方。」

「這種事不可能會發生。」鴉掌目光兇狠地站起來，彷彿打算單挑所有的兩腳獸。「星族不會袖手旁觀的。」

「就算是星族也阻止不了牠們。」

鴉掌本來想開口反駁，卻不知道該說什麼。他根本不知所措，因為他想到這場災禍竟然連星族也沒辦法阻止。

「那祂們為什麼要我們來這裡？」一個微弱的聲音響起，褐皮從蕨葉鋪裡抬起頭來，緊盯著午夜。「難道要我們回去、眼睜睜看著我們的部族被毀滅嗎？」

「不是，當然不是，受傷的戰士。」獾的聲音突然變得溫柔起來。「是為了帶給你們希望，也要你們把希望帶回去。你們必須帶領自己的部族離開森林，找到全新的家。」

「就這樣？」鴉掌嫌惡地說。「妳要我回去跟族長說：『對不起，高星，我們都得離開這裡』？他就算不笑死，也會氣到把我的皮給扒掉。」

午夜真誠地回應道：「等你們回到家，就會發現連族長都會聽你們的話。」

一陣莫名的恐懼襲上棘爪的心頭。莫非這隻獾早已從星群當中看到更多的徵兆？難道他們一回到森林，就會發現災難已經開始了？

他連忙跳起來。「我們得現在就回去！」

「不行，不行。」午夜用力搖頭。「今天晚上好好休息。月光下可以狩獵，先餵飽自己，也讓受傷的同伴好好睡上一覺，明天再出發。」

棘爪看看他們，最後很不情願地點點頭。「妳說得也有道理。」

「但妳還沒告訴我們，該去哪裡找新的家。」羽尾說到重點，藍眼睛充滿了憂慮。「我們要到哪裡，才能找到一座可以讓所有部族都和平共處的森林呢？」

「這件事我恐怕無能為力。但我相信，你們一定可以找到一處遠離兩腳獸地盤的好地方，那裡會有丘陵，有可以藏身的橡樹，還有河水。」

「可是，該怎麼找呢？」棘爪繼續追問：「妳會和我們一起去嗎？妳會當我們的嚮導嗎？」

「不行，」午夜啞著聲音說。「我已經旅行很久，不想再走了。現在能有這個洞穴安享晚年，每天聽著海浪聲，在草地上吹吹涼風，我已經很滿足了。不過你們不會沒有嚮導的，等你們回到家，站上被銀毛星群光芒所籠罩的巨岩，就會有一位垂死的戰士告訴你們該怎麼走。」

恐懼緊緊揪住棘爪的心。午夜的話難道暗示了將有壞事發生？「妳是說，我們當中會有一隻貓死掉？」他低聲問道。

「我沒那麼說，你們只要照著指示做，就會懂我的意思了。」

看來這隻獾就算知道什麼，也不打算再說了。棘爪沒有懷疑她的智慧，只是他知道她不可能預知所有的事情。一想到這個世上，原來還有其他力量是星族無法控制的——而這種力量也許大到連銀毛星群的耀眼光芒，都只能算是水中明月的一點光影而已，他就覺得不寒而慄。

「好吧，」他喵了一聲，並嘆了一口氣。「謝謝妳，午夜，我們就照妳說的做吧。」

「我們最好現在去狩獵。」暴毛補上一句。

他低下頭，對獾深深一鞠躬，表示敬意，然後經過她身邊，往通道口走出去。鴉掌和羽尾緊跟在後。

「鼠掌，妳陪著褐皮，」棘爪說。「順便休息一下，把身體弄乾。」

鼠掌竟然沒有出聲反對，反而快速地舔舔棘爪的耳朵，然後才坐到他姊姊身旁。棘爪望著她們好一會兒，突然明白這些同伴對他來說有多重要——包括這隻曾令他討厭，希望趕緊甩掉的暗薑色見習生，當然也包括暴毛和羽尾，他們是他最好的朋友。現在就連鴉掌也成了他願意同甘共苦的好盟友。

「妳說的沒錯，」他若有所思地對午夜說。「我們已經是一體的了。」

獾嚴肅地點點頭。「在未來的日子裡，你們將需要彼此的幫助。」她以星族的語氣大聲地說。「小戰士，這裡還不是你們的終點站，真正的旅途才正要開始。」

尾聲

火星從轟雷路旁長草叢中走了出來，落葉季微弱的陽光灑在他火焰般的毛髮上。在他身邊的灰紋，正一臉狐疑地嗅聞著空氣中的味道。

「我的老天啊！今天怎麼聞起來這麼臭啊！」他大聲地說。

雲尾和沙暴過來加入他們，走在最後的葉掌則從她探頭查看的金盞花叢裡轉過身來。雲尾嫌惡地哼著鼻子抱怨道：「每次我來這裡，都會覺得身體一整天都有這種味道。」

沙暴轉了轉眼珠子，但沒說什麼。

「我覺得今天的氣味特別奇怪。」火星說，同時打量著轟雷路。「一頭怪獸也沒看到，但味道卻比以前更臭。」

「我聽到聲音了。」葉掌豎直耳朵。

風中隱約低沉的怒吼聲正往貓兒們這裡衝過來，但因為距離還遠，所以不是很清楚，可是聲音的確愈來愈大。

雲尾轉頭看看族長，藍眼睛裡滿是疑惑。「那是什麼？我從來沒聽過……」他的話還沒說話，便一臉錯愕地愣在那裡。

轟雷路的盡頭緩緩出現一頭從沒見過的龐然大物。陽光照在牠閃亮的身體上，發出眩目的光芒；路面的蒸氣讓牠看起來一直在變換形狀。低沉的怒吼聲愈來愈大，終於傳遍整座森林。

這頭怪獸的速度很慢，但後面還跟著另一頭怪獸，更後面又是另一頭。許多兩腳獸像蝨子一樣攀在怪獸身上，彼此叫嚷，但聲音全被怪獸的怒吼給蓋了過去。

帶頭的怪獸來到五隻貓的附近，接下來不可思議的事情發生了：牠沒有繼續往前進，反而轉頭往轟雷路旁的草地直直撲了過來。

「怎麼會這樣？」灰紋嚇得大叫，火星則一聲令下，「快跑！」

他趕緊鑽進蕨葉叢尋求掩護，灰紋則拔腿跑進森林裡，從荊棘叢底下往外探看。雲尾立即跳上最近的一棵樹，蹲在樹枝間往下瞧，而沙暴是直接跳進窄小的淺水溝裡，再衝到水溝盡頭，然後才敢回頭看，她也嚇得全身發抖；葉掌緊跟在她身後，身體平貼在長長的草叢裡。

怪獸高速前進，巨大的黑色腳爪不斷滾動，把經過的地方通通夷為平地。這五隻嚇壞了的貓看著牠挺起肩膀、往一棵白蠟樹撞上去，樹幹在強大的撞擊力下劇烈搖晃，就像森林中所有垂死的獵物一樣發出尖叫聲，最後被連根拔起。

大樹應聲倒在地上，隆隆作響的怪獸於是繼續前進。

森林的災難已經開始了。

國家圖書館出版品預編目資料

貓戰士二部曲新預言. 一, 午夜追蹤 / 艾琳．杭特（Erin Hunter）著；迪特．霍爾（Dieter Hörl）繪；高子梅譯. -- 三版. -- 臺中市：晨星, 2022.10

面；　公分. --（Warriors；7）

暢銷紀念版

譯自：Warriors : The New Prophecy. 1, Midnight

ISBN 978-626-320-057-9（平裝）

873.59　　110022145

貓戰士暢銷紀念版二部曲新預言之 I

午夜追蹤 Midnight

作者	艾琳．杭特（Erin Hunter）
繪者	迪特．霍爾（Dieter Hörl）
譯者	高子梅
責任編輯	陳涵紀、謝宜真
文字編輯	郭玟君、陳品蓉、陳彥琪
文字校對	曾怡菁、程研寧、蔡雅莉
封面設計	陳柔含
美術設計	張蘊方
創辦人	陳銘民
發行所	晨星出版有限公司 台中市407工業區30路1號 TEL：04-23595820　FAX：04-23550581 E-mail: service@morningstar.com.tw http://www.morningstar.com.tw 行政院新聞局局版台業字第2500號
法律顧問	陳思成律師
承製	知己圖書股份有限公司　TEL：04-23581803
初版	西元2009年03月30日
三版	西元2023年08月01日（二刷）
讀者訂購專線	TEL：（02）23672044 /（04）23595819#212
讀者傳真專線	FAX：（02）23635741 /（04）23595493
讀者專用信箱	service@morningstar.com.tw
網路書店	http://www.morningstar.com.tw
郵政劃撥	15060393（知己圖書股份有限公司）
印刷	上好印刷股份有限公司

定價250元

（缺頁或破損的書，請寄回更換）

ISBN 978-626-320-057-9

☐ 我已經是會員，卡號 ____________________

☐ 我不是會員，我要加入貓戰士會員

姓　名：________________ 性　別：________ 生　日：________________

e-mail：____

地　址：☐☐☐ ______ 縣／市 ______ 鄉／鎮／市／區 ______ 路／街

______ 段 ______ 巷 ______ 弄 ______ 號 ______ 樓／室

電　話：____

☐ 我要收到貓戰士最新消息

貓戰士鐵製鉛筆盒抽獎活動

將兩個貓爪和一顆蘋果一起貼在本回函並寄回，就可以獲得晨星出版獨家設計「貓戰士鐵製鉛筆盒」乙個！

貓爪在貓戰士書籍的書腰上，本書也有喔！蘋果則是在晨星出版蘋果文庫的書籍書腰上！

哪些書有蘋果？科學怪人、簡愛、法布爾昆蟲記、成語四格漫畫...更多請洽少年晨星官方Line ID：@api6044d

點數黏貼處

請填妥後對折裝訂，再貼妥郵票寄出

請黏貼
8 元郵票

407

台中市工業區30路1號

晨星出版有限公司

TEL：（04）23595820　FAX：（04）23550581

e-mail：service@morningstar.com.tw

http://www.morningstar.com.tw

請沿虛線摺下裝訂，謝謝！

加入貓戰士俱樂部

【貓戰士會員優惠】

憑卡號在晨星出版社購書可享優惠、擁有限定商品、還能獲得最新消息等會員福利。

【三方法擇一，加入貓戰士會員】

1. 填妥本張回函，並寄回此回函。
2. 拍照本回函資料，加入官方Line@，再以Line傳送。
3. 掃描後方「線上填寫」QR Code，立即填寫會員資料。

Line ID：
api6044d

「線上填寫」
QR Code

★寄回回函後，因郵寄與處理時間，需2～3週。